Horst Seidenfaden

Die Nacht.
Die Angst.
Der Tod.

Horst Seidenfaden

Die Nacht.
Die Angst.
Der Tod.

Ein Kassel-Krimi aus den schwierigen Tagen des Oktober 1943

euregioverlag

Das Wohnhaus in der Moltkestraße 12 in Kassel, fotografiert zwischen 1910 und 1918

Vorwort

Es war ein grauer Tag im Dezember 2017. Der Fotograf Harry Soremski und ich saßen zusammen, besprachen einige gemeinsame Projekte. Und plötzlich kam der Gedanke, den 75. Jahrestag der Zerstörung Kassels zu einem solchen Projekt zu machen. Zum Konzept gehörte auch eine Serie, in der Zeitzeugen zu Wort kommen sollten. Auf einen Aufruf in der Zeitung meldeten sich Dutzende von Zeitzeugen. Und so gingen wir in die Gespräche. Viele solcher Begegnungen haben wir gemeinsam erlebt und waren tief beeindruckt von dem, was die Menschen erzählten. Häufig war es das erste Mal, dass sie, nach so langer Zeit, Erinnerungen aus dem Gedächtnis holten, die selbst ihre nahen Angehörigen noch nie gehört hatten. Neben der Betroffenheit ob der Schrecken, die wir geschildert bekamen, wuchs der Respekt vor dieser so traumatisierten Generation.

Bei mir selbst gruben sich aus den Erzählungen viele Details ein, irgendwann entstand dann die Idee, diese Teil-Erzählungen wie eine Collage zu verbinden und in eine fiktive Handlung einzuweben, um zumindest zu versuchen, den Alltag in dieser von Fliegeralarmen, Todesängsten und Entbehrungen geprägten Zeit zu skizzieren. Herausgekommen ist dieser Kassel-Krimi um den 15-jährigen Hermann Siebert, der im Haus Moltkestraße 12 wohnt. Ein Haus, in dem ein Zeitzeuge tatsächlich lebte und in dieser Nacht nur knapp mit dem Leben davon kam. Die Moltkestraße, eine kleine Verbindungsstraße zwischen Königsstraße und Mauerstraße, gibt es heute nicht mehr. Weil sie in der Nacht vom 22. auf den 23. Oktober vernichtet wurde.

Meine Eltern haben diesen Tag überlebt – aber nie darüber geredet. Als wir Kinder in den Ruinen in dem Stadtteil, in dem wir aufwuchsen, spielten, wurde uns die Tragweite dieses Tages nicht bewusst. Wenn wir verrostete Töpfe und Besteck oder einen vergammelten Schuh aus dem Schutt gruben, haben wir nie daran gedacht, was in diesem zerstörten Haus möglicherweise an menschlicher Tragödie passiert war, Jahrzehnte zuvor. Erst mit den Jahren setzte die Auseinandersetzung mit den Geschehnissen und mit der Geschichte ein.

Und so ist dieser Roman vielleicht die konsequente Fortsetzung einer Entwicklung: Je mehr man sich mit dem alten Kassel und mit den schaurigen Stunden während der Fliegeralarme und Bombenangriffe beschäftigt, umso mehr taucht man selbst hinein. Und dann ist es irgendwann Zeit, eine Geschichte zu schreiben.

Epilog

Der Zug ruckt ein-, zweimal, dann setzt er sich mit lautem Ächzen der Lokomotive langsam in Bewegung, die Achsen knirschen. Die paar Waggons, die hier seit Stunden auf dem kleinen Bahnhof Wilhelmshöhe in Kassel standen, sind alle überfüllt. Es ist ein Zug, der menschliches Elend transportiert. Hermann Siebert steht mit seiner Mutter auf dem überfüllten Gang, sie können sich eigentlich nicht mehr auf den Beinen halten, doch setzen kann man sich nicht, zu eng stehen alle beieinander. Die wenigen Sitzplätze sind den Alten vorbehalten und denen, die offenkundig verletzt sind.

Es riecht so intensiv nach Rauch, nach verbrannten Haaren, dass man meint, irgendwo sei eine Feuerstelle. Niemand redet. Manche weinen, lautlos, manche haben verzweifelt die Augen geschlossen. Es sind tiefliegende Augen, die meisten gerötet vom Rauch und vom Feuer, dem sie entronnen sind. Der Blick aus dem Fenster zeigt eine gigantische Rauchglocke, die über Kassel hängt. Ab und an hört man eine Detonation, ein Blindgänger, der doch noch explodiert ist und späte Opfer sucht. Hermann und seine Mutter haben nichts mehr als das nackte Leben und die mit Brandflecken übersäte Kleidung, die sie am Leib tragen. Sie wollen nur raus aus der Stadt, in der ihnen in den vergangenen 16 Stunden alles genommen wurde, was ihnen lieb war. Die Wohnung, das Haus, die Möbel – und die Menschen, die ihnen alles bedeutet haben. Hermann hat noch nie eine solche Erschöpfung, aber auch nie eine solche Leere, nie ein derartiges Gefühl gespürt, das ihm sagt, dass alles, was vor ihm liegt, nur noch sinnlos sein kann.

Er schaut sich um. Ausgemergelte Gestalten, seelenlose Augen, die Köpfe und die Kleidung mit Asche bestäubt. Jeder wird ein ähnliches Schicksal haben. Der 15-Jährige hält seine Mutter, die sich kraftlos bei ihrem Sohn eingehängt hat. Wenn Hermann die Augen schließt, dann kommen die Bilder. Und die Geräusche. Das Pfeifen der Bomben, die Explosionen, das Krachen der einstürzenden Mauern, er hört den Wind, den der Feuersturm entfacht hat. Sieht den Mann auf der Straße liegen, den das Phosphor verbrennt. Der ist schon bewusstlos und merkt den Übergang zu diesem grausigen Tod nicht mehr. Sieht den Luftschutzwart, der am Eingang des Hauses noch ruft und dann von der Mauer über ihm begraben wird. Jeder hier hat die Hölle erlebt. Heute ist der 23. Oktober 1943 und es erscheint dem Jungen unwirklich, als er plötzlich an den gestrigen Vormittag denkt. An den blauen Himmel, die laue Temperatur. An den Unterricht. Die Klassenkameraden. Die er wahrscheinlich nie mehr wiedersehen wird. Alles, was sein Leben ausgemacht hat, ist ausgelöscht – bis auf seine Mutter. Er sieht die Leichen auf den Straßen, die sie im Morgengrauen erstmals richtig wahrnehmen. Er sieht die Frau, die in der Königsstraße durch einen Kellerausgang kommt, den die Rettungskräfte freigeschaufelt haben. Sie hält ein lebloses Bündel auf dem Arm. Blickt sich verzweifelt nach Hilfe um. Ein Feuerwehrmann nimmt ihr das Bündel ab. Sie schreit verzweifelt, begreift jetzt erst, dass ihr Kind tot ist.

Der Zug kommt nur langsam voran. In Oberzwehren steigen Menschen zu, quetschen sich irgendwie in die Waggons. Hermann zittert plötzlich, es ist wie Schüttelfrost, nur hat er kein Fieber. Ihn quält ein unsagbarer Durst, Hals und Rachen sind trocken, was er schmeckt, ist Rauch. Er hat zu viel davon eingeatmet, Mutter auch. Hermann erinnert sich an den langen Weg aus der Altstadt. Zur Wilhelmshöher Allee, an brennenden Häusern vorbei, über Leichen auf den Straßen steigend. Der Tod, er trägt in Kassel an diesem Tag die Farbe grau.

Die Stadt ist ausradiert. Zerfetzt vom Bombenhagel. Am Bahnhof Wilhelmshöhe versammeln sich auf den Bahnsteigen die, die der Hölle entkommen sind. Jeder sucht einen Zufluchtsort, draußen, irgendwo vor der Stadt. Wenigstens haben Hermann und Gerda Siebert ein Ziel. Dittershausen bei Treysa, zu Onkel Paul und Tante Minna. Wo Gerdas Bruder einen Bauernhof hat. Vielleicht ist da dann Zeit, zu trauern.

In seiner Müdigkeit kommen Hermanns Gedanken ein wenig zur Ruhe. Und seine Erinnerung springt zurück zu dem Tag, an dem die drei Wochen seines Lebens begannen, die ihn sein Leben lang nicht loslassen werden.

Samstag, 2. Oktober 1943

Endlich! Als die Glocke durchs Schulgebäude tönt, hat auch die Untersekunda der Hermann-Göring-Schule in der Ysenburgstraße Wochenende. Lateinlehrer Dr. Steffens entlässt die 21 Jungen mit einem etwas tonlosen „Heil Hitler!" in die Freizeit. Es gibt keine Hausaufgaben, ungewöhnlich für den sehr strengen Lehrer, aber es hat sich in der Schule herum gesprochen, dass Steffens' ältester Sohn, selbst Absolvent dieses Gymnasiums, in der Ukraine als vermisst gemeldet worden war. Die Sorge um den Ältesten, vielleicht ist dies der Grund, dass Steffens kompromisslose Disziplin, die er selbst darstellt und die er von seinen Schülern täglich fordert, einen Kratzer bekommen hat.

Hermann Siebert tut der Lehrer durchaus leid. Er kommt gut mit ihm klar, vielleicht aber auch nur deshalb, weil er ein ausgezeichneter Schüler ist, der sich die komplizierte Grammatik des Lateinischen schnell erschließen kann. Steffens hat keinen Grund, mit ihm hart ins Gericht zu gehen, für Mitschüler, die in Latein nicht so recht mitkamen, ist er ein Tyrann. Hermann ahnt, was in dem Lehrer derzeit vorgeht. Denn zu präsent ist immer noch das Ereignis, das das Leben der Familie Siebert durcheinander gebracht hatte.

Vor einem Jahr, es war in den Sommerferien, war seine Mutter gerade mit einem kargen Einkauf nach Hause gekommen, Hermann spielte mit einigen Jungs in der Straße, hatte die Mutter gesehen und wollte ihr gerade die Tasche abnehmen, da kam der Briefträger mit sorgenvollem Gesicht und einem grauen Brief in der Hand auf sie zu. Mutter suchte in ihrer Handtasche nach dem Hausschlüssel, bemerkte den sich nähernden Mann gar nicht. Hermann dagegen fuhr der Schreck in die Glieder. Zu oft hatte man in den Kriegstagen solche Szenen gesehen – öfter noch gehört, was da gerade für Botschaften überbracht wurden. Der Briefträger, ein eigentlich längst pensionierter Mann, der seine Tätigkeit wieder aufnehmen musste, weil die Wehrmacht alle kriegstauglichen Männer in Uniform brauchte.

„Frau Siebert..." sagte er mit leiser Stimme. Mutter blickte ihn an, sah den Brief in der Hand, ließ die Handtasche fallen und schlug die Hände vors Gesicht. „Otto... Nein, bitte nicht Otto..." wimmerte sie. Mit zittriger Hand nahm sie den Brief. Tränen trübten ihre Augen. „Hermann, mach auf, ich kann nicht..." Die Stimme vibrierte. Hermann hatte einen dicken Kloß im Hals. Otto war sein Bruder, sein letzter Feldpostbrief war vom Balkan gekommen, aber das war nun schon eine Weile her. Acht Jahre älter war Otto, ein stattlicher, gut aussehender Bursche, dem die Mädels hier in der Moltkestraße bewundernd nachschauten, wenn er auf Heimaturlaub war und in Uniform abends ausging.

Was dann passierte, ist Hermann so gegenwärtig, dass er alles bis ins kleinste Detail noch weiß. Er öffnete den Brief. „Lies vor..." flüsterte die Mutter. „Wollen wir nicht lieber in die Wohnung gehen?" fragte Hermann. Die Mutter schüttelte mit dem Kopf, sie will es hier und jetzt wissen, kann keine Sekunde mehr warten. Der Briefträger hatte sich leisen Schrittes entfernt, das war es, was er an dieser Tätigkeit hasste: Unsägliches Leid in die Familien bringen zu müssen. Jeden Tag, manchmal mehrere Briefe. Hermann las den Text mit leiser Stimme vor. Frau Lehmann, die Nachbarin aus dem 2. Stock, kam gerade aus der Haustür, sah die Szene, ging verstohlen weiter. Sie kannte diese Briefe und deren Inhalt, der Umschlag hat immer diese unverkennbare Farbe. Wie sollte man sich auch richtig verhalten? Stehen bleiben, zuschauen? Was man auch macht, es ist nicht das Richtige. Das Leid der anderen gibt einen Vorgeschmack auf das eigene Leid, das womöglich noch kommen wird.

Hermann las vor. Otto ist tot. Gefallen in der Nähe von Belgrad. Bei einem Partisanenangriff. Für Führer, Volk und Vaterland, wie es auf dem Gedenkblatt heißt. Hermann fing an zu schluchzen, die Mutter hockte zusammengekauert auf dem Bürgersteig, ihre Schultern bebten. „Otto, mein Otto, warum nur, dieser schreckliche Krieg..." Hermann ging in die Knie, die Tränen liefen auch ihm übers Gesicht. Er half seiner Mutter auf die Beine, sie sollte nicht hier auf der Straße hocken und weinen, er schob sie durch die Haustür, die Treppe hoch, schloss die Wohnungstür auf, hatte an einem Arm den Einkauf und die Handtasche. Mutter schaute ihn an. Das Gesicht vor Schmerz und Tränen verquollen. „Verlass mich nie, Hermann, versprich es", murmelte sie und ging, ohne eine Antwort abzuwarten, mit dem Brief ins Schlafzimmer der Eltern. Hermann blieb zurück. Konnte mit sich und dem, was er jetzt empfand, mit der schmerzgebeugten Mutter im Nebenzimmer, nichts Rechtes anfangen. So also fühlt es sich an, dachte er, wenn jemand den Heldentod stirbt. Von Glanz und Gloria, wie man es in der Hitlerjugend immer wieder erzählt bekam, keine Spur. Und Vater weiß noch nichts, dachte er, das wird das nächste Drama geben, wenn er von der Arbeit bei Henschel nach Hause kam. Hermann ging in das Zimmer, in dem er und Otto gemeinsam schliefen. Alles schien unwirklich. Der fröhliche Otto, der so gern Akkordeon spielte... Das Instrument in der Ecke, nie wieder würden Ottos Hände darauf spielen. Erstmals in seinem Leben spürte Hermann die Endgültigkeit eines Verlusts. Das Gefühl würgte ihn. Er steckte seinen Kopf in sein Kopfkissen und weinte endlose Tränen. Klar, Otto war viel älter als er, aber der große Bruder war halt auch sein Vorbild. Was würde bloß ohne ihn werden...

Irgendwann musste er entkräftet eingeschlafen sein. Er wurde wach von Geräuschen aus der Küche, die Mutter machte den Abwasch, was eigentlich seine Aufgabe war. Er sprang hoch und wurde sofort von der Trauer wieder eingeholt, das Gefühl traf ihn wie ein Hammerschlag, alle Kräfte wichen aus ihm. Er ging in die Küche, Mutter und Sohn sahen sich an. Gerda Siebert schien in der kurzen Zeit um Jahre gealtert zu sein. „Mutter..." sagte er, wusste nicht, was er machen sollte. Die Mutter schüttelte nur mit dem Kopf. „Lass mich einfach", war die leise Antwort.

Es klopfte an der Wohnungstür. Erna Wolter, die beste Freundin seiner Mutter, die im Haus nebenan wohnte, trat mit ernster Miene ein. „Otto?" fragte sie Hermann, der die Tür geöffnet hatte. Der nickte. Ein Wort, fragend ausgesprochen, reichte aus, um herauszufinden, was passiert war. Komisch, wie schnell sich die schlechten Nachrichten des Krieges herumsprachen. Erna ging in die Küche. Hermann hörte das laute Aufschluchzen der Mutter. Er verließ die Wohnung. Was sollte er hier auch ausrichten? Auf der Straße hörte er den Glockenschlag der Lutherkirche. Es war sechs Uhr abends, der Vater würde gleich da sein. Da sah er ihn schon, an der Ecke zur Königsstraße stand Kurt Siebert, sprach mit einem Bekannten, Hermann konnte nicht erkennen, wer es war. Er sah, wie die Schultern des Vaters herab hingen, wie er sich umdrehte und mit schleppendem Schritt die Moltkestraße entlang ging. ‚Weiß er es schon?', fragte sich Hermann. Kurt Siebert hatte den Kopf gesenkt, bemerkte seinen Sohn erst im letzten Augenblick, schaute auf. Der Blick verriet alles. Kurt Siebert fragte: „Wo ist Mutter?"

„Oben, Erna ist bei ihr." Kurt Siebert nickte und ging mit versteinertem Gesichtsausdruck an dem Jungen vorbei.

Das war am 30. Juli 1942. Es war ein Montag. Hermann muss daran zurückdenken, als er den Lehrer durch den Gang im ersten Stock des Schulgebäudes schlurfen sieht. Die alte, speckige, braune Ledertasche baumelt an der rechten Hand. Hermann schaut ihm nicht länger nach, es ist Samstag und er muss nach Hause. Irgendwie ist es dem Vater gelungen, an Kohlen zu kommen, die werden gebracht und Hermann muss Koks schaufeln. Der Himmel ist grau, es nieselt leicht. Bei Sieberts wird am Wochenende, wenn der Vater nicht arbeiten muss, pünktlich gegessen. In der Familie herrscht Disziplin. Er läuft mit ein paar anderen Jungen aus der Schule die Weserstraße Richtung Altmarkt, trotz des unangenehmen Wetters ist in der Altstadt viel los. Die Jungen reden übers Wochenende, Hermann hört zu, in der Gruppe ist er nie der große Redner. Er verabschiedet sich, die anderen gehen einen anderen Weg. Er biegt in den Pferdemarkt ein, weicht einem Pferdefuhrwerk aus, dessen Ladefläche voller Säcke ist und das auf dem Kopfsteinpflaster richtig Krach macht, kreuzt die Königsstraße und kommt in der Moltkestraße an. Vor dem Haus Nummer 12 liegt ein Haufen Kohle, der Vater hat mit der Arbeit bereits begonnen. Der Tod Ottos hat ihn verändert. Er ist noch schweigsamer geworden, wie die Mutter auch. Hermann fühlt sich zuhause nicht mehr so richtig wohl. Es hängt stets eine schwere Stimmung in der Luft, an der Wand hängt ein Foto von Otto mit Trauerflor, man nimmt wenig Anteil an Hermanns Leben. Seine schulischen Leistungen werden hingenommen, es bleibt wohl keine Kraft für ein Lob.

„Bring die Schultasche hoch und dann hilf mir", sagt der Vater. Die Ansagen sind immer kurz und knapp. Die Wohnung ist leer, die Mutter ist nicht da. ‚Nanu?', denkt sich der Junge. Es ist doch gleich Essenszeit. Aber kein Geruch kommt aus der Küche. Er zieht sich kurz andere Sachen an und hilft dann dem Vater. Es sind nicht viele Kohlen, die geliefert wurden, das wird keinesfalls für den Winter reichen. Aber wenigstens etwas.

„Wo ist Mutter?" fragt Hermann zwischendurch, der Schweiß läuft ihm bald übers Gesicht.

„Lass Dich überraschen", sagt sein Vater und lächelt ihn an. Hermann ist beinahe erschrocken. Der Vater lächelt?

Sie schippen die Kohlen durch ein Fenster in den Keller, danach steigen sie die Stufen hinab und dort geht die Schipperei weiter. Alles muss in die Kohlenecke, jede Schaufel muss ein paar Meter getragen werden. In der Wand sieht man den Durchbruch zum Nebenhaus, der in dem Fall, dass man bei einem Bombenangriff eingeschlossen wird, als Notausgang dient. Bisher haben sie ihn nicht gebraucht. Hermann bekommt richtig Hunger, doch noch sind sie hier nicht fertig. Zum Schluss werden die Schaufeln in einen anderen Kellerraum gebracht, ihre Sachen sind rußschwarz, Gesichter und Hände auch. Sie ziehen die verdreckten Schuhe aus und gehen in die Wohnung. Hermann schnuppert, es riecht nach Essen, Mutter ist da. Aber wonach riecht es genau? Sie ziehen ihre Sachen aus, werfen sie in einen Korb, Hermann geht als erster ins Bad. Ja, ihr Haus hat Wohnungen mit eigenem Bad. Hermann kennt das auch anders. In so vielen Häusern in der Altstadt gibt es noch Toiletten im Treppenhaus, hier aber hat man sogar eine kleine Zinkwanne, die sie jetzt auch dringend brauchen. Hermann wäscht sich darin, die Seife ist hart, der Waschlappen ist grob zu seiner Haut, aber so wird sie wenigstens sauber. Es dauert lange, bis er den Kohlenstaub aus den Ohren und den Nasenlöchern gewaschen hat. Danach zieht er sich frische Sachen an und geht in die Küche.

„Wann gibt es Essen?“ fragt er.

„Wenn Vater sich gewaschen hat“, antwortet die Mutter.

„Und was gibt es?“ Hermanns Hunger fängt an ihn zu quälen.

„Gulasch, Kartoffeln und Möhren“, sagt die Mutter.

„Gulasch? Wo hast Du den denn her?“

„Mein Geheimnis“, sagt sie.

Hermann hatte mit Steckrübeneintopf oder ähnlichem gerechnet. Gulasch hatte es in den Kriegsmonaten ewige Zeiten nicht mehr gegeben. Die Vorfreude aufs Essen steigert die Hungerqualen. Wenn Vater sich doch nur beeilen würde. Er geht in sein Zimmer, holt ein Buch hervor, vertreibt sich die Zeit. Dann ist es so weit.

„Hermann, Essen!“, ruft die Mutter. Hermann geht in die Küche, der Tisch ist gedeckt, was er ja eigentlich hätte erledigen müssen. Die Eltern sitzen bereits, die Mutter füllt die Teller. Hermann setzt sich auf seinen Platz. Nach Ottos Tod stehen nur noch drei Stühle am Tisch.

In den Wochen nach dem 30. Juli 1942 war der Pfarrer der Lutherkirche gelegentlich zu Besuch bei den Sieberts und hatte den vierten Stuhl besetzt. Irgendwann hatte die Mutter dann darauf bestanden, dass man ab jetzt vor den Mahlzeiten ein Tischgebet sprechen wolle. Auch dieses Mal. Der Vater faltet die Hände und sagt: „Herr hab‘ Dank für Speis und Trank, Amen“. Hermann will sich über seine Portion her machen, da greift der Vater nach seinem Arm.

„Hermann, Mutter und ich wollen Dir etwas sagen.“

Hermann ist unruhig, was kommt jetzt? Die Eltern schauen sich an, dann fährt Vater fort: „Die Zeit nach Ottos Tod war für uns beide sehr schwer. Es hat uns sehr belastet und tut es eigentlich immer noch. Wenn Eltern ein Kind verlieren und noch nicht einmal ein Grab haben, an dem sie trauern können, dann ist das das Schlimmste, was es gibt. Du hast Deinen Bruder verloren und Mutter und ich hatten in diesem Jahr so viel mit uns selbst zu tun, dass wir Dich beinahe vergessen hätten. Du bist jetzt unser einziges Kind. Es wird weiter alles sehr schwer sein für uns, aber wir wollen Dir heute nur sagen, dass wir stolz auf Dich sind. Wie Du uns eine solche Stütze warst und wie Du Deinen Weg in der Schule gehst. Und jetzt lass es Dir schmecken, Junge!“

Hermann ist sprachlos, gerührt. Das ist für die Verhältnisse seines Vaters eine sehr emotionale und auch sehr lange Ansprache. „Danke, aber das ist doch selbstverständlich“, murmelt er noch. Dann siegt der Hunger und er schaufelt den Gulasch in sich hinein. Nie im Leben, denkt er, habe ich etwas Köstlicheres gegessen. Ein wohliges Gefühl macht sich in ihm breit, zum ersten Mal seit mehr als einem Jahr spürt er so etwas wie Wohlbefinden zuhause.

„Und woher hast Du nun das Fleisch? Das kriegst Du doch nicht mit Karte", fragt er seine Mutter noch einmal.

„Ich habe getauscht", sagt sie und wendet sich ab. Hermann merkt, sie will das nicht vertiefen. Er fragt nicht weiter. Als er in sein Zimmer geht, sieht er, was sie wohl getauscht hat. Ottos Akkordeon ist nicht mehr da. Im Innersten ist er froh darüber, es stand immer wie ein trauerspendendes Mahnmal in der Ecke. Dass die Eltern sich davon getrennt haben zeigt, dass ihre Trauerarbeit Fortschritte macht. Hermann ist erleichtert.

Am Abend liest er ein Buch. Die schwache Funzel reicht mit ihrem Licht gerade bis zu den Buchseiten. Hermann hat sich ein Buch aus Ottos Regal genommen. Wieder einmal. Otto hatte ein Faible für Karl May. Ein Schriftsteller, den auch der Führer liebte. Hermann hatte beim ersten Buch noch ein wenig gefremdelt, dann aber nahm seine Phantasie beim Lesen Fahrt auf, er hatte die drei Winnetou-Bände verschlungen und jetzt liest er „In den Schluchten des Balkan". Wobei er da immer wieder an seinen Bruder denken muss. Ob er wohl gleich tot gewesen war? Hatte er leiden müssen? Er schüttelt wild mit dem Kopf, damit vertreibt er sich seine schlimmen Gedanken und das hilft jedes Mal. Als ob die Gedanken neu gemischt wurden. Die Zeit vergeht wie im Flug, die Mutter kommt herein: „Du musst schlafen, Junge", sagt sie. „Gute Nacht!" Hermann macht das Licht aus, er ist vom Schippen todmüde, beim Einschlafen denkt er noch: Hoffentlich ist heute Nacht kein Fliegeralarm.

Sonntag, 3. Oktober 1943

Die dicke Wolkendecke über Kassel in der Nacht beschert den Einwohnern Schlaf ohne Alarm. Hermann und seine Eltern frühstücken gemeinsam, er hat eine Tasse Muckefuck vor sich, brockt sich trockenes Brot hinein und überhäuft das Ganze mit drei Teelöffeln Zucker. Das gibt es jeden Morgen, er nimmt es hin, es gibt ja nichts anderes. Als die Eltern in den Gottesdienst gehen, läuft er durch die Stadt. Er muss nicht mit in die Kirche, der Gottesdienst für Erwachsene ist ihm zu langweilig und er will auch keine Diskussionen in der HJ. Die Kirche würde heute länger dauern, es war Erntedankfest.

Der Wind weht heftig heute, kein angenehmes Wetter für Spaziergänger. In der Stadt sieht man hier und da die Schäden von den zahlreichen

Bombenangriffen. 13 Angriffe hatte es bisher gegeben, mittlerweile griffen die Amerikaner auch schon bei Tageslicht an. Die deutsche Luftabwehr hatte offensichtlich nicht mehr viel auszurichten, aber das würde schon werden, hörte man in der Schule und auch bei der Hitlerjugend. Hermann ist jetzt 15 Jahre alt, er läuft in der HJ mit, weil es Pflicht ist, aber eigentlich sind die Ausflüge, die Spiele und die Fahrten nicht so sein Ding. Er ist nicht unsportlich, spielt gern mit anderen Jungen Fußball, am liebsten auf dem so genannten „Bollengrün" vor der Orangerie. Aber er liest halt gern, mag sogar Schularbeiten – was dazu führt, dass man ihn in der Schule zum Vorsagen und Abschreiben braucht, ansonsten aber die Hierarchie in den Klasse von denen angeführt wird, die gern eine große Klappe haben – und die folgerichtig auch in der HJ Führungspositionen in Kameradschaft oder Stamm haben.

Hermann schlendert die Königsstraße entlang, am Residenzcafé vorbei, das um diese Zeit noch nicht belebt ist. Er biegt in die Obere Wilhelmsstraße ein, er hofft, beim Blumenhaus Wittwer einen Blick auf deren Tochter Waltraud zu erhaschen, in die er sich ein wenig verguckt hat. Sie haben eigentlich noch nie miteinander gesprochen, sie kennen sich vom Sehen und er hat nicht die leiseste Ahnung, was sie von ihm hält. Aber er denkt oft an das Mädchen mit den blonden Zöpfen und den blauen Augen und sein Schritt wird von ganz allein Richtung Haus Nummer 17 getrieben. Er schaut sich um, kann aber nichts von ihr entdecken, sein Herz schlägt trotzdem schneller, ein Indiz, dass er sie sehr bedeutend findet. Was soll er tun, wenn er sie sieht, möglicherweise ohne Begleitung der Eltern, Geschwister oder von Freunden? Sie einfach ansprechen? Was hätte er zu erzählen? Würde sie überhaupt mit ihm reden? Er muss sich diese Gedanken nicht weiter machen, denn er bekommt sie nicht zu Gesicht. Ein wenig niedergeschlagen schlendert er durch die Wolfsschlucht zurück, am Friedrichsgymnasium vorbei, zum Königsplatz und ist wenige Minuten später wieder zuhause. Was es zum Essen geben würde, war klar: Die Reste vom Gulasch gestern Abend. Endlich mal ein Resteessen, auf das er sich freut. Am Nachmittag würde er mit den Eltern spazieren gehen, vielleicht würde das Geld reichen für eine Limonade oder das, was man als solche verkaufte, irgendwo in einem Gasthaus an der Fulda. Aber meistens war es nur ein mit Wasser gemischter Himbeersaft. Und Vater und Mutter tranken Muckefuck.

Die Eltern wissen sicher, dass dem Jungen der Sinn gar nicht nach einem sittsamen Spaziergang mit Elternbegleitung steht, aber Hermann protestiert nicht, nach Ottos Tod will er den Eltern durch seine Teilnahme eine Freude machen.

So geht er dahin, wieder einmal so ein langweiliger Sonntag. Auf der Fulda paddeln ein paar einsame Kanufahrer, am Auedamm schlendern Pärchen, es ist diese komische Stimmung der trügerischen Ruhe, die man mit Händen greifen, aber eben kaum mit Worten beschreiben kann. Soldaten auf Heimaturlaub berichten von ihren Einsätzen – und trotz der Propaganda in Zeitungen und im Radio wird allein durch diese Erzählungen klar, wie es wirklich an der Front im Osten bestellt war. Irgendwie hat man auch den Eindruck, dass die Zahl der Todesanzeigen in der Kurhessischen Landeszeitung zunimmt, Todesanzeigen für die gefallenen Soldaten. Seine Eltern hatten damals auch für Otto eine aufgegeben, Hermann hatte sie sich ausgeschnitten und in sein Fotoalbum geklebt, in dem einige Fotos von ihm, den Eltern und vor allem Fotos von Otto aufbewahrt werden. Und jeweils ein Foto der beiden Großelternpaare, die er nie kennen gelernt hat, weil sie schon vor seiner Geburt gestorben waren.

Heute gibt es kein Getränk als Belohnung für den Spaziergang, Vater Siebert drängt auf den Heimweg, er muss zur Nachtschicht in die Henschelwerke. Er hat eine Kriegsverletzung aus dem Ersten Weltkrieg, nach einem Kopfschuss hat er ein Augenlicht verloren, für die Wehrmacht ist er nicht tauglich, aber in der Lackiererei für Panzer bei Henschel kann er gut arbeiten. Das unbrauchbare Auge verdeckt eine Augenklappe, Hermann kennt nur ein einziges altes Foto, das seinen Vater in Soldatenuniform zeigt, vor der Verwundung. Ohne Augenklappe wirkt er auf dem Bild fremdartig.

Zuhause macht Mutter ihrem Mann ein Pausenbrot, wenn er das nicht isst, hat Hermann morgen früh die Reste auf dem Tisch zum Frühstück. Hasenbrot nennt die Mutter das und Hermann quält sich das muffige Brot immer runter. Richtig schmecken tut es nicht, vor allem im Sommer wirkt das alte Brot ranzig, aber die Sieberts haben nicht die Mittel, um wählerisch zu sein.

Mutter hört noch ein wenig Musik, als der Vater weg ist, Hermann schmökert wieder, allmählich nervt ihn die trübe Funzel seiner Lampe, das Lesen strengt mehr an, als ihm lieb ist. Die Mutter bekommt am Radio mit, dass sich offenbar Bomberverbände in Richtung Kassel bewegen. Das hat noch nichts zu heißen, weiß sie, die können auch ein ganz anderes Ziel haben. Sie lässt dem Jungen seine Ruhe.

Als Hermann das Licht ausmachen will, passiert es wieder einmal: Die Sirenen! Voralarm. Er geht zu seiner Mutter ins Wohnzimmer, sie nehmen ihre Taschen, die immer in der Ecke stehen und das Nötigste beinhalten, Hermann holt noch sein Fotoalbum und gemeinsam gehen sie nach dem nächsten Alarm in den Keller. Jeder hat dort seinen Platz. Die Hausbewohner kommen nach und nach, es wird nicht viel geredet, man horcht nach draußen. Hermann hat jedes Mal Angst. Das Sich-nicht-wehren-können, das Gefühl, nicht zu wissen, was draußen passiert – manchmal zittert er. Aber mit den Ängsten ist er nicht allein. Manche beten durchgehend bis zur Entwarnung, wenn es irgendwo in der Nähe mal einschlägt, erbricht sich auch schon mal jemand. Was aber wird heute?

„Das wird schlimm heute, hört Ihr das?“ ruft einer im Halbdunkel. Hermann meint, dass es der alte Wille ist aus dem Erdgeschoss, der sieht immer schwarz, warum also heute nicht? Nur nicht bange machen lassen, flüstert die Mutter. Doch da hören sie es alle. Es müssen Hunderte von Flugzeugen sein, ein solches Brummen haben sie hier drin noch nie vernommen. Manche schluchzen schon, noch ist nichts passiert. Das Brummen wird lauter, dringt durch die Kellermauern, durch die Straßen. Da, die ersten Einschläge, weit entfernt. Aber das Donnern hält an. Immer wieder Explosionen der Bomben, mal näher, dann wieder weiter entfernt.

„Lieber Gott, lass sie an uns vorbei ziehen“, flüstert die Mutter.

Hermann hat auf die Uhr geschaut, die er zur Konfirmation bekommen hat. 21.11 Uhr hat er die erste Detonation vernommen. Immer wieder der Blick auf das Zifferblatt. Die Zeit scheint still zu stehen, als würde den Sekundenzeiger jemand hindern, sich fortzubewegen.

„Die Wolken“, sagt der alte Wille. „Die können nichts sehen und werfen blind ab. Das kann unser Glück sein.“

Und Pech für andere, denkt sich Hermann. Blickt wieder auf die Uhr.

„Hoffentlich passiert Vater nichts,“ flüstert die Mutter.

„Die sind doch im Bunker bei Henschel“, sagt Hermann, um seine Mutter zu beruhigen. Es wirkt nicht, ihre Augen schauen ängstlich. Wie soll man auch beruhigen? Wegen Henschel und der anderen Rüstungsbetriebe in der Stadt ist Kassel ja zu einem wichtigen Ziel für die Bomber geworden. Langsam lässt das Gebrumme der Flugzeugmotoren am Himmel ein wenig nach.

„Gleich ist es vorbei“, sagt der alte Wille.

‚Kann der nicht mal die Klappe halten?‘, denkt sich Hermann. Die Uhr zeigt 21.40 Uhr, man hört keine Detonationen mehr. Kommt noch eine Welle oder war es das nun? Der Luftschutzwart mahnt zur Ruhe. „Abwarten bis zur Entwarnung!“ ruft er. Genau, das ist die Vorschrift. Aber wenn mal keine Entwarnung mehr kommt, weil niemand mehr entwarnen kann? Hermann will das nicht weiter denken. Es dauert. Und dann endlich der Dauerton, eine Minute lang. Eigentlich ein grauenhaftes Geräusch, aber von allen grauenhaften Geräuschen der Luftwarnung das angenehmste. Man spürt die Erleichterung, aber mit einem frohen Gesicht verlässt hier niemand den Keller. Mehr als eine halbe Stunde Todesangst, zum x-ten Mal. Davongekommen, aber wieder ein wenig mehr mürbe, die Kräfte und Nerven schwinden.

Sie gehen die Treppen nach oben, viele verlassen das Haus und schauen zum Himmel, auch Hermann. Im Kasseler Osten sieht man ein wenig Feuerschein, hier muss es also eingeschlagen haben. Jedes Mal, wenn man aus dem Luftschutzkeller nach oben kommt und ins Freie tritt, ist es dieser prüfende Blick. Was ist passiert? Wo ist etwas passiert? Hermann erinnert sich an die bisher schlimmste halbe Stunde im Keller; im vergangenen Jahr war das gewesen, knapp einen Monat, nachdem sie die Nachricht von Ottos Tod erhalten hatten. Da hatte es in der Nachbarschaft gewaltig gerumst. Man hatte die Erschütterungen der Explosionen gespürt, Staub war von der Decke gerieselt. In der Innenstadt waren Häuser getroffen worden und als sie nach der Entwarnung ins Freie kamen, hatte der Dachstuhl der Martinskirche lichterloh gebrannt. Der alte Wille hatte das als Zeichen gesehen, hatte was von „Jetzt fängt die Todesfackel an zu brennen!" gemurmelt.

Diesmal bleibt nur die Sorge um den Vater, Hermann würde mit Mutter bis zum Morgen warten müssen, aufatmen konnte man nur, wenn sich der Schlüssel im Schloss der Wohnungstür drehte.

Hermann liegt noch lange wach. Entwarnung hat es erst nach 22 Uhr gegeben, also waren die ersten beiden Schulstunden morgen frei. Als er dann tatsächlich hört, wie sich die Wohnungstür öffnet, hat er das Gefühl, keine Sekunde geschlafen zu haben. Und jetzt, als er weiß, dass Vater zuhause und ihm nichts passiert ist, sackt er in einen bleiernen Schlaf.

Montag, 4. Oktober 1943

In der Schule sprechen sie über den Angriff. Angeblich, erzählt Lothar Nieft, der in der nahen Gartenstraße wohnt, habe ganz Sandershausen gebrannt. „Die haben wegen der Wolken nichts gesehen und haben auf Verdacht ihre Ladungen abgeworfen", mutmaßt er.

„Ich habe auch praktisch keine Flak gehört, unsere haben anscheinend auch nichts gesehen", ergänzt Walter Herbst, dessen Vater als Kommissar bei der Polizei arbeitet und deshalb immer mehr wusste, als die meisten anderen Bürger. Sie sitzen auf dem Pausenhof, wieder bläst ein kräftiger Wind, die Jungen kauen auf ihren spärlichen Pausenbroten. In den nächsten beiden Stunden würden sie eine Mathearbeit schreiben, und das nach dieser Nacht und dann noch in den letzten beiden Stunden. Spickzettel-Strategien werden besprochen und verworfen, bei Lehrer Dr. Heilig sind solche Versuche zwecklos. Der Mann sah alles und bestrafte gnadenlos. Als es klingelt, begeben sie sich in ihr Schicksal.

Hermann bereitet Mathe, wie die anderen Fächer auch, kein Problem. Er löst die Aufgaben souverän, kontrolliert noch einmal, rechnet quer, schaut nach Flüchtigkeitsfehlern. Er sieht sich um und es bietet sich das gewohnte Bild, zumindest bei einer Mathearbeit. Manche haben hochrote Köpfe, der dicke Martens schwitzt in der letzten Reihe, Schweißtropfen stehen auf seiner Stirn. Kein gutes Zeichen, denkt sich Hermann, er würde gern helfen, aber das ging gar nicht, Dr. Heilig quittiert schon das Umschauen seines Schülers mit gefurchter Stirn.

„Siebert, was gibt es zu schauen?“ fragt er streng.

„Nichts, Herr Dr. Heilig, ich bin halt fertig.“

„Dann lass Deine Mitschüler in Ruhe arbeiten und stör‘ sie nicht durch Dein überhebliches Geglotze!“

„Jawohl, Herr Dr. Heilig. Ich bitte um Verzeihung.“

Heilig nickt kurz und blickt konzentriert im Klassenraum umher. Wenig später tönt die Glocke, der Lehrer sammelt die Hefte ein, von vorn nach hinten, nie dreht er jemandem den Rücken zu, auch jetzt keine Chance auf einen Zuruf oder um einen Spickzettel loszuwerden.

Auf dem Heimweg besprechen sie die Aufgaben der Arbeit. Und wie immer ist der eine oder andere entsetzt, weil er schon zehn Minuten nach Schulschluss weiß, dass er die Arbeit in den Sand gesetzt hat.

„Mist“, poltert Martens, „das gibt bestenfalls ne vier. Und zuhause eine Wucht. Mein Opa kennt da nix.“ Martens wächst bei seinen Großeltern auf, der Vater war 1940 gefallen, die Mutter kurz danach an einer Krankheit gestorben, Martens erzählt nie davon. So schimpfen sie den ganzen Heimweg, über die Schule, die Lehrer, die feindlichen Flieger. Hermann geht mit dem dicken Martens noch zum Lutherplatz, wo sie auf einer Bank Platz nehmen. Martens hat ihn auf dem Weg gefragt, ob er ihm Nachhilfe in Mathe geben kann. Aber zahlen könne er nichts. Hermann hat Mitleid mit dem Dicken, in diesen Zeiten nur mit einem strengen Großvater aufzuwachsen ist sicher nicht leicht. Der Opa hat einen Kolonialwarenladen in der Wilhelmsstraße, gleich neben dem Blumenhaus Wittwer. Hermann will für die Nachhilfe kein Geld, aber er hat eine andere Idee.

Aber zunächst ist Martens dran mit seinem Angebot.

„Ich könnte Dir ab und zu ein wenig Schokolade geben“, meint er und schaut Hermann fragend an. Der lässt sich mit der Antwort Zeit. Hat eine Kastanie in der Hand, reißt die Schale auf und bewundert die glänzende braune Frucht.

„Ich finde, wenn man sie aus der Schale holt, dann sehen sie aus wie Edelsteine", sagt er. Martens glotzt ungläubig. „Hä?"

„Das hat nix mit Deinen Schulproblemen zu tun, aber schau mal, der Krieg kann vieles zerstören, aber diese Kastanien werden auch in hundert Jahren noch schön sein. Ich finde das beruhigend." Martens versteht immer noch nicht, was Hermann sagen will. Der lächelt seinen Schulfreund an. „

Sieh mal, Karl," – selten sprechen sich die Jungen mit dem Vornamen an, in der Schule stets mit dem Nachnamen oder einem Spitznamen. „Das mit Deiner Familie tut mir sehr leid, ich habe ja auch einen Bruder verloren. Man muss sich aber Dinge suchen, an denen man sich freuen kann, und deshalb habe ich das mit der Kastanie gesagt. Und es geht nicht nur darum, sondern man muss einfach zusammenhalten. Ich will nichts von Dir, keine Süßigkeiten, nichts. Vielleicht kannst Du mir ja auch mal einen Gefallen tun. Wann fangen wir denn mit Mathe an?"

Der dicke Martens strahlt übers ganze Gesicht. „Danke, Siebert, Du bist ein echter Freund!" Fast hätte er Hermann umarmt. Dann stutzt er. „Was denn für einen Gefallen?"

„Das weiß ich doch jetzt noch nicht, aber kann ja passieren," erwidert Hermann, der eigentlich ganz genau weiß, um welchen Gefallen er Martens bitten will. Als Nachbar wird er Waltraud Wittwer sicher gut kennen, vielleicht kann er ja mal ein zufällig aussehendes Treffen arrangieren. Aber das will er ihm jetzt noch nicht sagen. Er muss erst einmal herausfinden, wie verschwiegen Martens ist. Und dazu muss er ihm erst einmal Nachhilfe geben. „Also, wann fangen wir an?"

„Ich muss ab fünfe meinem Opa helfen, bis dahin habe ich Zeit. Ich gehe erst einmal nach Hause, esse was, wenn es Dir passt, bin ich um halb viere bei Dir." Hermann nickt, das ließ sich einrichten. „Bring aber alle Mathesachen mit", mahnt er den Dicken. Der nickt und macht sich auf den Weg. Eigentlich hätte Hermann gern heute Nachmittag Fußball gespielt – aber die Sache mit Martens war mit Blick auf Waltraud Wittwer einfach zu verlockend. In Gedanken versunken biegt er in die Moltkestraße ein. Seine Mutter kommt gerade aus der Bäckerei, hält einen Laib Brot in der Hand. Sie kauft immer das Brot vom Tag zuvor, sofern noch welches da ist. Hermann ist das eigentlich egal, aber immer wenn er an der Bäckerei vorbei geht, dann duftet es nach Frischgebackenem. Und er würde gern mal wieder ein noch ofenwarmes Brot essen.

„Wie war die Mathearbeit?“ fragt die Mutter.

„Gut, denke ich. Hab alle Aufgaben geschafft und nochmal nachgerechnet, da sollte nichts schief gegangen sein.“

Die Mutter streicht ihm mit einem Lächeln über den Kopf, sanft entzieht er sich der Zärtlichkeit. Er ist zu alt für so etwas, würde sie es denn mal einsehen?

„Der Martens hat mich gefragt, ob ich ihm Nachhilfe in Mathe geben kann, ich habe zugesagt. Kann er heute um halb vier zu uns kommen?“ fragt er. Die Mutter nickt.

„Aber wir haben nichts zu essen für ihn,“ sagt sie vorbeugend.

„Nur weil er dick ist, muss er uns doch nicht gleich die Haare vom Kopf fressen!“ sagt Hermann. Die Mutter lacht kurz auf.

„Ist ja schon gut, klar, das könnt ihr machen, kriegst Du denn was dafür?“ Hermann schüttelt den Kopf. „Ich finde, man muss sich gegenseitig helfen und nicht gleich etwas dafür verlangen.“

„Guter Junge!“ sagt die Mutter. Noch so etwas, was Hermann nicht leiden kann. Das klang so wie „Braver Hund!“ oder so. Aber er richtig böse sein kann er ihr deswegen auch nicht.

Mutter holt den Schlüssel aus ihrer graublauen Schürze, tritt die Füße auf dem Rost ab und geht ins Haus, Hermann folgt ihr. Heute gibt es tatsächlich Suppe, es ist eine dünne Linsenbrühe, Hermann brockt sich trockenes Brot hinein, trinkt einen Schluck Wasser nach jedem Löffel. Danach deckt er den Tisch ab, erledigt den Abwasch, trocknet das Geschirr ab – der Topf bleibt auf dem Herd, die Suppe wird noch zwei Tage reichen. Er schaut auf die Standuhr im Wohnzimmer, es ist zwei Uhr mittags. Die Mutter hat eine Putzstelle in der Arztpraxis von Dr. Frick in der Oberen Königsstraße. Sie verlässt das Haus, heute muss sie dort, ungewöhnlich für einen Montag, die Hausordnung erledigen, Wäsche im Waschzuber im Keller waschen, auswringen, aufhängen, trockene Sachen bügeln. Das Plätteisen bringt sie mit.

Hermann macht Schulaufgaben, paukt Lateinvokabeln. Und immer wieder schweifen seine Gedanken ab in die Wilhelmsstraße. ‚Bin ich verliebt?‘ fragt er sich. ‚Wie kann man verliebt sein, wenn man jemanden noch gar nicht kennt?‘, lautet seine eigene Antwort. Und dann denkt er an seine Eltern. Ob die auch mal in so einer Stimmungslage waren, damals, als sie sich kennen gelernt haben? Das war gleich nach dem Krieg gewesen. Er kennt ein Hochzeitsfoto, Vater hat schon die Augenklappe. Wie hat sich Mutter in einen Mann mit Augenklappe verlieben können? Sie ist heute noch eine hübsche Frau, schlank, ihr dunkles Haar ist von grauen Strähnen durchzogen, der Krieg und die Entbehrungen in all den

Jahren haben ihre Spuren im Gesicht hinterlassen. Die meisten Falten hat sie nach Ottos Tod bekommen. Und sie verzichtet darauf, sich einmal richtig aufzuhübschen, das passt nicht zur Trauer um den Sohn, meint sie.

Vater ist für Hermann ein alter Mann. Er scheint langsam anzufangen, gebeugt zu laufen. Komisch, dass er so alt wirkt, er ist nur drei Jahre älter als Mutter. Er schüttelt die Gedanken beiseite. Denkt an das Treffen mit dem Klassenkameraden. Er wird Martens wegen Waltraud ausfragen müssen, aber so, dass der keinen Verdacht schöpft.

Der Dicke erscheint pünktlich, schaut sich erst einmal in der Wohnung um. Und betrachtet die Bücher in Hermanns Regal.

„Karl May, klasse, den liebe ich auch. Was liest Du gerade?"

„Liegt auf dem Bett."

„In den Schluchten des Balkan – wie ist das, ich kenne das gar nicht."

„Halt anders als die Winnetou-Romane, aber dieser Kara Ben Nemsi ist ja eigentlich Old Shatterhand, ich finde, das ist eine tolle Geschichte."

„Kann ich mir das dann mal leihen, wenn Du durch bist?"

„Ja sicher. Aber jetzt erst einmal Mathe. Was sagen Dir die Binomischen Formeln?"

„Äh, naja, wir hatten das ja erst. Aber..." Martens schwächelt, Hermann hakt ein.

„Dann setz Dich mal hin. Ohne die zu begreifen wirst Du auch die nächste Arbeit in den Sand setzen." Hermann holt Blatt und Bleistift hervor und fängt an, dem Schulfreund das Basiswissen zu erklären.

Sie büffeln eine halbe Stunde, Martens' Laune bessert sich zusehends, denn endlich nimmt sich jemand Zeit, die Dinge so lange zu erklären, bis auch er sie verstanden hat. Als der Fliegeralarm ertönt, zucken beide zusammen.

„Mist, ob ich das noch nach Hause schaffe?" Martens schaut ängstlich.

Bleib doch hier!" sagt Hermann. Doch Martens will in die Wilhelmsstraße, er hat Angst vor dem Opa.

„Dann beeil Dich!" ruft Hermann, der Dicke springt polternd die Holztreppe im Treppenhaus hinunter. Es ist nicht weit bis zur Wilhelmsstraße, aber Martens muss sprinten. Tut ihm vielleicht ganz gut, denkt sich Hermann.

Dann packt ihn die Angst, die nächste Alarmstufe ist zu hören. Wo der Vater bloß ist? Und ob Mutter in den Luftschutzkeller in die Königsstraße geht? Er holt seine Sachen und mit Pudding in den Knochen schleicht er in den Keller, da geht die Tür auf und der Vater kommt herein. Hermann ist so erleichtert. Vater setzt sich neben ihn, gestern hatten sie Angst um ihn, jetzt haben die beiden Männer Angst um die Mutter. Wieder lauscht man nach draußen. Es dringen keine Fluggeräusche herein. Dennoch brütet jeder vor sich hin. Der alte Wille hustet trocken, immer wieder, manche nervt das kratzige Geräusch. Es wird kaum gesprochen, der Keller ist auch nicht so voll wie am Abend zuvor, viele sind noch an der Arbeit, wie Hermanns Mutter. Irgendjemand füllt sich Wasser aus dem Fass am Eingang in die Hände und trinkt ein paar Schlucke. Neben dem Fass liegen Decken, falls es mal brennt, dann soll man die Decken ins Wasser tauchen, sich umhängen und so Schutz vor den Flammen finden. Als endlich Entwarnung gegeben wird, schaut Hermann auf die Uhr. 16.48 Uhr. Kein Flugzeuggebrumm war zu hören gewesen und auch keine Detonation. Wieder einmal falscher Alarm. Umsonst Angst gehabt. Wieder ein zerrissener Tag. Immerhin weiß man, dass die Mutter bald heimkommen wird. In der Wohnung macht sich der Vater für die Nachtschicht bereit. Packt sich Brote in eine blecherne Brotbüchse und entschwindet in den Herbstabend.

Am Abend füllt sich das Residenzcafé langsam. Es ist die wahrscheinlich bekannteste, aber mit Sicherheit beliebteste Adresse in der Stadt, wenn es ums Tanzen geht. SS-Hauptscharführer Walter Donigk ist auf Heimaturlaub. Seine Eltern und seine sechs Geschwister wohnen in der Unterneustadt, die Mühlengasse ist eine heruntergekommene Straße mit vielen Hinterhäusern, die kinderreichen Familien wohnen oft im oberen Stockwerk der Häuser. Walter Donigk hatte nach der Hauptschule eine Glasbläserausbildung gemacht, aber immer schon die Chance gesehen, aus seinem vorbestimmten Leben als armer Schlucker mit Hilfe der Partei und des Militärs doch etwas zu machen. Mit seinen 22 Jahren hat er mittlerweile schon viel von der europäischen Welt gesehen. Zuletzt war er mit Einheiten seiner Leibstandarte Adolf Hitler in Italien gewesen, nach einem schweren Autounfall hatte er sechs Wochen mit einem komplizierten Beinbruch im Lazarett gelegen, seit ein paar Tagen nun war er, immer noch leicht mit dem verletzten linken Bein hinkend, wieder in Kassel. Fast ein Jahr war er nicht mehr in der Heimat gewesen und als er die Stadt mit ihren immer zahlreicher werdenden Bombenschäden sah, wollte sich das rechte Heimatgefühl nicht einstellen. Es kam ihm alles grau vor, die Stimmung war auch wegen der häufigen Fliegeralarme gedrückt, die Menschen wirkten kraftlos. Seine Geschwister, allesamt jünger als er, hatten ihn in seiner SS-Uniform bestaunt, auch das Eiserne Kreuz 2. Klasse. Seine Eltern waren heilfroh, den Ältesten halbwegs gesund wieder in die Arme nehmen zu können. Walter hatte sich mit seiner ärmlichen Herkunft immer als Mensch zweiter Klasse empfunden, das hatte sich bei der Waffen-SS geändert. Und so blickte er mittlerweile selbstbewusst in die Welt, wenn auch die Kriegsnachrichten vor allem aus dem Osten nicht so positiv waren. Aber die Deutschen und der Führer, da war er sicher, würden das schon richten.

Nun also geht er zum ersten Mal wieder aus. Die Uniform von jedem Staubkorn gereinigt, die schwarzen Stiefel gewienert – er glaubt jeden Moment zu spüren, dass die Menschen ihn respektvoll ansehen. Ein Kriegsheld auf Heimaturlaub – Walter redet sich ein, dass man ihn genauso sieht. Im Residenzcafé stehen die Tische dicht an dicht, es sind kaum Plätze frei. Vorne spielt eine Kapelle gerade einen Walzer, doch Lust auf Tanz scheint im Augenblick kaum jemand zu haben. Walter ist das erst einmal egal. Er bekommt einen freien Tisch mit zwei Plätzen in der Ecke vor der Garderobe zugewiesen, bestellt ein Bier. Sein Bein schmerzt, der Arzt sagt, dass er zeitlebens wohl Wetterwechsel voraussagen könne.

Das Bier kommt, er trinkt einen Schluck, es ist zu warm, aber egal. Er beobachtet das einzige Pärchen auf der Tanzfläche, der Mann in seinem Alter, aber in Zivil. Ein Drückeberger? Ein Partei-Günstling? Oder jemand, der nicht zur Uniform steht? Walter runzelt die Stirn. Ihm passen solche Typen nicht. Er bestellt noch ein Bier. Die beiden tanzen immer noch, die Frau ist eine mollige Blondine, die ein strahlendes Lächeln hat, das sie ihrem Tanzpartner immer wieder zuwirft. Walter beißt sich an diesem elegant gekleideten Schnösel fest, ist langsam auf Krawall gebürstet. Er schaut sich um, außer ihm ist niemand in SS-Uniform. Wenn er tanzen könnte, würde er hingehen, abklatschen und mit der Frau weiter tanzen. Schauen, wie der Zivilist reagieren würde. Aber tanzen geht mit dem Bein nicht. Da setzt sich ein neuer Gast an seinen Tisch, ebenfalls in der Uniform der SS. Man kommt sofort ins Gespräch, der andere war in Russland, hat ebenfalls Heimaturlaub, muss aber in zwei Tagen wieder weg, zurück an die Front. Joachim Senft ist sein Name, er wohnt in der Nähe, in der Hohentorstraße, sie finden irgendwann gemeinsame Bekannte und das ist ein weiterer Grund, noch ein paar Runden zu bestellen. Irgendwann fangen sie an, mit Heldentaten zu prahlen, was die anderen im Tanzlokal aber eigentlich nicht mithören wollen. Die beiden wirken störend.

Walter hat das Pärchen längst vergessen. Als die beiden das Residenzcafé verlassen, merken sie nicht, dass die anderen Gäste froh sind, die beiden lärmenden, saufenden Uniformträger los zu sein. Die beiden stolpern die Königsstraße herunter, Walters Bein schmerzt weiter, aber der Alkohol betäubt auch diese Sinne ein wenig. An der Einmündung

Hohentorstraße verabschieden sie sich, verabreden sich für den nächsten Tag. „Aber nich ins Resi", sagt Senft, vom Bier leicht nuschelnd. „Lass uns hier irgendwo, vielleicht die ‚Pinne'". Walter ist einverstanden, dann muss er nicht so weit laufen mit diesem schmerzenden Bein. Ihm ist übel, hoffentlich schafft er es noch bis zur Fulda, da kann er dann in den Fluss kotzen. Er geht über den Martinsplatz Richtung Fulda, merkt nicht, wie er sein linkes Bein immer heftiger hinter sich her zieht. Es sind kaum noch Menschen unterwegs, die Verdunkelung ist überall umgesetzt, man sieht in der Stadt kaum einen Lichtschein. Die Übelkeit wird immer heftiger, dieses miese Bier in den Kriegszeiten. An der Ecke zur Wildemannsgasse kann er es nicht mehr halten. Mit einer Hand stützt er sich an eine Hauswand, lauthals erbricht er sich, das Bier kommt in riesigen Schwallen aus seinem Magen, spritzt auf den Boden, auf seine Stiefel. Walter ist stinksauer. Wie er jetzt aussieht in seiner SS-Uniform... Er atmet durch, stützt sich immer noch an die Hauswand. Die Straße ist leer, aus den Häusern hört man hie und da noch Stimmen und den Volksempfänger. Plötzlich nähern sich Schritte, die Geräusche hallen in der engen Gasse. Walter nimmt ein Taschentuch und wienert, leicht schwankend, über die Vorderseite der Stiefel. Wohin jetzt mit dem Taschentuch? Steckt er es ein, riecht seine Uniform morgen garantiert nach Kotze. Er sieht einen Gullydeckel, wirft das Taschentuch auf den Boden und schiebt es mit dem gesunden Bein so lange hinein, bis es verschwunden ist. Die Schritte kommen näher. Er atmet noch einmal durch und wankt in Richtung Fulda. Die Schritte sind nun ganz nah, Walter bleibt stehen und dreht sich um. Erst kann er den Mann nicht sehen, als er an ihm vorbei geht, ist Walter hellwach: Der Zivilist! Hat wahrscheinlich seine Dame nach Hause gebracht und will jetzt selbst heim. Der Mann bleibt stehen: „Ist Ihnen nicht wohl, Herr Hauptscharführer?" fragt er. „Halt's Maul, Zivilist!" raunzt Walter ihn an. „Wir kämpfen für den Sieg und ihr Zivilistenschweine drückt Euch nur!"

„Herr Hauptscharführer, ich habe keine Lust auf eine nächtliche Diskussion, zumal Sie, mit Verlaub, etwas angetrunken scheinen. Ich habe vollsten Respekt vor der kämpfenden Truppe – aber auch in der Heimat müssen wir kämpfen. In der Fabrik meines Vaters werden kriegswichtige Waren hergestellt – oder wollen Soldaten künftig ohne Uniform kämpfen? Und das tun wir alles mit schlechtem Personal. Aber was rede ich... Heil Hitler und gute Nacht, Herr Hauptscharführer!" Der Mann dreht sich um und geht. Walter ist einen Sekundenbruchteil fassungslos, dann steigt unkontrollierbarer Zorn in ihm auf. Mit welchem Recht kanzelte dieser Kerl ihn hier mitten auf der Straße ab? Hochnäsiger Geldprotz, Fabrikantensohn, na und? Er ist unschlüssig, was zu tun ist. Aber eine unzähmbare Wut tobt in ihm. Irgendetwas muss er doch tun, damit der Schnösel mal nachdenklicher und dankbarer wird. Sein Blick fällt auf einen Haufen Pflastersteine, faustgroß. Er bückt sich, nimmt einen Stein und wirft. Er will ihn nur erschrecken, diesen verweichlichten Sohn, mal sehen, was passiert, wenn der Stein auf die Straße knallt.

Doch der Stein knallt nicht auf die Straße. Mit einem dumpfen Geräusch prallt er auf den Hinterkopf des Mannes, der sofort zusammensackt. Walter ist mit einem Schlag hellwach und nüchtern. Was hat er getan? Er blickt sich um. Die Fenster sind alle geschlossen, verdunkelt. Er schleicht an der Hauswand entlang zu der Gestalt, die am Boden liegt. Blut fließt auf das Pflaster. Er fühlt den Puls an Handgelenk und Hals. Nichts. Der Mann ist tot. Dass er jemanden umgebracht hat, stört Walter nicht. Das ist schon häufiger passiert. Entweder im Kampf oder es waren Juden oder Partisanen, die man einfach erschossen hat. Aber diesmal könnte ihm das zum Verhängnis werden, er muss die Tat auf jeden Fall vertuschen. Er nimmt den Pflasterstein, der dringend verschwinden muss, gleitet wieder ins Dunkle an der Hauswand und schleicht langsam Richtung Fulda. Er horcht nach hinten, ob jemand den Mann gefunden hat und Alarm macht. Nichts. Als er die Fuldabrücke überquert hat, atmet er auf. Und wirft den Stein in hohem Bogen ins Wasser.

Hinter einem verdunkelten Fenster an der Marktgasse sitzt derweil ein 15-jähriges Mädchen im Dunkeln und weiß nicht, was es tun soll. Dies ist die Wohnung ihrer älteren Schwester Renate, deren Mann im Krieg ist und die selbst Nachtschicht bei der Spinnfaser hat. Seit sechs Uhr abends passt sie auf ihre zweijährige Nichte auf. Hatte sie gerade in den Schlaf gesungen, als eben draußen die Männer miteinander sprachen. Hat im Dunkeln die Verdunkelungsvorhänge beiseitegeschoben und gesehen, wie der Mann in Uniform den Stein geworfen hat. Jetzt hockt sie auf dem Boden und zittert. Niemand da, mit dem sie reden kann. Waltraud Wittwers Nacht wird eine schlaflose sein. Sie kennt den Mann in Uniform. Er war am Tag vorher im Geschäft gewesen, hat Blumen gekauft, für die Mutter, hat er gesagt. Wie er heißt, das weiß sie nicht. Aber sie würde ihn wiedererkennen. Nur: Wem soll sie berichten? Und würde man einen Mann der Waffen-SS überhaupt belangen? Adelheid, ihre Nichte, schmatzt im Schlaf.

Dienstag, 5. Oktober 1943

Schon vor der Schule am Dienstag sind die Jungen in heller Aufregung. Es hat einen Mord gegeben in der Altstadt. Philip Rosen, der Sohn des Tuchfabrikanten, war erschlagen worden. Angeblich gibt es keine Zeugen. Manche kennen den jungen Mann, der gern gut gekleidet durch die Altstadt lief. Warum er nicht bei den Soldaten war – „Beziehungen…" – so lautet das häufig gebrauchte Argument und jeder machte dann die eindeutige Geste: Daumen und Zeigefinger rieben aneinander, sollte heißen: Da ist auch Schmiergeld im Spiel. Für die Jungen der Untersekunda aber ist das im Augenblick egal.
„Die ganze Straße soll voller Blut sein!" weiß Ernst Pötter, ein rothaariger, drahtiger Kerl mit einem lustigen Gesicht voller Sommersprossen.

„Das sehen wir uns nach der Schule an!" ruft Martens und die, die in Richtung Altstadt müssen, sind sofort dabei. Sie haben schon wieder Mathe und Dr. Heilig hat, diszipliniert wie er ist, die Arbeiten schon korrigiert. Es geht alphabetisch bei der Benennung der Noten, diesmal von hinten nach vorn, die Hefte werden zurückgegeben. „Siebert: Zweiplus, wieder ein paar Schusselfehler," sagt der Lehrer. Hermann schaut ins Heft, tatsächlich, aber die Schusselfehler sind keine Rechenfehler, er hat zweimal ein Komma vergessen. Doch es ist sinnlos, mit Dr. Heilig zu diskutieren, der Mann nimmt einfach alles zu genau. Er sieht Martens, der beinahe zitternd in der Bank sitzt.

„Martens: Dreiminus", Hermann sieht, wie der Dicke erleichtert zusammensackt. Na bitte, zu früh aufgeregt, denkt sich Hermann. In der Pause schauen die beiden in Martens' Heft.

„Siehst Du, Karl, hättest Du das mit den Formeln schon gestern Morgen gekonnt, dann wäre das vielleicht ne zwei geworden."

„Wirklich? Ich hatte noch nie ne zwei in Mathe, naja, in der zweiten Klasse vielleicht, aber da hieß das ja auch noch Rechnen."

Heute wird es nichts mit Nachhilfe, Martens muss im Laden helfen und Hermann will Fußball spielen, wenn das Wetter hält. Es ist wieder bewölkt, mittlerweile freuen sich die Menschen über diese grauen Tage, sind sie doch beinahe ein Garant dafür, dass es keine Angriffe geben wird.

Nach der Schule geht ein ganzer Pulk an Jungen Richtung Altstadt. Am Altmarkt werden sie langsamer, man muss erst einmal die Lage peilen. Sie lungern spähend am Dreihäusereck herum, drei wunderschöne Fachwerkhäuser, von denen es so viele gibt in dieser Altstadt mit ihren engen Gassen und Winkeln. Ist noch Polizei am Ort? Sie sehen in der Marktgasse noch ein paar Leute in langen Mänteln herum stehen, die Passanten befragen. Also bloß nicht zu nahe kommen. „Seht Ihr das Blut?“ flüstert Martens. Tatsächlich! Wenn man genau hin schaut, dann sieht man den großen dunklen Fleck auf dem grauen Kopfsteinpflaster. Es ist ziemlich gruselig, findet Hermann. Nach einigen Minuten wissen die Jungen: Hier ist es nicht so spannend wie erwartet. Hermann und der dicke Martens stehen als Letzte noch herum, da öffnet sich die Tür eines Hauses nicht weit von der Stelle, an der das Blut zu sehen ist. Ein blondes Mädchen tritt heraus, die Schultasche im Arm, der dunkelblaue Faltenrock weht im Wind. Waltraud! Hermann zuckt zusammen. Was macht die denn hier?

„Schau mal, da ist Waltraud vom Blumenhaus, was macht die denn hier?“ Marten spricht Hermanns Gedanken aus. Er zeigt auf das Mädchen, so auffällig, dass es ihr auffällt und zu den Jungen schaut.

„Vielleicht ein Verwandtenbesuch“, sagt Hermann betont uninteressiert und verabschiedet sich von Martens. Durch die Marktgasse will er nicht, also wählt er einen anderen Weg. „Hinter der Waage“ – die Straße führt zum Brink, dem schönen Brunnen in der Altstadt, dann ist er schon am Pferdemarkt. Zuhause zeigt er der Mutter die Mathearbeit, Vater muss noch unterschreiben. Die Eltern wissen es nach wie vor gut zu verbergen, aber sie sind sehr stolz auf ihren Sohn. „Von wem er das bloß hat“, sagt der Vater später, „von mir jedenfalls nicht.“ Die Mutter muss lächeln. Dann blieb ja nur noch eine Möglichkeit…

„Das kann ja wohl nicht wahr sein! Da wird mitten in der Stadt ein Mann erschlagen und niemand will etwas gesehen oder gehört haben. Das glaube ich nicht und das will ich nicht glauben!“ Kriminalkommissar Artur Drachsel tobt. Im Polizeipräsidium am Königstor trifft man sich am Nachmittag zur Besprechung. Die Aussagen der Anwohner werden präsentiert, die Ergebnisse der Passantenbefragungen. Im Residenzcafé war der junge Rosen gewesen. Zusammen mit seiner Verlobten, zumindest hatte sie selbst sich so bezeichnet: Sylvia Fasshauer ist ihr Name – aber die Tatsache, dass weder Rosens Eltern etwas von ihr, geschweige denn von einer Verlobung wussten, führte Drachsel zu dem Entschluss, sich doch mal näher mit der Dame zu beschäftigen. Und bei dem Gespräch, das er eben erst beendet hatte, da hatte sie ihm dann gestanden, Rosens Geliebte gewesen zu sein. Und Geld hatte er ihr auch für ihre Dienste bezahlt, hatte sie unter Tränen gestanden. Im normalen Leben arbeitete sie bei der Post – eine Nebenerwerbshure also. Sie wohne noch bei ihren Eltern und die könnten bestätigen, dass sie um 22 Uhr, wie verabredet, nach Hause gekommen war.

„Wo sie denn nach dem Residenzcafé gewesen seien?“, hatte Drachsel wissen wollen. Sylvia Fasshauer hatte rumgedruckst.

„Wo hast Du Dich von ihm bumsen lassen?“ hatte er geschrien. „Im Büro, da haben wir es immer gemacht…“ hatte sie geschluchzt. Die Firma Rosen hatte am Spohrplatz eine Büroetage, Drachsel kannte das Firmenschild am Eingang. Man würde die Räume durchsuchen.

Nun aber erst einmal die Besprechung. Sylvia Fasshauer hatte man erst einmal in eine der Zellen im Kellergeschoss gebracht. Laufen lassen konnte man sie immer noch, warum also Eile?

„Parteigenosse Rosen bittet, auch im Namen des Gauleiters, um schnellstmögliche Aufklärung des Falles. Wir sind also in Zugzwang und wir brauchen so schnell wie möglich eine belastbare Festnahme.“

„Und die Schlampe im Keller?“ fragt Kriminalassistent Möller, eine frettchenhafte Gestalt mit randloser Brille.

„Ich glaube nicht, dass die was damit zu tun hat, die wollte nur die Kohle fürs Bumsen. Und warum soll sie die Kuh, die sie melkt, töten? Nein, nein, da steckt was anderes dahinter. Hat schon jemand im Resi Befragungen gemacht?“ Drachsel schaut in die Runde.

„Keller macht das gerade“, sagt Möller.

„Warum nur einer?“ bellt Drachsel.

„Baecker und Christ sind auch dabei.“

„Warum sagen sie das nicht gleich? Ich erwarte Präzision in den Angaben, verstanden?“

„Jawoll, Herr Kommissar“, sagt Möller laut.

„Und ich gehe mal davon aus, dass jeder weiß, wie sehr Parteigenosse Rosen die nationalsozialistische Bewegung von Anfang an unterstützt hat. Deshalb brauchen wir Ergebnisse. Schnell. Jetzt. Sofort.“ Jeder der Anwesenden kennt die Geschichte. Der Textilfabrikant hatte Anfang der 30er-Jahre, schon vor der Machtergreifung, der SA die Uniformen spendiert, mit denen sie danach Terror in den Straßen Kassels verbreitet hatten. Ein Mann, der höchstes Ansehen bei der Parteiführung genoss. Und der von seinen guten Verbindungen immer profitiert hat. Als einer seiner Konkurrenten, ein jüdischer Fabrikant namens Ehrenreich, enteignet wurde, bekam Rosen dessen kleine Fabrik in Bettenhausen für einen Spottpreis.

„Was ist mit dem Mann, der Rosen junior gefunden hat?“

„Haben wir verhört. Der war nachts unterwegs, kam von der Arbeit bei Henschel, wo er mächtig Überstunden gemacht hat. Der hat sofort Alarm geschlagen, ein braver Bürger, wenn Sie mich fragen.“

Drachsel nickt. Die Tür geht auf, Dr. Gustav Freund kommt herein.

„Ah, Doktor, was können Sie uns über die Leiche sagen?“

Der groß gewachsene Mediziner, eigentlich ein schlanker Mann, aber mit einem komischen Spitzbauch, stellt seine abgewetzte braune Aktentasche ab, holt einen Block heraus und räuspert sich. „Tja, was soll ich sagen? Identität des Mannes ist ja bekannt. Sicher ist, dass er von hinten getötet wurde. Also irgendwie, verzeihen Sie, dass ich nichts Präzises sagen kann. Er hat einen Schlag bekommen, entweder direkt ausgeführt oder per Wurf, keine Ahnung. Wobei diese Verletzung eigentlich nicht zum Tode hätte führen müssen, aber der Arme wurde so unglücklich getroffen, dass die Wucht des Aufpralls die Wirbelsäule hat brechen lassen. Er war auf der Stelle tot. Ein Zentimeter weiter nach links oder rechts oder nach oben oder nach unten – und er wäre nur schwer verletzt gewesen. Ich gehe gefühlsmäßig davon aus, dass so etwas wie ein Stein geworfen wurde – also hätten wir es entweder mit einem treffsicheren Pflastersteinwerfer oder aber mit einem Zufallstreffer zu tun. Im Ergebnis ist das egal. Aber, wie gesagt, reine Hypothese, besser gesagt: Ein Bauchgefühl." Der Doktor schaut in die Runde.

Drachsel ist aufgebracht. „Doktor. Bauchgefühl? Was soll ich damit anfangen? Haben Sie nichts Konkreteres?"

„Nein. Habe ich nicht. Es war ein stumpfer Gegenstand, zumindest das steht fest. Ich habe Staub in der Wunde gefunden. Wahrscheinlich ein Pflasterstein. Auf keinen Fall ein Knüppel oder so etwas Ähnliches. Da lag doch ein Steinhaufen in der Nähe." Drachsel nickte. Alle schweigen, das Ganze erscheint rätselhaft.

„Mal eine Frage." Der Doktor räuspert sich. „Ist ja eigentlich Ihr Metier. Aber da ich den Vater des Opfers ganz gut kenne und auch schon gelegentlich bei ihm eingeladen war: Was hat Rosen junior in der Nacht in der Altstadt zu suchen gehabt? Ich meine, die wohnen in einer Villa am Mulang. Nur mal so, nix für ungut. Noch Fragen?"

Drachsel schüttelt den Kopf, wirkt nachdenklich. Als Freund gegangen ist, schaut der Kommissar in die Runde. „Freund hat Recht. Was macht Rosen um die Uhrzeit in der Altstadt?" Schweigen in der Runde.

„Man müsste die Eltern noch einmal befragen", sagt Möller. Ihm fällt nichts Besseres ein.

„Ja. Aber das mache ich selbst", verkündet Drachsel. „Und zwischenzeitlich will ich, dass hier irgendjemand eingebuchtet wird. Denken Sie sich was aus. Irgendeinen Verdacht oder Vorwurf kriegen wir schon hin. Aber es muss Resultate geben!" Er rauscht aus dem Zimmer.

Hermann kommt verschwitzt vom Fußball nach Hause. Kurt Gerber war der einzige, der einen Lederball sein Eigen nannte – der war heute nicht da gewesen, also haben sie, wie so oft, mit einem Ball aus Lumpen gespielt. Den musste man immer neu verknoten, aber immerhin besser als gar nichts. Das waren mal zwei unbeschwerte Stunden gewesen, das

Geschrei der Jungen vom sogenannten Bollengrün hatte man beinahe in der gesamten Karlsaue gehört. Hermann hat Hunger, die Mutter hat echte Butter ergattert, der Junge schmiert sich zwei Brote, eigentlich könnte er doppelt so viel verdrücken. Die Mutter legt ihm eine dritte Scheibe hin. „An der Arbeit hat heute einer Geburtstag und gibt Kuchen aus, Vater hat kein Pausenbrot mitgenommen", sagt sie zur Begründung. Ob es stimmt? Der Hunger besiegt die Zweifel, Hermann verschlingt die dritte Scheibe Brot. Und erzählt seiner Mutter von dem Mord in der Altstadt. Die weiß natürlich schon Bescheid, sagt nur: „Die armen Eltern, das ist, wie man hört, ihr einziges Kind gewesen."

Daran hat Hermann noch nicht gedacht. Der Sohn muss nicht in den Krieg – und wird auf offener Straße ermordet. Er will nicht drüber nachdenken, denn sofort kommt ihm sein Bruder wieder in den Sinn. Er geht in sein Zimmer und vertieft sich in Karl May. Die Geschichte um den rätselhaften Schut, den Kara Ben Nemsi und Hadschi Halef Omar auf der Spur sind, fesselt ihn.

Kommissar Artur Drachsel parkt seinen Wagen im Siebertweg am Mulang vor einem großen roten Backsteinhaus. Er hat seinen Besuch angekündigt, Jan Rosen, der Fabrikant, hatte die Notwendigkeit eines neuerlichen Gesprächs sofort eingesehen. Kriminalassistent Jochen Barthel bleibt im Auto zurück.

Diese Wohngegend schüchtert ihn immer wieder ein. Die prächtigen Villen zeugen von Reichtum und Einfluss. Dagegen kommt er sich immer aufs Neue unsagbar unwichtig vor. Er tankt gedanklich ein wenig Selbstbewusstsein und marschiert über ein paar graue Steintreppen zur Eingangstür. Er klingelt, ein Dienstmädchen mit weißer Schürze, auf der einige rote Flecken sind, öffnet. Er stellt sich vor, sie bittet ihn herein und in der Diele kommt ihm Rosen entgegen. Er ist ihm schon einige Male begegnet, der groß gewachsene Mann mit den stechenden dunklen Augen wirkt heute alles andere als souverän und kraftstrotzend. Es scheint, als habe er geweint. Wenn es so wäre, würde Drachsel das sympathisch finden. Ihm und seiner Familie sind solche Schicksalsschläge bisher erspart geblieben, doch Drachsel hat häufig genug Mühe, die Dinge, die er täglich in seinem Beruf erlebt, verdrängen zu können.

„Herr Kommissar, guten Tag! Ich bin Ihrer Bitte natürlich nachgekommen, aber bitte haben Sie auch Verständnis, dass der Tod unseres einzigen Kindes, zumal unter solchen Umständen, Kraft und Nerven raubt. Meine Frau wird nicht die Energie haben, lange dabei zu sein."

„Natürlich, ich mache es so kurz wie möglich." Rosen führt den Kommissar in einen Salon, mit Rokoko-Möbeln üppig eingerichtet, auf einem bunt bezogenen Sessel sitzt, nein, kauert Frau Rosen, ein Taschentuch in der Hand, die Augen rot geweint. Sie nickt ihm zu, Drachsel traut sich nicht, ihr die Hand darzubieten. Er macht den Versuch zu kondolieren, aber Jan Rosen unterbricht ihn.

„Herr Kommissar, bitte keine Höflichkeiten, im Interesse der Sache und vor allem auch im Interesse meiner Frau hinsichtlich ihres Zustandes wäre es gut, wenn sie einfach Ihre Fragen stellen würden."

Drachsel nickt und räuspert sich. „Wir gehen derzeit einigen Hinweisen nach, eine sehr wichtige Frage dabei: Was hat Ihr Sohn um diese Zeit in der Altstadt gemacht?"

Rosen schaut seine Frau an. „Welche Zeit soll das denn gewesen sein?"

„Wir wissen, dass er das Residenzcafé gegen 21 Uhr verlassen hat, danach war er, äh – wissen Sie eigentlich von der Dame?"

„Er hat mal gesagt, dass er da eine unbedeutende Affäre hatte, also seien Sie bitte offen, Sie treten jetzt nicht in ein Fettnäpfchen", sagt Frau Rosen leise. Drachsel überlegt kurz, wie Frau Rosen mit Vornamen heißt, aber er konzentriert sich wieder auf seine Fragen.

„Sie heißt Sylvia Fasshauer, arbeitet bei der Post, das nur der Vollständigkeit halber", ergänzt der Kommissar. „Ihr Sohn ist mit ihr nach 21 Uhr in Ihre Firmenfiliale an der Königsstraße gegangen." Drachsel macht eine kurze Pause, die beiden Rosens zeigen keine Regung. „Fräulein Fasshauer wohnt bei ihren Eltern in der Kölnischen Straße, die haben bestätigt, dass ihre Tochter vor 22 Uhr zuhause war." Wieder eine Pause.

„Ich habe keine Erklärung." Frau Rosen sagt es völlig kraftlos, zuckt mit den Schultern. Erna, genau, so hieß Frau Rosen mit Vornamen, Drachsel fällt es plötzlich wieder ein.

„Liebes, vielleicht legst Du Dich einfach hin", sagt Rosen und streicht seiner Frau mit zwei Fingern über die rechte Schulter. Erna Rosen scheint froh, gehen zu können. Es ist ihr zu viel. Zu viel Trauer im Herzen, zu viel nüchterne Sachlichkeit hier im Gespräch.

Als sie gegangen ist, geht Jan Rosen zu einer kleinen Anrichte, auf der ein gehäkeltes weißes Deckchen liegt. Darauf einige Flaschen und Gläser. „Cognac, Herr Kommissar? Ich brauche jetzt einen doppelten."

Drachsel überlegt kurz. Er ist noch im Dienst, aber wann hat er zuletzt einen guten Cognac getrunken? Und einen guten wird es in diesem Haus geben. „Gern, aber einfach", antwortet er.

Rosen schenkt ein. Der einfache ist ein doppelter, der doppelte mindestens ein vierfacher. Er reicht Drachsel das Glas, schwenkt seins, schnuppert kurz. „Französischer Cognac, hat mir ein Kunde mitgebracht. Wissen Sie, wer der Kunde war?" Drachsel schüttelt den Kopf. „Ribbentrop."

Drachsel staunt. Was hat der Reichsaußenminister mit Jan Rosen zu tun? Egal, das war auf jeden Fall ein eindeutiger und absichtlicher Hinweis, was die Beziehungen seines Gesprächspartners betraf.

„Wir haben uns beim Englisch-Studium in England kennengelernt, der Kontakt ist, auch weil wir politisch harmonierten, nie abgerissen. Auf meinen Sohn, Herr Kommissar!“ Rosen nippt an seinem Cognac, prüft den Geschmack und nimmt dann einen großen Schluck. Drachsel trinkt vorsichtig. ‚Was kommt jetzt?‘, denkt er. Findet seine passive Rolle in diesem Haus mit diesem Mann und seinen Beziehungen hemmend.

Rosen setzt sich auf den Sessel, auf dem seine Frau bis eben gesessen hat. „Diese Villa“, fängt er leise an zu reden, „gehörte schon meinem Großvater. Wir alle waren Unternehmer. Politisch interessiert, politisch aktiv. Zumindest im fördernden Sinn. Wir waren immer Opportunisten. Wer regierte, bekam Unterstützung. Ich stehe dazu. Bei den Nationalsozialisten habe ich früh erkannt, dass sie die Zukunft sind, habe sie unterstützt. Wie Sie vielleicht wissen. Aber ich will nicht abschweifen. Ich bin ein Einzelkind. Und nach der Geburt von Philip konnte meine Frau keine Kinder mehr gebären. Er setzte also die Tradition der Einzelkinder-Erben fort. Glauben Sie mir: Der Tod meines Sohnes zerreißt mir das Herz. Auf der anderen Seite habe ich immer so etwas befürchtet, denn Philip war anders.“ Er nimmt einen weiteren Schluck. „Es fällt mir sehr schwer, das Ihnen gegenüber so zu erklären, doch ich hoffe auf Ihre volle Diskretion, schon wegen meiner Offenheit. Kann ich darauf zählen?“

Drachsel meint, ein kleines Gefühl der Überlegenheit in sich zu entdecken, als bekäme er jetzt einen reichen, einflussreichen Mann an die Leine. Seine Diskretion, die Gedanken schießen durch seinen Kopf, kann ihm helfen. Für die Karriere, in etwaigen Problemsituationen. Er nickt. „Herr Rosen, ich habe drei Kinder. Die sind noch nicht erwachsen und wer kann schon garantieren, dass ihr Lebensweg so läuft, wie man sich das als Vater wünscht?“

Rosens Mund umspielt der Anflug eines Lächelns: „So ist das, und das ist gar nicht die reine Lehre, es gibt immer Hürden, Hindernisse. Und auch nicht jeder Reichsmarschall ist das reine und gewollte Produkt seiner Erziehung.“

Drachsel zuckt zusammen. Rosen spielt auf Görings Drogenprobleme an, die im Reich bekannter sind, als es der Führung lieb wäre. Hoch riskant, so etwas zu äußern. Aber vielleicht trüben Trauer und Cognac dem Fabrikanten die Sinne?

„Was ich sagen will: Philip war nicht normal. Oder sagen wir: Er war halb-abnormal.“

Drachsel versteht kein Wort, Rosen sieht ihn an und merkt, dass er deutlicher werden muss.

„Verstehen Sie nicht?" Rosen wird laut, bemerkt das selbst und macht eine beruhigende Geste, trinkt einen Schluck. „Mein Sohn hatte Liebschaften. Mit Frauen, wie mit dieser, wie hieß sie?"

„Sylvia Fasshauer."

„Danke. Aber eben auch mit Männern." Er lässt die Worte durch den Raum schwirren, schaut den Kommissar an. Der sitzt versteinert da.

„Dann meinen Sie, dass er, nachdem er, dass er dann noch..."

Rosen nickt. „So könnte es gewesen sein. Das wäre die Erklärung, warum er noch in der Altstadt war. Aber eben nicht die Auflösung, wer ihn umgebracht hat. Denn er hat alle gut bezahlt. Und seine Brieftasche hatte er, wie ich vernommen habe, noch bei sich. Gut gefüllt." Drachsel nickt. Der Cognac tut seine Wirkung. Rosen nimmt die Flasche, schenkt beiden üppig nach.

„Ich habe ihn auf die Nachfolge vorbereitet. Philip hatte, was keiner weiß und ich kenne die Gerüchte darum, dass er nicht eingezogen wurde, schwerstes Asthma. Wir hatten immer Angst um ihn, es gibt kein Medikament dagegen, ich habe ihn zu den besten und teuersten Ärzten geschickt. Wissen Sie, Herr Kommissar, er hatte keine lange Lebenserwartung. Ich wusste wegen dieser eindeutigen Diagnosen, dass er vor mir sterben würde, höchstwahrscheinlich. Aber so..." Rosen setzt sich wieder, rieb sich die Stirn.

Drachsel fühlt mit dem Mann mit. Und denkt an die Frau, die oben wahrscheinlich wieder weinte. Was nützte einem aller Reichtum der Welt, wenn einem so was widerfuhr....

Rosen spricht weiter, es ist, als nutze er die Gelegenheit, endlich mal alles von der Seele zu reden. Und das in Anwesenheit eines Kriminalkommissars.

Doch Drachsel, eigentlich ein harter Hund, hat auf der einen Seite Mitgefühl, auf der anderen Seite sieht er seine Chance. „Herr Rosen, ich muss jetzt gehen, meine Familie...", – er kommt nicht zum Ende, Rosen unterbricht ihn.

„Nein, Herr Kommissar, nur einen letzten Schluck noch. Ich danke Ihnen für Ihre Geduld, für Ihr Verständnis. Wenn ich mal irgendetwas für Sie tun kann, lassen Sie es mich wissen."

Er erhebt sich, schwankt, mein Gott, wie viel Cognac hat der sich in der kurzen Zeit wohl verpasst? Drachsel ist auch angetrunken, aber Rosens Aussage eben verleiht ihm neue Energie. Rosen schenkt ein, sein eigenes Glas ist halbvoll, Drachsel nimmt ihm die Flasche aus der Hand. Schenkt sich selbst ein. Nur einen kleinen Schluck. Rosen trinkt. Auf ex. Sinkt in den Sessel, Tränen laufen ihm aus den Augen. Drachsel wartet. Trinkt seinen Cognac, wartet die Minuten ab, bis Rosen eingeschlafen ist. Das Dienstmädchen kommt herein.

„Das ist alles so traurig", sagt sie, mit Tränen in den Augen. Da bricht bei Drachsel eine Idee durch den leichten Cognac-Nebel.

„Verzeihen Sie, Fräulein..." der Kommissar schaut die junge Frau fragend an. Sie wirkt ein wenig pummelig, hat ein hübsches Gesicht, unter einem dunklen Pony funkeln zwei strahlend blaue Augen.

„Grimm, Heiderose Grimm", sagt sie.

„Fräulein Grimm, wie lange arbeiten Sie schon hier bei der Familie Rosen?"

„Fünfeinhalb Jahre", antwortet sie mit leiser Stimme, schaut sich um, ob jemand zuhört. Doch Rosen ist eingeschlafen, seine Frau hält sich irgendwo im ersten oder zweiten Stock des Hauses auf. Drachsel nickt.

Wie gut kannten Sie Philip Rosen?" Sofort wird ihr Gesicht leicht rot.

„Warum? Ist das ein Verhör?" antwortet sie mit unsicherer Stimme. Der übliche Vorgang, mit einer Rückfrage Zeit zu gewinnen.

„Beantworten Sie bitte meine Frage", entgegnet er mit etwas strengerem Ton.

„Naja, ich wohne halt auch hier, habe im Hinterhaus ein Dienstbotenzimmer. Wie man sich dann so kennt."

„Also die ideale Möglichkeit, auch Liebhaber zu empfangen, ohne dass die Rosens etwas merken." Drachsel schaut sie mit der bei diesem Alkoholpegel größtmöglichen Konzentration an.

„Was für Liebhaber denn?" Wieder ein Manöver zum Zeitgewinn.

„Vielleicht Herr Rosen junior selbst? Er soll für solche Dienste gut gezahlt haben." Ihr Gesicht verfärbt sich tiefrot.

„Was erlauben Sie sich? Wollen Sie mir unterstellen, ich sei eine Nutte?"

„Sind Sie es denn im Fall des Herrn Rosen gewesen?"

„Nein! Und jetzt lassen Sie bitte diese Unterstellungen, ich muss mich um Herrn Rosen kümmern."

Drachsel empfindet das Verhalten als unverschämt, so lässt man bei der Polizei nicht mit sich umspringen. „Dann nehme ich Sie jetzt mit zum Verhör. Kommen Sie bitte mit." Er winkt dem Kollegen Barthel zu, der ziemlich auffällig am Gartentor herumstand. Heiderose Grimm steht stocksteif im Flur.

„Aber..." stammelt sie, „Verzeihung, ich..."

„Kein Aber. Wenn Sie nicht kooperativ sind, werden wir sehen, wie wir Sie zur Kooperation motivieren können. Los, raus aus dem Haus, Türe zu und rein in den Wagen. Machen Sie bitte keine Fisimatenten, mein Kollege neigt dazu, sich und seine Befehle mit aller Gewalt durchzusetzen."

„Aber Herr Kommissar, jemand muss sich um die Rosens kümmern, wenn Herr Rosen aufwacht und sieht, dass ich nicht da bin, weil die Kripo mich abgeholt hat, weiß ich nicht, wie er reagiert!“

Drachsel überlegt kurz, die Grimm hat nicht ganz Unrecht. Und wenn Rosen sich beschwerte, fiel ihm, Drachsel, die Sache möglicherweise mächtig auf die Füße. Das kann er nicht riskieren.

„Versuchen wir's“, sagt er, eine Spur höflicher, „aber nur, weil ich Herrn und Frau Rosen einen Gefallen tun will. Und nur unter der Voraussetzung, dass Sie mir die absolute Wahrheit sagen.“ Heiderose Grimm nickt, geht zurück in den Salon, deckt Jan Rosen mit einer Wolldecke zu, macht ein Zeichen, dass sich Drachsel noch gedulden solle, steigt die Treppe nach oben, schaut in ein Zimmer, schließt die Tür leise und kommt zurück.

„Frau Rosen schläft, kommen Sie bitte mit.“ Sie macht die Tür zu und Drachsel folgt ihr hinters Haus, wo abseits im Garten ein kleines, wie ein Hexenhäuschen aussehendes, Fachwerkgebäude steht. Heiderose Grimm öffnet die Tür, das Haus bietet Raum für ein Schlafzimmer und ein kleines Bad mit Toilette. Nicht schlecht für ein Dienstmädchen, denkt sich Drachsel. Setzt sich auf den einzigen Sessel und sieht die Grimm erwartungsvoll an.

Nach einer halben Stunde weiß der Kommissar Bescheid. Ja, Heiderose Grimm und Philip Rosen hatten gelegentlich miteinander geschlafen. Ihr war von Anfang an klar gewesen, dass daraus keine Beziehung werden würde. Aber sie mochte Philip Rosen, er war ein guter Liebhaber, machte ihr gelegentlich kleine Geschenke – aber Geld hatte sie nie von ihm bekommen. Sein Tod ging ihr nahe, zwischendurch musste sie immer wieder weinen. Und Drachsel hat keinen Zweifel an der Darstellung. Und verspricht zum Schluss Diskretion den Rosens gegenüber.

Auf dem Heimweg schaut er noch einmal im Polizeipräsidium vorbei. Man hat tatsächlich jemanden verhaftet, Erich Esser ist sein Name, ein polizeibekannter Einbrecher, der an dem Abend, an dem Philip Rosen umgebracht worden war, irgendwann nach 22 Uhr aus der „Fahne“, einer Kneipe nahe des Tatorts geflogen war und darüber sichtlich verärgert gewesen war. Er stritt die Tat ab, das ist aber wurscht, solange man den richtigen Täter nicht hat, kann man mit Esser einen schnellen Fahndungserfolg präsentieren. Esser wohnt in der Ziegengasse, muss also auf dem Heimweg irgendwie am Tatort vorbei gekommen sein. Er gibt an, Philip Rosen gar nicht zu kennen. Es gibt also keinen begründeten Verdacht. Aber nach dem fragt auch niemand. Denn Esser war in früheren Jahren ein aktiver Kommunist. Und das ist allemal Grund genug, ihn einzubuchten.

Mittwoch, 6. Oktober 1943

Artur Drachsel ist an diesem Mittwoch besonders angespannt. Welchen Stein man auch umdreht – es findet sich keine Antwort darauf, wohin Philip Rosen in der Nacht, in der er starb, gehen wollte. Wenn er tatsächlich ein Rendezvous mit einem Mann gehabt haben sollte – dann würde diese Person alles daran setzen, anonym zu bleiben. Homosexualität wurde im Dritten Reich strengstens bekämpft, dass sich Jan Rosen, was die Neigungen seines Sohnes betraf, am Vorabend so weit aus dem Fenster gelehnt hatte, war ein mutiger Akt. Aber seitens der Ermittlungsbehörden wusste ja nur Drachsel von dem Fall. Artur Drachsel hatte schon gestern Abend beschlossen, die Sache für sich zu behalten. In der Hoffnung, dass sich das mal auszahlen könnte. Auch in den Dienstbesprechungen zu dem Fall, bei denen die Gestapo wegen der möglichen politischen Dimension der Tat dabei war, hatte er nichts davon erwähnt, so dass die Polizei in diesem Punkt weiter komplett im Dunkeln tappt. Dafür hat man Erich Esser stundenlang verhört. Noch ohne irgendwelche Druckmittel anzuwenden, wie Drachsel die Folterprozedur der Gestapo nennt. Am Nachmittag klingelt in Drachsels Büro das Telefon. Jan Rosen ist am Apparat.

„Können Sie ungestört sprechen?" fragt er direkt.

„Ja." lautet die knappe Antwort des Kommissars. Er ist gespannt, was jetzt kommt, dreht nervös einen Bleistift mit Daumen und Zeigefinger der rechten Hand.

„Ich war Ihnen gegenüber gestern Abend sehr offen, Herr Kommissar. Ich möchte mit diesem Anruf einfach nur sicher gehen, dass die pikanten Informationen über meinen Sohn nicht in die falschen Ohren gelangen." Pause. Drachsel räuspert sich. Die Bürotür ist geschlossen, dennoch redet er leise.

„Sie können sich auf meine volle Diskretion verlassen, Herr Rosen. Ich habe diese Informationen noch nicht weitergegeben und werde sie auch nicht weitergeben."

„Womit Sie möglicherweise die Ermittlungen behindern, sehe ich das richtig?"

„Ich bespreche das, ehrlich gesagt, ungern am Telefon. Wenn Sie möchten, kann ich gern noch einmal vorbei kommen oder wir treffen uns irgendwo in der Stadt."

„Dann erwarte ich Sie gegen 17 Uhr, passt das?" fragt Rosen. „Ich bin pünktlich da." Rosen legt auf. Die Dinge entwickeln sich in die richtige Richtung, denkt sich der Kommissar. Und gibt telefonisch die Anweisung,

Sylvia Fasshauer zu entlassen. Die hatte nun lange genug gebrummt. Drachsel hat plötzlich gute Laune, davon soll das Mädchen profitieren.

Als er, wieder einmal, spät am Abend nach Hause kommt, ist die Laune weiter ungetrübt. Er hat Rosen, der ein wenig Angst hatte wegen des bisexuellen Hintergrundes seines Sohns, seine im Laufe des Tages entstandene Theorie erläutert. Es sei sehr unwahrscheinlich, dass jemand aus der Homo-Szene Philip Rosen erschlagen habe, schließlich sei er ja sicher ein gut zahlender Kunde gewesen. Da ein Raubmord ausgeschlossen wird, strickt Drachsel ein wagemutiges, aber zugkräftiges Konstrukt. Der junge Rosen sei Opfer eines politischen Verbrechens geworden, in diese Richtung werde man nun weiter ermitteln. Rosens Unternehmen seien kriegswichtige Betriebe, wenn man davon ausgehe, dass der Mord eine Art Anschlag auf das Kapital einerseits und auf einen Teil der Kriegsmaschinerie andererseits darstelle, dann könne man den Täter unter den wenigen noch in Kassel lebenden Kommunisten suchen. Außerdem habe man bereits einen Verdächtigen festgesetzt, der Mann leugne die Tat, er sei aber um die Tatzeit in der Nachbarschaft unterwegs gewesen, dazu ziemlich betrunken, nicht ausgeschlossen, dass er einfach ausgerastet sei, als er den elegant und teuer gekleideten Fabrikantensohn gesehen habe. Man werde ihn am morgigen Donnerstag so richtig in die Mangel nehmen. Rosen hatte den Namen des Mannes wissen wollen. Als Drachsel den Namen Erich Esser nannte, hatte Rosen genickt. Esser hatte vor Jahren bei Rosen gearbeitet, er hatte ihn aber wegen dessen Alkoholproblemen irgendwann gefeuert. Und da hatten sie es dann, das Motiv. Rosen hatte sich ausgiebig bedankt, auch im Namen seiner Frau, die aber, so der dezente Hinweis des Fabrikanten, von den Neigungen des Sohnes nichts wisse. Drachsel hatte das Haus verlassen in der Gewissheit, jetzt einen wichtigen Fürsprecher in allen Fragen zu haben.

Drachsel erzählt seiner Frau später in ihrer Wohnung in der Parkstraße, dass er am nächsten Tag den Fall sicherlich abschließen werde. Charlotte Drachsel, eine schlanke, rothaarige Frau mit schönen Gesichtszügen, aber einer leichten Hakennase, lächelt und sagt: „Du bist eben ein guter Polizist!“ Drachsels Glückstag war nun komplett. Beinahe. Er folgt seiner Frau ins Schlafzimmer.

Donnerstag, 7. Oktober 1943

Hermann Siebert und seine Klassenkameraden diskutieren auf dem Heimweg mal wieder über den Mord an Philip Rosen. Walter Herbst hat in der Schule erzählt, sein Vater habe zuhause berichtet, dass man einen Verdächtigen festgenommen habe. Der Mann sei ein Säufer und wohl auch mal als Kommunist bekannt gewesen. „Aber warum ist denn dieser Rosen um die Zeit noch in der Altstadt Richtung Fulda unterwegs gewesen?" Auf die Frage des dicken Martens weiß niemand so recht eine Antwort. „Der wohnt doch bestimmt in einer Villa, irgendwo in Wilhelmshöhe oder so. Und dann läuft der nachts durch die Altstadt. Komisch." Die Jungen geben ihm Recht, aber vermutlich ließ sich diese Frage kaum klären, es sei denn, der Verdächtige wusste eine Antwort. Am Altmarkt trennen sich die Wege, Hermann will in der Brüderstraße im Geschäft von Hermann Reccius noch ein Gesangbuch für die Mutter kaufen, der Laden ist darauf spezialisiert. Die Mutter ekelt sich ein wenig vor den Gesangbüchern in der Kirche, die abgegriffen und klebrig sind. Sie will ihr eigenes. Hermann klimpert mit den Geldstücken in der Hosentasche seiner braunen Kniebundhose. Er überquert den Altmarkt, achtet auf den Verkehr und als er nach rechts schaut, sieht er in der Marktgasse wieder die auch aus der Ferne so vertraute Gestalt von Waltraud Wittwer. Ein angenehmer Schreck durchzuckt ihn, was macht das Mädchen schon wieder hier? Sie ist beinahe festtagsmäßig angezogen, ein blaues Kleid, die blonden Haare zu einem Zopf geflochten. Waltraud scheint auf irgendjemanden zu warten. Er schlendert näher, als er ganz nah ist, schaut sie ihn an.

„Guten Tag!" sagt Hermann. Er ist extrem nervös. Er findet das Mädchen einfach traumhaft schön.

„Guten Tag!" entgegnet sie und lächelt. Sein Herz explodiert. Sie lächelt ihn an, einfach so! Hermann will stehen bleiben und die Gelegenheit nutzen, mal einen kleinen Plausch zu starten – da geht die Haustür auf, eine gut gekleidete, ebenfalls blonde Frau stürmt heraus, sie beachtet Hermann gar nicht.

„Entschuldige, Schwesterchen, ich hatte den Schlüssel verlegt, musste ihn erst suchen. Nun aber los. Zum Königstor geht es da lang." Die beiden Frauen gehen schnellen Schrittes die Marktgasse Richtung Martinsplatz. Waltraud schenkt ihm keinen Blick mehr, sie wirkt jetzt plötzlich nervös. Mist, denkt sich Hermann – und fragt sich sofort, was die beiden wohl im Königstor wollen. Und dann in so feiner Kleidung. Er erinnert sich an seinen Auftrag, schaut auf die Uhr, ups, das wird eng, hoffentlich hat der

Laden nicht schon Mittagspause. Doch genauso ist es. Als Hermann am Haus Brüderstraße 1 angekommen ist und die Tür öffnen will, ist sie verriegelt. Also muss er am Nachmittag noch mal hin.

Waltraud Wittwer hat es am Mittwoch nicht mehr ausgehalten. Das, was sie da in der Nacht gesehen hat, kann sie nicht länger für sich behalten. Aber wie am besten vorgehen? Da half der Zufall. Ihre Schwester Renate war am Nachmittag unangemeldet kurz zu Besuch in die Wilhelmsstraße gekommen, da hat sie es ihr einfach erzählt. Renate hatte eigentlich nur kurz bleiben wollen, aber sie hatte heute frei, Adelheid spielte ruhig im Wohnzimmer und nervte niemanden – also nahm sie sich die Zeit für ihre Schwester. Sie war acht Jahre älter als Waltraud und diente der Jüngeren als Vorbild und Stütze in allen Lebenslagen. In dem Fall aber mussten sie die Eltern informieren und gemeinsam beraten, was zu tun sei.

„Wie hat der Mann genau ausgesehen?" wollte der Vater wenig später wissen.

„Ich glaube, er hat eine Uniform angehabt, ich vermute eine SS-Uniform, aber Dienstgrad und so weiter konnte ich nicht erkennen."

„Ich glaube, ich vermute – das wird der Polizei wenig nutzen", hatte der Vater eingewandt.

„Aber ich kann das Gesicht gut beschreiben", hatte Waltraud entgegnet, „der war schon bei uns im Laden, vorgestern oder so...".

„Na gut, geht ins Polizeipräsidium, dann bist Du's wenigstens los und es liegt Dir nicht mehr auf der Seele." Der Vater schien einer Aussage wenig Erfolg beizumessen, aber die Schwestern beschlossen, am nächsten Tag dorthin zu gehen.

Nun stehen Sie vor dem Eingang zum Polizeipräsidium. Das Gebäude selbst schüchterte einen schon mit seiner wuchtigen Architektur ein. Der dunkle Steinbau ist ein massiges Gebilde, die vergitterten Fenster, hinter denen Waltraud Sträflinge vermutet, flößen Angst ein. Die beiden besprechen sich noch einmal kurz.

Artur Drachsel lehnt sich unterdessen zufrieden zurück. Man hat dem armen Erich Esser buchstäblich auf die Finger geklopft, da hat er die Tat schon gestanden. Er kenne Philip Rosen seit langem, sehe ihn häufiger in der Stadt. Er habe sich rächen wollen für den Rauswurf, in der Nacht habe ihn die kalte Wut gepackt und er habe ihn mit einem Stein auf den Kopf gehauen, wo genau er getroffen habe wisse er nicht mehr, schließlich habe er schon ein paar Bier und Korn intus gehabt. Das mit dem Stein haben sie ihm in den Mund legen müssen, ursprünglich wollte er ihn einfach nur geschlagen haben. Aber das konnte ja anhand des Untersuchungsberichtes nicht sein – nach einer kurzen weiteren intensiven Befragung stimmten Aussage und Bericht überein. Allerdings würde Esser nach diesem Verhör seine Hände kaum noch gebrauchen können.

Drachsel hat den Bericht von der Durchsuchung von Essers Bude auf dem Tisch, er haust in einem kleinen Zimmer unterm Dach des Hauses Ziegengasse 8, er ist Untermieter in einer sowieso völlig überbelegten Wohnung. Vermutlich kann sich die Familie, die als Mieter angegeben wird, die Wohnung nur durch das Zubrot der Untervermietung leisten. Die Toilette für vier Wohnungen ist eine Tage tiefer. Im Treppenhaus riecht es nach einer Mischung aus Kloake und Kohlsuppe, berichten die Kollegen Baecker und Christ.

Essers Bude ist eine Müllhalde, Dinge, die Esser belasten könnten, findet man nicht. Aber man hat ja das Geständnis. Er will gerade Jan Rosen anrufen, da steckt seine Sekretärin Magda Rehm den Kopf durch die Tür. „Da ist Besuch für Sie, Herr Kommissar. Eine Frau Renate Hausmann die mit ihrer 15-jährigen Schwester da ist. Das Mädchen sagt, es hätte den Mord an Philip Rosen gesehen."

„Wie bitte?"

„Es hat sich erst nicht getraut, sich jemandem mitzuteilen, hat es gestern ihrer Schwester erzählt. Es ist Waltraud Wittwer, ihre Eltern haben den Blumenladen in der Wilhelmsstraße."

„Na, dann mal rein mit den beiden." Drachsel atmet schwer durch. Einerseits ist er neugierig auf die Aussage. Andererseits hat er geistig den Fall bereits abgehakt. Man würde Esser verurteilen und hinrichten – ein schnell geklärter Fall, gut fürs Renommée und vor allem gut, was seine Beziehung zu Jan Rosen betrifft. Was also hatte Waltraud Wittwer gesehen? Er kennt ihren Vater, hat gelegentlich schon mal dort einen Strauß für Charlotte gekauft. Eine solide Familie, so schätzt er sie ein.

Es klopft. Magda Rehm öffnet die Tür, die beiden Schwestern kommen herein, beide wirken eingeschüchtert, die ältere hält ihre hellbraune Handtasche mit beiden Händen fest. Drachsel stellt sich vor, stellt zwei Holzstühle ohne Polsterung vor seinen Schreibtisch, die beiden Frauen setzen sich, Drachsel bleibt erst einmal stehen. Magda Rehm hat sich leise entfernt.

„Nun, was führt sie zu mir?" Er zündet sich eine Overstolz an, die er aus einem Holzkästchen auf seinem Schreibtisch fischt. Drachsel raucht selten, manchmal tut er es in seinem Büro nur, um Gästen zu zeigen, wer hier der Hausherr war.

„Meine Schwester..." beginnt Renate Hausmann.

„...kann sicher selbst sprechen", fällt Drachsel ihr ins Wort. Waltraud schaut ihre Schwester an, die kurz nickt. Die beiden haben sicher noch nie mit der Polizei zu tun gehabt, nimmt Drachsel an, der Puls wird bei jenseits der 100 liegen. Waltraud holt tief Luft. Ein hübsches Ding, genau wie ihre Schwester, denkt sich der Kommissar.

„Meine Schwester hatte in der Nacht vom 4. auf den 5. Oktober Nachtschicht bei der Spinnfaser. Mein Schwager ist im Feld, wenn Renate Nachtdienst hat, dann passe ich in der Regel auf meine Nichte Adelheid auf, schlafe dann in der Wohnung in der Marktgasse."

„Welche Hausnummer?"

„27, zweiter Stock", wirft Renate Hausmann ein. Drachsel nickt.

„Meine Nichte war gerade eingeschlafen, da habe ich eine laute und eine etwas leisere Stimme gehört, hab das Licht ausgemacht und ein Stück die Vorhänge zurück gemacht, da habe ich es dann gesehen."

„Was genau?"

„Der Mann, der jetzt tot ist, ging die Marktgasse hinunter Richtung Altmarkt, ein anderer, so zehn Meter hinter ihm, hat sich gebückt, einen Pflasterstein genommen und nach ihm geworfen. Er muss ihn getroffen haben, denn der sackte sofort zusammen und regte sich nicht mehr."

„Und wie sah der Mann aus?"

„Erst habe ich ihn in der Dunkelheit ja gar nicht gut gesehen. Und dann kam er näher, schaute sich um, schlich aber an den Hauswänden entlang, tastete den anderen Mann ab, nahm den Stein und verschwand ganz schnell. Er war groß, ich glaube, dass er in dieser Woche bei uns im Geschäft war."

„Hast Du irgendetwas gesehen, das Du wiedererkennen würdest?"

„Naja, ich glaube – eigentlich sollte ich das nicht sagen, weil das ja nur Ärger geben kann, also, ich glaube, der hatte eine Uniform an, ich würde sagen SS. Ich habe aber auch mehr auf das Gesicht geachtet, ich glaube, das würde ich wiedererkennen."

„Sicher bist Du aber nicht, was die Uniform betrifft?"

„Es war ja so dunkel und wie gesagt, eigentlich sollte ich das ja auch gar nicht sagen." Drachsel nahm einen letzten Zug und drückte die Zigarette in einem Messingaschenbecher aus.

„Noch einmal: Wie sah er aus, Du hast ja das Gesicht gesehen?"

„Dunkle Haare", – passt zu Esser, denkt sich Drachsel. „Kantiges Gesicht." Passt auch, Drachsel jubelt innerlich. „Und er hat gehinkt." Passt nicht.

„War das Hinken vielleicht ein Torkeln, so wie ein Betrunkener?"

„Hm, eher nicht, der hat ein Bein nachgezogen, das linke war's." Alles passte zu Esser, nur die Sache mit dem Bein nicht. Drachsel würde sich später damit beschäftigen.

„Warum bist Du denn nicht gleich zur Polizei gegangen?" Waltraud zuckt mit den Schultern.

„Ich weiß nicht, ich habe gedacht, dass man mir nicht glauben wird, hatte auch Angst, ich will ja auch niemanden falsch beschuldigen."

Drachsel nickt, als habe er Verständnis, er will die Frauen ein wenig beruhigen. Viel ist das nicht, was die Kleine an Fakten zu bieten hat, aber er will das Ganze doch ernst nehmen. Er greift zum Telefon: „Baecker? Gegenüberstellung vorbereiten. Drei Freiwillige und unser Mann. In fünf Minuten." Er wendet sich den Frauen zu, Renate hält die Handtasche immer noch mit beiden Händen, sitzt völlig verkrampft auf ihrem Stuhl. Die Jüngere ist angespannt, aber dennoch lockerer als ihre große Schwester. „Sie haben es ja gehört. Wir haben einen Verdächtigen gefasst, wir machen jetzt eine Gegenüberstellung. Keine Angst, Sie können den Mann sehen, er Sie aber nicht." Er überfliegt noch einmal seine Notizen. „Gut, dass Sie heute den Mut hatten auszusagen. In Ihrem Alter ist das sicher alles nicht so einfach, denke ich mir. Was machen Sie eigentlich, wenn Ihre Schwester an der Arbeit ist, Sie sind in der Marktgasse und es gibt Alarm?"

„Dann nehme ich Adelheid, unsere gepackten Taschen, und gehe in den Keller", sagt Waltraud, die sich wundert, dass der Kommissar sie plötzlich siezt.

„Eine mutige Person, Ihre Schwester, Donnerwetter!" sagt der Kommissar zu Renate. Die lächelt nur, was soll sie auch sagen? Der Kommissar schaut auf die Uhr.

„Kommen Sie, gehen wir!" Drachsel steht auf und geht voraus. Es ist ein langer Flur, der Boden ist blitzblank gewienert, die Schritte hallen laut. Am Ende des Flurs öffnet Drachsel eine Tür. Der Raum ist leer. Er bittet Waltraud Wittwer, durch einen Sehschlitz in der Wand zu schauen. Sie sieht in einen anderen Raum, vier Männer stehen da. Jeder hat eine Nummer in der Hand. Einer kann das Schild kaum halten, die Hände sind verbunden, sein Gesicht sieht aus, als habe er Schmerzen.

Waltraud schaut sich alle genau an, ihre Nervosität nimmt zu. Ist es die Nummer eins? Oder der mit den verbundenen Händen, der die vier hält? Oder keiner? Eigentlich hat sie jemand anderen in der Erinnerung, aber jetzt hier im hellen Lichtschein.... Sie zweifelt und ist langsam verzweifelt. „Lassen Sie sich Zeit", sagt Drachsel. Doch jede weitere Sekunde, die Waltraud auf die Männer schaut, verunsichert sie noch mehr. Sie schaut Drachsel an. „Und?" die Frage klingt neugierig.

„Ich weiß es nicht genau. Irgendwie glaube ich, dass der Mann anders ausgesehen hat, also, dass das keiner von denen hier war. Aber ich bin mir nicht sicher."

„Sie können also nicht mit Sicherheit ausschließen, dass es einer der Männer war?“ hakt Drachsel nach.

„Was meinen Sie? Dass es doch einer von ihnen war? Ich weiß nicht...“

„Also gut, lassen wir es dabei. Zumindest wissen wir ja nun mit Sicherheit, wie Philip Rosen ums Leben kam. Das hilft uns sehr, vielen Dank für die Information.“ Sie gehen zurück in sein Büro, an der Tür dreht sich Rosen zu den Frauen um und sagt: „Wenn ich noch Fragen habe, weiß ich ja, wo ich Sie erreichen kann. Ich danke Ihnen sehr für Ihren Besuch und Ihre Aussage. Bitte grüßen Sie Ihre Eltern von mir.“

Draußen vor dem Polizeipräsidium platzt es aus Waltraud heraus. Sie fängt an zu weinen, Renate nimmt sie in den Arm. „Das war keiner von denen“, sagt sie mit tränenerstickter Stimme.

„Bist Du sicher?“ fragte Renate.

„Nein, aber ich habe so ein Gefühl. Und ich habe jetzt Angst, dass ich ihm auf der Straße begegne.“ Sie hat einen riesigen, festen Kloß in ihrem Inneren. Hätte ich doch bloß niemandem etwas gesagt, denkt sie sich.

Im Büro überfliegt Artur Drachsel erneut die Aussagen des Mädchens, die er sich grob notiert hat. Er hat ein Geständnis von Esser. Das ist das eine. Aber er hat zwei Aussagen, die das Ganze in Frage stellen: Die Sache mit der Uniform und das Hinken des Täters. Der Polizist in ihm rät ihm, den Fall neu aufzurollen. Aber wie würde er da stehen, wenn er plötzlich in diesem wichtigen Mordfall einen Irrtum einräumen müsste – aber keinen neuen Tatverdächtigen präsentieren konnte? Er würde drüber schlafen, Esser würde garantiert nicht weglaufen.

In der Moltkestraße liegt Hermann wach in seinem Bett und denkt an Waltraud Wittwer. Sie sah so schön aus heute – und sie hat ihn angelächelt. Aber was wollte sie im Königstor? Da kommt ihm der Gedankenblitz. Morgen kommt der dicke Martens zur Nachhilfe. Den wird er bearbeiten, damit es irgendwie ein Treffen mit Waltraud Wittwer gibt. Und dann, ja dann würde er sie einfach fragen wegen des Königstors. Ein guter Plan. So langsam schläft er ein. Und am Schlaf hindert ihn auch nicht der letzte Gedanke des Tages: Er hat tatsächlich vergessen, das Gesangbuch zu kaufen. Aber morgen ist ja auch noch ein Tag. Und die Mutter hat gar nicht danach gefragt.

Freitag, 8. Oktober 1943

Walter Donigk hat wieder schlecht geschlafen. Seit diesem Vorfall mit dem Fabrikantensohn zittert er praktisch innerlich jede Minute, dass man herausfinden könne, wer der Täter sei. Es heißt zwar, man habe jemanden festgenommen und der habe auch gestanden – aber Donigk weiß, wie die Gestapo solche Geständnisse erzwang. Auf der einen Seite beruhigt ihn das – auf der anderen Seite fürchtet er weiter, dass es doch Zeugen gegeben haben könne. Er hat sich mit Joachim Senft nicht mehr getroffen, geht auch nicht mehr in die Altstadt, vertreibt sich die Zeit in der Nachbarschaft und beschäftigt sich viel mit seinen Geschwistern. Nein, ein schlechtes Gewissen hat er nicht. Ein überflüssiger reicher Schnösel, der sich vor dem Dienst in der Wehrmacht drückt, weniger. Na und?

Nein, das ist es nicht. Aber er fürchtet, dass all das, was er sich in der SS aufgebaut hat, zusammenbrechen könnte, wenn die wahren Umstände von Philip Rosens Tod herauskämen. Er steht früh auf, die Geschwister schlafen noch, zieht sich an und geht an die Fulda. Hier zu sitzen und den Fluss zu beobachten, das verschafft ihm innere Ruhe. Er sitzt da in Zivilkleidung, die Uniform hat er seit dieser Nacht nicht mehr angezogen. Und er wird sie auch erst wieder anziehen, wenn er zurück zu seiner Einheit muss. Und das wird erst am 23. Oktober sein.

Waltraud Wittwer hat endlich mal wieder richtig gut geschlafen. Sie weiß zwar nicht, was aus ihrer Aussage bei der Polizei wird, aber eine zentnerschwere Last ist von ihr abgefallen, die unruhigen Nächte zuvor haben Kraft gekostet, jetzt holt sich der Körper alles zurück. Sie hat erst am Nachmittag Schule, hilft am Vormittag den Eltern im Laden, macht sauber und findet am Morgen ein wenig Zeit, sich um ihren Hasen zu kümmern, der im Hinterhof in einem Stall haust. Es ist ein großer Hase mit schwarzem Fell, sie hat ihn „Napoleon" genannt. Waltraud holt ihn aus dem Stall, nimmt ihn auf den Arm und streichelt ihn. Sie ist die einzige Person, die das mit dem Tier machen kann, wenn andere sich ihm nähern, wird er richtig giftig. Vor dem Besuch bei der Polizei hat sie nur Renate und dem Hasen von den Vorfällen erzählt, so als sei auch er eine Vertrauensperson in ihrem Leben. Sie setzt ihn wieder in den Stall und wirft ein wenig Grünfutter hinein. Und muss jetzt die Eltern noch einmal an das Entschuldigungsschreiben für die Schule erinnern, denn wegen des Besuchs beim Kommissar hat sie gestern ein paar Schulstunden ausfallen lassen müssen. Mittags nimmt sie die Schultasche, die schon ihre Schwester genutzt hatte, und verabschiedet sich. „Stop!" ruft die Mutter.

„Geh bitte bei Renate vorbei und bring ihr was von der Suppe. Dann muss sie nicht kochen." Der Weg durch die Marktgasse ist ein Umweg, aber sie hat noch genug Zeit. Schnappt sich den Henkelmann und zieht los.

Hermann hat heute früher Schluss. Er schafft es rechtzeitig in Reccius' Laden und kauft für die Mutter ein Gesangbuch, er nimmt das günstigste. Dafür reicht das Geld gerade so, zehn Pfennig bleiben übrig. Geht noch in die Hirsch-Apotheke an der Ecke Marktgasse und holt Aspirin, das die Mutter gestern bestellt und bezahlt hat. Als er aus der Apotheke tritt, kommt ihm aus Richtung Martinskirche ein ihm wohl bekanntes Mädchen entgegen: Waltraud Wittwer, der blonde Zopf wippt bei jedem Schritt hin und her. Und wieder scheint sein Herz still zu stehen. Nein, das Gegenteil ist der Fall. Es schlägt unglaublich schnell. Sie hat ihn, trotz der vielen Leute auf der Gasse, auch schon gesehen, als sie näher kommt, lächelt sie wieder. Er geht auf sie zu.

„Lauerst Du mir auf?" fragt sie mit einem schelmischen Augenaufschlag.

„Ich? Äh, nein, ich war in der Apotheke und jetzt..." Hermann findet nicht die richtigen Worte, er ist zu aufgeregt.

„Und ich muss zu meiner Schwester und essen bringen. Die wohnt hier."

„Das ist Deine Schwester?" Ihm fällt wirklich nichts halbwegs Geistreiches ein, was er sagen könnte.

„Ja, und dann muss ich in die Schule." Hermann schaut auf die Uhr, sie hat eigentlich noch Zeit bis zum Schulanfang.

„Ich, äh, dauert es lange?"

„Warum? Willst Du mich in die Schule bringen? Das geht gar nicht."

„Äh, nein, ich will nur warten." Sie schaut ihn an. Wägt wohl ab.

„Auf wen willst Du denn warten?"

„Naja, auf Dich, sonst warte ich auf keinen."

Sie muss lachen. „Schon gut, bin gleich wieder da."

Waltraud Wittwer geht die Treppen zu Renates Wohnung hoch. Spinnst Du eigentlich, sagt eine innere Stimme zu ihr. Du kennst den Jungen doch gar nicht. Was soll das jetzt? Wenn Renate das sieht... Renate hält schon die Klappe, sagt eine andere Stimme. Und außerdem: Der Bursche ist süß, irgendwie anders als die anderen Jungs in dem Alter. Und so verlegen. Das macht ihn noch süßer. Und außerdem: Mehr als zehn Minuten hat sie eh nicht übrig. Sie bringt der Schwester die Suppe, Adelheid schläft, Renate will noch fragen, wie sie die Sache mit dem Besuch im Königstor verkraftet hat, aber Waltraud murmelt etwas von „Schule“ und flitzt das Treppenhaus hinunter. Als die Haustür aufgeht und Waltraud mit dem blonden Zopf absichtlich gemessenen Schrittes auf die Gasse tritt, weiß Hermann immer noch nicht, wie das jetzt weitergehen könnte. Er muss was sagen, aber was? Sie nimmt ihm die Gedanken ab.

„Ich weiß eigentlich gar nicht, wie Du heißt, ich heiße Waltraud.“

Sie ist ein forsches Ding, denkt er. „Ja, also, ich bin der Hermann. Siebert. Aus der Moltkestraße. Gleich da oben.“ Er zeigt in die Richtung.

„Naja, wo die Moltkestraße ist, das weiß ich schon. Komm, Du kannst mich ein kleines Stück begleiten. Erzähl mir von Dir, auf welche Schule gehst Du?“ Er hat sich das Gespräch eigentlich anders vorgestellt, berichtet kurz von seiner Schule, will dann wissen, wohin ihr Weg sie jetzt führt. Sie besucht die Jacob-Grimm-Schule am Ständeplatz, eigentlich wollte sie nur auf die Mädchen-Berufsschule in der Schillerstraße gehen, aber ihre Eltern haben auf der höheren Schulbildung bestanden. Sie soll mal das Geschäft übernehmen, weil die große Schwester überhaupt kein Interesse daran hat und voll in ihrer kleinen Familie aufgeht.

„Macht es Dir denn Spaß?“ fragt Hermann.

„Ja und nein. Also ich bin nicht schlecht in der Schule, aber auch nicht sehr gut. Was macht Dir denn Spaß?“ fragt sie keck und bleibt stehen.

„Äh, naja Schule eigentlich schon.“ Er sieht sie an, bemerkt, dass sie das vielleicht eigenartig findet. „Noch mehr Spaß macht es mir, mit Dir zu reden.“ Er bringt den Satz mit Mühe raus, schaut verlegen auf das Pflaster. Aber sie geht darüber hinweg. Er schaut sie an. Waltraud scheint zu grübeln.

„Ich bin nicht so gut in Mathe. Vielleicht kannst Du mir ja mal helfen?“

Die Frage haut ihn um. „Bist Du denn gut in Mathe, Hermann?“ hakt sie nach.

Er nickt. „Würde ich gern machen“, sagt er leise.

„Prima. Wie wäre es am Samstag, also morgen, am Nachmittag? Wir treffen uns, ja, wo treffen wir uns denn?“

Sie überlegt. „Ach, sagen wir um vier Uhr in der Aue, an der Orangerie, am Marmorbad, einverstanden?“

Hermann nickt. Sie will schon los, da hält er sie an ihrem blauen Kleid fest. Sie dreht sich erstaunt um.

„Was, äh, was macht Ihr denn in Mathe zurzeit, damit ich mich vorbereiten kann?“ Sie lacht. „Binomische Formeln, kannst Du die?“

Er nickt. Kriegt noch ein „Bis morgen!“ über die Lippen. Da entschwindet sie schon Richtung Ständeplatz. Er sieht ihr noch lange nach. Kann sein Glück gar nicht fassen. Tief in Gedanken läuft er nach Hause. Jetzt hat er glatt vergessen, sie zum Thema Königstor zu befragen. Macht nichts, morgen sehen sie sich ja wieder.

Hermanns Mutter wundert sich den Rest des Tages, dass ihr Sohn noch einsilbiger ist als sonst. Aber er scheint dabei glücklicher zu sein, als sie es gewohnt ist. Wer weiß, was den Jungen umtreibt, denkt sie sich.

Walter Donigk will die Unterneustadt nicht mehr verlassen. Wenn er die Fuldabrücke überqueren würde, dann bekäme er bestimmt das Gefühl, dass alle Augen ihn betrachten. Sicher, man hat einen Verdächtigen gefasst, der hat ja wohl auch gestanden, aber was, wenn es doch Zeugen für seine Tat gibt? Am Abend geht er über den Holzmarkt in die Bettenhäuser Straße, da gibt es eine Kneipe, „Zum Dörfchen" heißt sie. Er kennt den Wirt aus Schultagen, besser gesagt: Der Wirt ist der Vater eines Klassenkameraden, mit dem er ganz gut auskam. Adam Koch heißt der Junge, der Vater ist Waldemar Koch. Als er die Kneipe betritt, sitzen ein paar Männer an den Tischen, einige spielen Karten, man beachtet ihn kaum. Gut so. Als der Wirt ihn sieht, strahlt der Mann.

„Mensch Walter, auf Heimaturlaub? Man freut sich ja über jeden, der lebend mal wieder hier auftaucht. Was darf es sein?"

„Gulasch mit Klößen und einen halben Liter frisches Bockbier!" Einige lachen. Der Wirt auch.

„Der war gut. Also: Ein Bierchen kann ich Dir geben, geht auf meine Rechnung. Wie ist es Dir so ergangen?"

Walter nippt an dem Bier, immerhin besser als die Plörre im Resi. Und erzählt. Nicht von Heldentaten, berichtet einfach, wo er gewesen ist. Sitzt an der Theke, damit ihn möglichst wenige betrachten und hören können.

Der Wirt hört zu, erfüllt nebenher die eine oder andere Bestellung. Dann fragt Walter nach Adam. „Der ist in Frankreich, irgendwo in der Etappe. Nicht ganz vorn dabei, ist er schon immer nicht gewesen. Er ist halt mehr so der Schreibtischhengst, Du kennst ihn ja." Walter nickt, das stimmt, Adam war immer schon ein kluger Kerl gewesen, aber alles andere als der geborene Frontsoldat. Dass da einer in der Schreibstube rumhängt, ohne Feindbeschuss, das stört ihn in diesem Moment gar nicht. Er kennt die Typen, man macht sich gern lustig über sie, aber man ist auch froh, dass sie bei richtigen Einsätzen nicht im Weg rumstehen und in die Landschaft kotzen, wen es unangenehm wird.

„Und Gernot?" hakt er nach. Gernot ist Adams jüngerer Bruder, der müsste auch eingezogen sein.

„Gernot geht es zum Glück auch gut. Ist auch in Frankreich bei den Sanis." Sie gehen noch etliche Schicksale von Menschen aus der näheren Nachbarschaft durch, die sie beide kennen, dann schaut Waldemar auf die Uhr.

„So, Jungs, letzte Runde, gleich wird geschlossen."

Jeder holt sich noch ein Bier, trinkt es schnell aus und sieht zu, dass man nach Hause kommt. Walter Donigk richtet noch Grüße an die Jungen aus und verabschiedet sich. Wieder einen Tag unbeschadet überstanden. So ein Gefühl, wie an der Front, wenn richtig gekämpft wurde. Wieder ein Tag unbeschadet überstanden. Würde das jetzt sein Lebensmotto werden?

Samstag, 9. Oktober 1943

Am Morgen frühstückt Vater nach der Nachtschicht noch mit der Familie. Hermann hört nur mit halbem Ohr zu, zu sehr beschäftigt ihn das bevorstehende Treffen mit Waltraud am Nachmittag. Vater berichtet von dem, was er in der Nachtschicht gehört hatte. Ein Kollege, der einige Tage nicht da gewesen war und aus Sandershausen stammt, hatte die Kopfverletzungen gezeigt, die er sich beim Bombenangriff am 3. Oktober eingefangen hatte. In der Zeitung hatte kaum etwas zu dem Thema gestanden, aber wenn man den Berichten dieses Kollegen Walter Glauben schenkte, dann gab es kein Sandershausen mehr. Der Mann selbst war von umherfliegenden Steinbrocken getroffen worden, „nur ein Kratzer", wie er betont hatte, aber andere hatte es schlimm erwischt. „Da sind bestimmt 150 Häuser kaputt, Vieh gibt es auch nicht mehr." Etwa 300 Familien hatten keine Bleibe mehr, suchten irgendwo ein neues Zuhause. Am schlimmsten hatte es aber die Flakstellung in der Nähe des Ortes erwischt. „Die haben einen Volltreffer bekommen, die Hälfte Schüler aus Eschwege, alle tot, auch die Soldaten", hatte er erzählt. So um die 50 Tote dürfte es in dieser Flakstellung gegeben haben, schätzte man im Ort. „Die Jungs sind doch kaum älter als Hermann, wie schrecklich ist das bloß", ruft Mutter. Und denkt im Hinterkopf: ‚Hoffentlich muss mein einziges Kind, das ich noch habe, nicht auch noch in den Krieg.'

Doch da ist Hermann längst in seinem Zimmer, er will in die Schule, die nächsten Stunden sollen so schnell wie möglich, und bitte, bitte ohne Fliegeralarm vorbei gehen. Der dicke Martens spricht ihn auf die nächste Nachhilfe an, richtig, denkt sich Hermann, er hat ja jetzt zwei Nachhilfeschüler. Er vertröstet ihn auf Montag, da wollen sie alles klar machen. Die Schule vergeht wie im Flug, nach der vierten Stunde ist Schluss – ja, wie? Haben die Mädchen nicht möglicherweise am Nachmittag Unterricht? Hat sich Waltraud etwa vertan? Der Schreck, nein, das Entsetzen fährt im durch Geist und Leib. Er beschließt: Ich werde da sein. Und wenn sie nicht kommt, weil sie nicht kann – dann habe ich was gut bei ihr. Der Gedanke tröstet ihn ein wenig. Aber eben nur wenig. Als sie beim Mittagessen sitzen, passiert es: Wieder einmal Fliegeralarm. Vater hat noch geschlafen, eine Woche Nachtschicht kostet ihn immer viel Kraft. Hermanns Herz sackt in die Hose, aus zweierlei Gründen: Erstens hat er Angst vor einem Angriff, zweitens hat er Angst, dass das jetzt so lange dauert, dass das Treffen mit Waltraud ausfällt – und plötzlich macht sich eine dritte Angst breit: Was ist, wenn Waltraud etwas passiert und ihm nicht?

Sie gehen in den Keller, eine gewohnte Übung, aus der aber in Wirklichkeit nie Gewohnheit wird. Still sitzen sie da. Die muffige Kellerluft bändigt nicht gerade die Furcht, manchmal denkt Hermann, dass es hier so riecht wie in einer Gruft. Alle lauschen hochkonzentriert nach draußen, ob Flugzeuggebrumm näher kommt. Aber es passiert nichts. Eine halbe Stunde später ist zum Glück alles vorbei. Jeder atmet auf seine eigene Art und Weise durch. Manche sind plötzlich fröhlich und lachen, andere gehen gedrückt die Treppen hinauf. Andere geben ihrer Ehefrau die Tasche mit und gehen nach draußen und rauchen da gemeinsam eine Zigarette. Aber eins eint die Hausbewohner: Angst haben sie alle. Hermann weiß das, weil er die Gesichter schon so oft gesehen hat. Graue Gesichter. Zerfurchter als sonst. Schwer atmende Menschen. Das Weinen manch kleinen Kindes entspannt die Lage auch nicht gerade. Eine Mammutaufgabe für die Mütter, die selbst ums Leben fürchten und Trost spenden müssen.

Vater legt sich oben noch einmal hin, versucht, noch ein wenig zu schlafen. Mutter wurschtelt in der Küche, wie immer nach diesen falschen Alarmen, und wie immer wird sie auch gleich anfangen, zu nähen oder zu stopfen. Wenn es nichts zu nähen und stopfen gibt, dann wird sie sticken. Hermann hat bemerkt, dass sie, wenn sie nach Bombenangriffen stickt, nicht vorwärts kommt. Es ist ihre Art sich zu beruhigen.

Artur Drachsel ist eigentlich mit dem Verlauf der Woche zufrieden. Man hat einen Tatverdächtigen, man hat ein Geständnis, aber der Kriminalist in ihm, der bei den Machthabern im Zweifel nicht so gefragt ist, flüstert ihm Zweifel ein. Niemand im Präsidium weiß von der Aussage des jungen Mädchens und er hat bis gestern Abend nicht gewusst, wie er weiter vorgehen soll. In der Nacht ist es ihm eingefallen. Er wird Jan Rosen besuchen und ihm die Situation erklären. Er ruft ihn nach dem Frühstück an und der geht gleich auf seine Bitte um ein kurzes Gespräch ein.

Sie verabreden sich um 11 Uhr im Siebertweg. Frau Rosen würde dann unterwegs sein, fügt Rosen hinzu. Heiderose Grimm hat einen freien Tag. Man würde also offen reden können.

Als Drachsel eintrifft, ohne kollegiale Begleitung, hantiert Rosen im Garten. Was er macht, kann Drachsel nicht erkennen, der Mann sieht nicht so aus, als verstünde er vom Gärtnern etwas. Drachsel erst recht nicht, also unterlässt er weitere Interpretationen.

„Lassen Sie mich bitte gleich zur Sache kommen, Herr Rosen, und diesmal bin ich es, der um Vertraulichkeit nachsucht." Rosen hat eine Tasse Kaffee in der Hand, lehnt, ein Bein übers andere geschlagen, in dem buntbezogenen Sessel, auf dem bei seinem ersten Besuch Frau Rosen gesessen hat. Er nickt. „Selbstverständlich, Herr Kommissar. Aber ich hoffe, es betrifft den Fall meines Sohnes?"

Drachsel nickt leicht und ergreift wieder das Wort. „Zunächst einmal: Sie können für die nächste Woche eine Beisetzung planen, die Leiche ist freigegeben – aber das hatte ich Ihnen ja ohnehin schon versprochen."

„Ich habe für Montag alles arrangiert, Danke für Ihre Mühe."

Drachsel hebt an und erklärt die Situation. Man hat einen geständigen Täter – aber dann auch die Aussage von Waltraud Wittwer. „Wissen Sie, Herr Rosen, wenn ich nach der reinen kriminalpolizeilichen Logik gehe, dann lässt die Gegenüberstellung, von der ich eben erzählt habe, zwei Thesen zu. Die erste: Das Mädchen kann nicht mit Bestimmtheit sagen, dass der Täter nicht unter den Personen ist, die sie gesehen hat. Das stärkt den Verdacht gegen Esser. Die zweite: Das Mädchen kann nicht mit Bestimmtheit sagen, dass der Täter unter den Personen ist, weil sie ihn nicht wiedererkannt hat. Für die zweite Variante spricht die Sache mit der Uniform und dem hinkenden Fuß."

„Und jetzt stecken Sie also in der Zwickmühle." unterbricht ihn Rosen. „Folgen Sie den Regeln der normalen Polizeiarbeit, handeln Sie sich möglicherweise großen Ärger ein, weil sie einen schon abgeschlossen scheinenden Fall von vorn aufrollen wollen und dabei bisher wenig Aussichten haben, einen anderen Täter zu finden, als den, den Sie schon haben. Und das in einem so wichtigen Fall, stimmt's?" Rosen trinkt einen Schluck aus der Tasse – mein Gott, ist das ein schönes Porzellan, denkt sich Drachsel, der auf Kaffee verzichtet hatte. Charlotte wäre glücklich, mal so ein Service zu haben. Er reißt sich zusammen.

„Genau. Das ist der Punkt."

„Und jetzt soll ich Ihnen sagen, was Sie tun sollen?"

„Nein. Ich dachte eher daran, dass wir eventuell gemeinsam abwägen, was der richtige Weg ist."

„Mit richtig meinen Sie den Weg, der die meisten Erwartungshaltungen befriedigt und demzufolge, außer vielleicht Anflügen schlechten Gewissens, am wenigsten Schaden anrichtet."

„So in etwa kann man es sagen." Rosen denkt kurz nach.

„Dass Sie zu mir gekommen sind heißt ja, dass im Präsidium sonst niemand von den Aussagen weiß?" Drachsel nickt. „Eigentlich ganz einfach", sagt Rosen plötzlich und stellt Tasse und Untertasse auf ein braunes Rauchertischchen neben dem Sessel ab. „Schauen wir uns mal an, was passieren könnte, wenn Sie den Fall wieder aufrollen. Also vorweg bemerkt: Ich bin ja jemand, der für Gerechtigkeit ist. Aber in diesem Krieg fragt immer weniger jemand danach. In diesem Fall hätten Sie aber ein ernsthaftes Problem. Ich würde Ihnen keinen Ärger machen, also nicht aktiv. Aber man würde mich irgendwann befragen, was ich von der Polizeiarbeit halte – und dann hätte auch ich keine Chance, eine entsprechende Meinung nicht zu formulieren. Verstehen Sie? Ziehen Sie das mit Esser durch. Denken Sie an Ihre Familie – Sie haben doch eine?"

Drachsel nickt und hört weiter zu.

„Wenn Sie den Fall neu aufrollen, ist Ihre Karriere im Eimer. Definitiv. Lassen Sie es beim Stand der Dinge, passiert Folgendes: Esser wird verknackt, geht bestenfalls in ein KZ. Und das Leben geht weiter. Ich will keine Rache für meinen Sohn. Aber ich will Ruhe für meine Frau, soweit das möglich ist. Und mit Esser trifft es ja nach heutiger Beurteilung seines Lebens keinen komplett Unschuldigen." Die Männer schauen sich an. Drachsel hat befürchtet, dass Rosen so etwas sagen würde. Andererseits ist er froh, das Todesurteil für Esser nicht allein in die Wege geleitet zu haben. Es fällt ihm jetzt leichter, die Dinge so voranzutreiben, dass er sich und seine Familie schützen kann.

Rosen schürzt die Lippen. „Ich bin Ihnen sehr dankbar, Herr Kommissar, dass Sie mich ins Vertrauen gezogen haben. Es tut gut zu wissen, dass es in diesen Zeiten Menschen gibt, die im Grundsatz gut sind. Selbst wenn es heutzutage kaum möglich ist, diese Grundsätze zu leben." Drachsel lächelt, sie geben sich die Hand und er fährt nachdenklich nach Hause.

Hermann sehnt nur noch den Nachmittag herbei. Immer wieder schaut er auf seine Armbanduhr, die Zeit vergeht noch langsamer als dann, wenn man im Luftschutzkeller sitzt und auf das Ende des Alarms wartet. Und das will schon etwas heißen. Er schaut selbst noch einmal in sein Mathe-Schulbuch, will heute bloß keinen Fehler machen. Hoffentlich kommen die Eltern nicht mit ganz kurzfristigen Aufträgen für ihn… Doch das bleibt aus, Vater ist noch einmal eingeschlafen, der Schichtbetrieb und die gestörten Schlafphasen wie heute setzen ihm immer mehr zu. Er ruft seiner Mutter noch zu, jetzt in die Aue zum Fußballspielen gehen zu wollen, sie antwortet mit „Viel Spaß, mach Dich nicht so dreckig!" – und damit ist der Weg frei für ihn. Natürlich ist er viel zu früh dran, unten auf der Straße trifft er Gerhard Jäckel, der zwei Jahre älter ist als er und der in der Flakstellung auf den Waldauer Wiesen eingesetzt ist. Sie haben sich lange nicht gesehen und Hermann will alles wissen, was die Jungs da in der Flakbatterie so treiben. Gerhard Jäckel gefällt diese Rolle und er erzählt vom seinem Kriegsalltag. Rund um die Uhr gehe das, erzählt er, neben der Schule halt Übungen, Übungen, Übungen. Und immer wieder Alarmbereitschaft. Nein, abgeschossen haben sie noch keinen feindlichen Flieger. Aber am 3. Oktober seien die auch außer Reichweite gewesen. Und außerdem sei die Wolkendecke so dicht gewesen, dass man gar nicht zielgenau schießen konnte. Ob er denn vom Volltreffer auf die Flakstellung in Sandershausen gehört habe, will Hermann wissen. Klar, antwortet Gerhard, um eine souveräne Stimmlage bemüht. Aber das sei eben das Risiko: Volltreffer sei eben Volltreffer – und dann sei eben nichts zu retten. Aber derzeit müsse man sich nicht so Sorgen machen: Gefährlich könne es erst wieder werden, wenn der Himmel wolkenlos sei und auch wolkenfrei bleibe. Aber dann könne er mit seiner Flakbatterie auch besser zielen und den Tommys werde man dann schon entsprechend einheizen. Ob Hermann wisse, dass die Engländer bei jedem Angriff mindestens zehn bis 20 Prozent ihrer Maschinen verlören?

„Was wir nicht treffen, das räumen die Jäger ab", sagt Gerhard mit Stolz in der Stimme.

„Ja sicher", sagt Hermann, „aber wieviele tausend Menschen sterben am Boden?" Das Gespräch nimmt einen Verlauf, der dem 17-jährigen nicht passt und er verabschiedet sich. Hermann geht nachdenklich weiter. Nein, aus ihm wird kein großer Krieger, auch kein begeisterter. Er hängt an seinem Leben, das wird ihm in diesem Moment so richtig bewusst.

Er geht die Brüderstraße hoch, lässt den Marställer Platz rechts liegen und biegt über den Schlossplatz, jetzt wieder mit wachsender Aufregung, Richtung Karlsaue ab. Die Treppen runter, langsamer werdend, um schon mal zu schauen, ob von Waltraud etwas zu sehen ist. Auf dem Bollengrün haben sich die Jungs zum Fußball versammelt, aber der Blick auf das Spielgelände weckt keine Sehnsüchte in ihm. Er quert die kleine Fulda und nähert sich dem Marmorbad. Die Orangerie selbst ist eines der Gebäude, das beim Angriff des 3. Oktober ganz schön getroffen wurde, die rechte Seite ist beinahe komplett zerstört. Aber man gewöhnt sich an die beschädigten Häuser.

Nichts von Waltraud zu sehen. Als er links am Gebäude vorbei in Richtung Orangerie geht, macht es „Huh!" und er erschrickt sich maßlos. Waltraud hat sich in einem Eingang versteckt und freut sich diebisch, ihn so durcheinander gebracht zu haben. „Du hast mich aber jetzt erschreckt, puh!"

„Das kommt davon, wenn man nicht aufpasst."

„Hast Du mich schon kommen sehen?"

„Ne, Hermann, ich habe die ganze Zeit jeden so erschreckt, der hier vorbei gekommen ist." Er schämt sich ein wenig wegen der blöden Frage. Sie nimmt das Heft in die Hand, seine Schüchternheit findet sie zunehmend süß. „Komm, da unten spielen die Jungs ja Fußball, sind bestimmt auch Kumpels von Dir dabei, die müssen uns ja nicht sehen. Wir gehen Richtung Fürstengarten, da können wir sicherlich entspannter lernen." Hermann hat sich erholt, er nickt und folgt ihr. Waltraud trägt eine weiße Bluse, einen weinroten Rock, schwarze Wollstrümpfe und flache, graue Schuhe. Und hat wie üblich das Haar zu einem Zopf geflochten. Sie sieht mit diesem Zopf so aus, wie er sie immer in seinen Träumen sieht. Und das raubt ihm im Moment mal wieder die Fassung.

Als sie am Fürstengarten ankommen, sagt Waltraud: „Oder lass uns über die Drahtbrücke auf die andere Seite, da kennen uns vielleicht noch weniger Leute. Vielleicht Richtung Waldauer Wiesen."

Hermann fällt kein Gegenargument ein. Zu den Waldauer Wiesen sind es von der Drahtbrücke nur ein paar hundert Meter, dort sitzen sie bald auf einer gemähten Wiese, Waltraud holt ihr Mathebuch und ihr Schulheft heraus. Hermann bewundert die gute Papierqualität des Heftes, er weiß nicht, wo man so etwas in diesen Zeiten noch bekommt. Aber er fragt nicht nach. Waltraud schildert ihm ihr Grundproblem in Mathe: Sie braucht mehr Erklärungen, dazu ist in der Schule keine Zeit. Wie der dicke Martens, denkt sich Hermann. Er referiert, erklärt, schreibt auf, rechnet, redet sich förmlich in eine sich selbst und andere begeisternde Form, Waltraud hat zwischenzeitlich längst aufgehört, seinen Erklärungen zu folgen. Andere Mädchen in ihrem Alter himmeln meist ältere Jungs an. Das weiß sie. Aber das sind meist protzige Angebertypen, selbst ernannte Nachwuchseliten der Herrscherrasse. Diese gockelhafte Phrasendrescherei, sie mag das nicht. Aber Hermann scheint anders. Nein, er ist anders, das spürt sie. Ein stiller, nachdenklicher Typ, wahrscheinlich so still, dass er eher ein Stubenhocker ist. Keiner für die Front, zum Töten, eher einer fürs Leben. Ein schlauer Junge, der trotzdem sehr unsicher ist – naja, zumindest ihr gegenüber.

„Du hörst mir ja gar nicht mehr zu!" Hermanns beinahe empörte Worte reißen sie aus den Gedanken.

„Ja, entschuldige, ich war gerade bei was anderem."

„Etwa im Königstor?"

Woher weiß er etwas vom Königstor? Ach richtig, sie hatten sich ja kurz gesehen, als sie Renate zum gemeinsamen Besuch des Polizeipräsidiums abgeholt hatte. Und da hatte, wenn sie sich recht erinnert, Renate etwas gesagt wie: ‚Zum Königstor geht es da lang' oder so.

„Sie sind neugierig, Herr Nachhilfelehrer", sagt sie, vielleicht etwas zu schnippisch.

„Naja, das wärst Du auch, wann kommt man schon dazu, zur Polizei zu wollen oder zu müssen?"

Sie nickt. „Freiwillig war ich nicht da."

Er kriegt einen Schrecken. „Wurdest Du vorgeladen?"

Er sorgt sich um mich, denkt Waltraud, das rührt sie sehr. „Nein. Es ist, ach, es ist anders, viel komplizierter und sehr unerfreulich. Ich erzähle es Dir mal wann anders, ja? Lass uns weiter Mathe machen..." Doch die Ablenkung zieht nicht. Hermann ist jetzt ganz angestochen. Fragt und fragt. Bis es Waltraud reicht. „Sei nicht böse, aber ich will jetzt nicht darüber reden. Und es ist sicher besser, wenn ich jetzt gehe."

„Aber, ich wollte nicht, entschuldige, es ist doch nur, weil..." Das unsichere Gestammel findet sie diesmal alles andere als süß. Dann hebt er zu einem letzten Versuch an: „Wann...?" Ja, wann würden sie sich wiedersehen? Will sie das? Ja, denkt sie. Jeder hat das Recht mal in ein Fettnäpfchen zu treten. Und Hermann hat seine Lektion bekommen.

„Nächste Woche haben wir Mittwoch Wandertag. Selbe Zeit, wieder hier?" Hermann fällt ein Stein vom Herzen, groß wie die Keule des Herkules hoch oben über der Stadt.

„Klar, ich habe Zeit. Und ich muss mich entschuldigen, ich wollte nicht..."

„Schon gut. Bis Mittwoch." Sie sagt es knapp, aber herzlich. Hermann zerfließt vor Dankbarkeit. Sie wendet sich Richtung Drahtbrücke. Der blonde Zopf wippt hin und her.

Walter Donigk war mittags aus lauter Langeweile wieder ins „Dörfchen" gegangen. Nein, betrinken wollte er sich auf keinen Fall. Stets wurde er dann aggressiv und er durfte hier nicht mehr auf sich aufmerksam machen. Er bestellt dennoch ein Bier an der Theke, zwei ältere Männer, zu alt für den Dienst in der Wehrmacht, unterhalten sich dort. Erst hört er nicht hin, erst als er mitbekommt, dass sie über den Mord an Philip Rosen sprechen, wird er absolut hellhörig. „Ja klar haben die da den Esser eingebuchtet, diesen alten Kommunisten, aber..."

„Wieso aber: Der hat doch gestanden! Da gibt es jetzt den Prozess und Ende."

„Ja", sagt der eine und trinkt erst einmal einen Schluck Bier. „Aber mein Vetter ist bei der Feuerwehr und der sagt, dass neulich zwei Mädchen beim Kommissar waren. Und zwar haben die bei der Sekretärin gesagt, sie hätten was zum Fall Rosen auszusagen. Und seitdem ist der Kommissar sehr nachdenklich geworden."

„Du meinst, das könnten Augenzeuginnen sein?"

„Ob beide – weiß nicht. Eine bestimmt. Die ältere soll sehr aufgeregt gewesen sein. Und dann wird die Jüngere ihre Schwester gewesen sein. Muss wohl die Jüngere sein, denn die hat man wohl zu einer Gegenüberstellung gebracht."

„Aber man hört nichts, dass man jemand anderen sucht als den Esser."

„Würdest Du an Stelle des Kommissars auch nicht machen. Du hast ja schon den Erfolg – willst Du jetzt allen erklären, dass Du Dich geirrt hast?"

„Was sind das denn für Mädchen? Weiß man das? Und wieso weiß jemand von der Feuerwehr, was bei der Gestapo los ist?"

Der andere beugt sich vor und flüstert. Walter Donigk klappt die Ohrmuscheln unauffällig nach vorn, er hört Fragmente. Und kann sie zusammenbauen. Der Vetter macht also der Sekretärin des Kommissars den Hof, die findet diese Tatsache und den Vetter im Besonderen auch sehr ansprechend und hat geplaudert. Blumenladen, Wilhelmsstraße, Wittwer. Mehr braucht Donigk nicht. Ihn hält nichts mehr hier. Er zahlt und geht, nach drei Schritten fällt ihm auf, dass er das linke Bein nachzieht. Wenn Dich jemand gesehen hat, dann musst Du das einstellen, sagt er sich. Unter Aufbietung aller Kräfte gelingt es ihm, den nicht mehr ganz so heftigen Schmerz zu bekämpfen und gerade zu gehen. Staksig zwar, aber er zieht das Bein nicht mehr nach. Er ist aufgewühlt. Wie geht er jetzt vor? Es ist Samstag, der Blumenladen wird geschlossen sein. Er muss am Montag unauffällig ab morgens Posten beziehen und die beiden Mädchen abwarten. Der Jüngeren würde er folgen. Und dann? Wenn sie ihn sähe und erkannte, möglicherweise schrie?

Er geht über den Holzmarkt auf die andere Seite der Leipziger Straße. Setzt sich ans Flussufer am Ende der Mühlengasse, seine Lieblingsstelle an der Fulda. Und grübelt. Nein, er will jetzt schon einmal zum Blumenladen. Aber über die Fuldabrücke und den Altmarkt kann er nicht. Denn aus irgendeinem der Häuser dort in der Nachbarschaft musste er gesehen worden sein. Er muss über die Drahtbrücke gehen. Also zurück durch die Unterneustadt. Über den Holzmarkt, wo das geschäftige Treiben am Samstagnachmittag allmählich nachlässt. Durch die Sternstraße. Wie so manches Mal bei bestimmten Wetterlagen wabert ein muffiger Geruch vom Fluss her durch die Gassen der Unterneustadt und beißt sich fest. Auch hier sind manche Häuser heruntergekommen. Angeblich, so hatte es ihm seine Mutter erzählt, habe das Gesundheitsamt der Stadt einen Erlass herausgegeben, dass in den Häusern der Unterneustadt Neugeborene und Säuglinge nicht mehr allein in den Wohnungen oder Zimmern gelassen werden dürften, weil sie sonst zu leicht Beute von Ratten werden könnten.

Er war hier aufgewachsen, doch das Viertel ekelt ihn mittlerweile so manches Mal an. Nach dem Krieg, nach dem deutschen Sieg, würde er bei der Waffen-SS weiter Karriere machen. Das war seine Trittleiter in ein anderes Leben. Raus aus dem Mief hier in der Nachbarschaft. Er geht am Kurbad Jungborn vorbei, links vor ihm liegt die Blücherstraße, hier beginnt schon ein etwas anderer, nicht so herunter gekommener Teil der Unterneustadt. Ihm kommt ein Mädchen mit einem blonden Zopf entgegen, es trägt einen roten Rock, mehr prägt er sich von dieser flüchtigen Begegnung nicht ein. Offenbar hat auch sie das Ziel Drahtbrücke. Ein paar Schritte dahinter ein Junge, Donigk beachtet die beiden nicht weiter. Am gepflasterten Aufgang zur Drahtbrücke treffen sie aufeinander, in Gedanken schaut er kurz das Mädchen an, das im selben Augenblick zu ihm hinsieht – und zusammenzuckt. Er bemerkt kaum, dass sie entsetzt drein schaut, wie angewurzelt stehen bleibt, sich dann umdreht und zu dem Jungen läuft. Er ist so in Gedanken, dass ihm das Verhalten nicht auffällt, vielleicht hat sie etwas vergessen, wer weiß... Aus dem Augenwinkel sieht er noch, ohne es bewusst wahr zu nehmen, wie die beiden Richtung Holzmarkt gehen, er überquert die Drahtbrücke und denkt nicht mehr an die beiden.

Als Hermann und Waltraud auf dem immer noch sehr belebten Altmarkt angekommen sind, bleiben sie kurz stehen. „Danke!“ hechelt sie, immer noch aufgeregt, nein, eigentlich völlig aufgelöst.

Hermann sagt nichts. Er schaut sich um. Niemand da, den er kennt. Und dann macht er es einfach. Nimmt ihre Hand, sie lässt es geschehen. „Beruhige Dich erst einmal. Was war denn mit dem Mann?“

Erklärt hat sie es ihm an der Drahtbrücke nicht. Hat nur gestammelt: „Hilf mir, lass uns zusammen über die Fuldabrücke gehen, bleib bei mir, ja, ich habe Angst!“ Da hat sie schon gewusst, dass sie es ihm nun heute doch noch wird erzählen müssen. Jetzt entzieht sie ihm die Hand. Schaut ihn an, sieht seine besorgten Augen, es tut ihr Leid, er tut ihr Leid.

„Komm, wir gehen zu meiner Schwester, ich möchte nicht so auf der Straße rumstehen. Du wirst gleich verstehen, warum."

Die Haustür in der Marktgasse ist offensichtlich nicht abschließbar. Sie gehen hinein, der gleiche Geruch wie bei uns im Treppenhaus, denkt sich Hermann. Sie gehen die Holztreppen hoch, beinahe jede knarzt oder knirscht, als würde das Holz die Belastung kaum mehr tragen können und protestierend ächzen. Im zweiten Stock klopft Waltraud an die rechte Wohnungstür, Renate öffnet, hat Adelheid auf dem Arm, die sich freut, ihre Tante zu sehen und gleich die Ärmchen ausstreckt. Doch Waltraud ignoriert die Kleine diesmal, sagt kurz „Das ist Hermann!" und geht entschlossen in die Wohnung. Renate mustert den Jungen, hat sie ihn schon mal gesehen? Sie meint ja, aber wann und wo? Ist mehr als irritiert, denn das ihre 15-jährige Schwester am Samstagnachmittag einen wildfremden Burschen mit in ihre Wohnung bringt, das ist für sie mehr als gewöhnungsbedürftig. Doch zunächst mal sagt sie nur „Komm rein, Hermann."

Dem armen Jungen ist das Ganze so unangenehm und peinlich, dass ihm fast schlecht wird. Waltraud ist im Kinderzimmer, das gleichzeitig auch Wäschezimmer, Bügelzimmer, Schrankzimmer ist – und noch vieles mehr. Adelheids Bett steht da – und daneben ein provisorisches Bett – und Hermann hat nur Fragezeichen im Kopf. Bevor Renate etwas sagen kann, stürzt sich ihre Schwester, ungeachtet der Tatsache, dass sie Adelheid weiter auf dem Arm hat, ihr entgegen, umarmt sie und weint hemmungslos. Renate schaut Hermann an. Der zuckt mit den Schultern. Eine Weile hört man nur das Schluchzen. Dann fängt Waltraud an. Erklärt, wer Hermann ist, was sie heute gemacht haben, wo sie gewesen sind. Wie sie über das Königstor geredet haben. Dass Hermann nicht locker gelassen hat.

„Und da habe ich mich ein wenig über Hermann geärgert und bin los in Richtung Drahtbrücke. Und da habe ich ihn gesehen."

„Den Mann, der Philip Rosen ermordet hat?" Waltraud nickt.

Hermann versteht nur Bahnhof.

„Vielleicht solltest Du Hermann jetzt mal erzählen, worum es eigentlich geht. Der arme Kerl flieht mit Dir gemeinsam – und weiß bis zum jetzigen Zeitpunkt überhaupt nicht, was los ist. Oder soll ich…?"

Waltraud schüttelt den Kopf und sieht Hermann dankbar an. Der schweigt und will nur zuhören. Und er bekommt die Geschichte serviert. Und was für eine. Vom Tag des Mordes bis zum Königstor, zu den ständigen Gedanken an den Mörder und nun, das letzte Kapitel, hat er selbst erlebt. Karl May ist dagegen Puppentheater, denkt er zwischendurch.

Renate hat Wasser geholt, Waltraud trinkt, ziemlich erschöpft, beinahe atemlos vom Erzählen, in gierigen Zügen. Hermann nimmt auch ein paar Schlucke. Adelheid sitzt auf dem Schoß ihrer Mutter und will nun definitiv zu ihrer Tante. Waltraud nimmt sie in den Arm, es wirkt, als sei sie froh, etwas an sich kuscheln zu können.

„Und nun?" fragte Renate. „Er hat Waltraud ja offensichtlich nicht erkannt oder er wusste gar nicht, wie er sie einordnen sollte. Ich an ihrer Stelle würde jetzt nach Hause gehen und die nächsten Tage einfach gelegentlich mal schauen, wer sich da auf der Straße um mich bewegt." Hermann ist nicht sicher, ob das der beste Weg ist.

„Und warum nicht noch einmal zur Polizei?" fragt Waltraud.

„Das solltest Du unbedingt machen", rät Hermann. Adelheid kräht dazwischen: „Butsitsei!" Die drei lachen, es entspannt sie, als wenn mit einem gewaltigen Zischen die Luft aus dem Luftballon entweicht: Von den dreien fällt jede Menge Druck ab. Adelheid scheint zu merken, dass man über sie lacht. Sie hopst mit ihrem dicken Windelhintern auf Waltrauds rechtem Oberschenkel herum und kräht. Hermann nutzt die entspannte Zeit, um sich das Kind anzuschauen. Auch Adelheid hat blonde Haare, ist eine pummelige kleine Mademoiselle.

„Zurück zum Thema Polizei." Renate beendet die Pause mit Babyunterhaltung.

„Klar, geht doch noch einmal hin." Für Hermann ist die Sache eindeutig. „Selbst wenn Waltraud jetzt nur das Gesicht besser beschreiben kann und was sagen kann zur Größe und so weiter." Dann stutzt er. „Aber halt mal. Hattest Du vorhin nicht erzählt, der Mann habe sein linkes Bein nachgezogen? War das diesmal auch so?"

„Das ist es ja", sagt Waltraud. „Das hat er nicht getan. Wie kommt denn sowas bei der Polizei an? Einmal hinkt er – und dann sehe ich ihn wieder und dann hinkt er nicht mehr. Das glaubt mir doch kein Mensch."

„Dann mach es wie beim letzten Mal. Schlaf eine Nacht drüber und morgen, am Sonntag, reden wir in der Familie drüber", schlägt Renate vor. Keine Lösung, aber ein guter Kompromiss, finden alle drei.

Adelheid sowieso, die spielt längst Hoppehoppereiter auf Waltrauds Knie und juchzt wie ein Apache-Indianer auf dem Kriegspfad. Aber diesen bildlichen Vergleich hat nur Hermann im Kopf. Sie reden noch ein wenig; Renate fragt Hermann aus, was Waltraud peinlich ist, sie hören den Glockenschlag der Brüderkirche und Hermann sagt: „Ich muss nach Hause, ich bin gern pünktlich, damit sich meine Eltern keine Sorgen machen. Wie kommst Du denn jetzt in die Wilhelmsstraße?".

„Wir gehen gemeinsam", sagt Renate, ohne die Schwester zu fragen.

„Ich muss noch Adelheid wickeln, die hat sich bei dem ganzen Spaß bestimmt in die Windeln gemacht." Ein Grund mehr für Hermann, jetzt schnell zu gehen. Er gibt erst brav Waltraud die Hand, dann, mit einem leichten Diener, ihrer großen Schwester und verschwindet dann durch die Tür. Renate wickelt Adelheid, als sie zwischendurch aufschaut, sieht sie Waltraud am Fenster stehen. Sie muss lächeln. „Dein Hermann ist ein sehr, sehr Netter!" sagt sie.

„Das ist nicht mein Hermann", antwortet Waltraud, vielleicht eine kleine Spur zu heftig. Dachte ich's mir, geht es Renate durch den Kopf. Aber sie sagt nichts.

Hermann geht die Marktgasse hoch und ertappt sich dabei, wie er immer verstohlen in Nebenstraßen schaut. Oder sich vorsichtig umblickt. Ganz genau hat er den Mann nur von hinten gesehen, weil er vor Waltrauds Reaktion nicht richtig auf ihn geachtet hat. Aber er würde ihn wiedererkennen, ganz sicher. In der Moltkestraße stehen vor der Bäckerei Schreiber ein paar Männer und tauschen Marken, wie es aussieht. Das wird gern gemacht – die Nichtraucher bunkern ihre Tabakmarken und tauschen sie dann gegen etwas anderes, das sie besser verwerten können. Bäcker Küppers raucht – und er hat natürlich immer etwas Ware übrig, mit der andere etwas anfangen können, weil die Lebensmittelmarken nicht reichen. Mancher Familienvater hat mit dem Rauchen aufgehört, damit er auf diese Art an zusätzliche Lebensmittel kommt. Küppers wiederum kann nicht alles rauchen, was er für die zusätzlich erworbenen Marken bekommen würde. So nutzt er einen Teil davon, um an Zutaten für seine Backwaren zu kommen. Es ist eine Schattenwirtschaft, die es überall im Reich gibt. Nicht erlaubt, auch eigentlich nicht geduldet – aber es gibt dringlichere Probleme für die Oberen. Dass vor dem Bäckerladen irgendwelche Tauschgeschäfte stattfinden, weiß Hermann zwar – aber er schaut jetzt bewusst in eine andere Richtung. Mit so manchen Dingen will man eben nichts zu tun haben.

Es sind nur noch wenige Menschen hier in den Seitenstraßen der Königsstraße unterwegs – und wieder einmal fällt dem Jungen auf, wie sehr die Lebensmittelrationierung schon während des gesamten Krieges Spuren an den Körpern der Menschen hinterlassen hat. Manche tragen Mäntel, die vielleicht vor sechs Jahren noch gepasst haben. Was die knappen Essensrationen in den Köpfen der Menschen anstellt, wie sehr sich das auf die Moral auswirkt – Hermann ist jung, er streift die Frage nur.

Die Mutter wundert sich, dass er ohne Dreckspuren und ungeschwitzt vom Fußball heimkehrt. Hermann hat mit Fragen gerechnet, ist vorbereitet.

„Wir hatten erst keinen Ball, dann waren wir so viele, da macht mir das dann keinen Spaß. Ich habe mit ein paar anderen zugeschaut."

„Und über was habt ihr so geredet?"

Warum sind Mütter so berechenbar, fragt sich der Junge. „Schule halt, die Angriffe, wer zuletzt gefallen ist und so."

Die Mutter zuckt zusammen. Der Tod im Feld ist immer noch ein hochsensibles Thema. „Und? Wer?"

„Keiner dabei, den ich kenne."

Sie möchte gern noch weiter fragen, dies und jenes, aber Hermann ist in sein Zimmer abgedreht. Zum Abendessen läuft der Volksempfänger, es scheint nachts keine Bedrohung zu geben. Aber eine sichere Entwarnung ist das auch nicht. Die Eltern hören Musik und gehen früh zu Bett, Hermann versucht, in seinen Karl May hineinzufinden. Ihm fehlt aber die Konzentration. Und außerdem merkt er, dass er von Karl Mays Geschichten ganz langsam genug hat. Er braucht einen anderen Autor. Immer wieder schweift er ab. Wie es Waltraud und Renate ergangen ist? Mit diesem Gedanken schläft er ein.

Renate, Adelheid und Waltraud sind kurz nach Hermann aufgebrochen. Sie gehen durch die Wolfsschlucht Richtung Wilhelmsstraße. Als sie um die Ecke biegen wollen, zuckt Waltraud zurück. Verrückt auffällig steht gegenüber dem Ladengeschäft der Wittwers der Mann. Renate schaut ihn sich an, speichert das Gesicht. Dass der jetzt da steht und sozusagen den Eingang zum Haus abriegelt, ist kein Problem. Die jungen Frauen kennen sich hier aus. Gehen durch ein Haus in der Wolfsschlucht in den Bereich der Hinterhöfe, überqueren das Gelände ihrer Gärtnerei und steigen, ohne dass dieser Kerl sie sehen kann, hoch in die Wohnung. Die brennende Frage ist: Weiß der Mann etwa, dass Waltraud die Augenzeugin ist? Und wenn ja: Woher weiß er es? Und was treibt er gerade vor dem Laden?

Sie besprechen alles im Familienrat gehen früh zu Bett. Einen endgültigen Beschluss wollen sie am Sonntag fassen. Das ist früh genug, hat der Vater entschieden. Renate bleibt mit Adelheid über Nacht. Walter Donigk steht sich bis 10 Uhr in der Nacht die Füße in den Bauch. Stinksauer wegen seines Misserfolgs tritt er den Heimweg an. Die Mädels nicht gesehen, die Kneipen haben zu – es lief vieles schief heute. Er erliegt beinahe der Versuchung, in der Mühlengasse einen kleinen Hund, der sich ihm in den Weg stellt und ankläfft, wegzutreten. Nur nicht auffallen, bloß nicht auffallen, reiß Dich zusammen – noch beherrscht sein Inneres seine Emotionen.

Sonntag, 10. Oktober 1943

Kurz bevor die Eltern das Haus zum Gottesdienstbesuch verlassen wollen, ertönt der Alarm. Viele, die einen weiteren Weg haben als die Sieberts, werden jetzt schon in der Lutherkirche sein. Sieberts gehen, wie immer bei Alarm, in den Keller. Und die in der Kirche? Hermann stellt sich die Frage, er tut es nicht laut, weil das jetzt hier nichts zu suchen hat. „Ein Angriff am Sonntag zur Gottesdienstzeit", sagt der alte Wille nuschelnd mit empörter Stimme, „das können doch keine Christenmenschen sein." Er hat es nicht geschafft, seine Zähne einzusetzen. Das erspart den anderen im Keller weitere Vorträge. Hermann mag den alten Mann eigentlich – aber es wäre ihm neu, wenn der alte Wille ein treuer oder wenigstens sporadischer Kirchgänger wäre. Er weiß sonst nichts von ihm, Wille lebt mit seiner Frau im vierten Stock, ob sie Kinder haben, Enkel, was er früher mal gearbeitet hat – es hat ihn tatsächlich auch nie so richtig interessiert. In seiner Erinnerung ist Wille, der meist in einem grauen Kittel herum läuft, schon immer Rentner. Eine Woche ist der letzte Angriff jetzt her, allmählich werden die Alarme wieder zur Routine. Man horcht und horcht – und nach 40 Minuten kommt Entwarnung. „Besser einmal zu viel in den Keller als einmal zu wenig", nuschelt Wille. Nanu? Das klingt ja gar nicht nörgelig. Vielleicht eine Sonntagslaune. In der Wohnung stellen sie nach der Entwarnung die Notköfferchen ab.

„Hermann, sei so gut, ich mache jetzt Essen, geh bitte zur Kirche und frag, was mit dem ausgefallenen Gottesdienst wird."

„Wieso? Der ist ausgefallen?"

„Jetzt werd nicht pampig, Junge. Mutter meint, ob der nachgeholt wird." Der Vater schaut ihn streng mit einem Auge an.

„Ach so." Hermann hatte ausnahmsweise tatsächlich auf der Leitung gestanden. Es schien kühl heute zu sein, er zieht eine schwarze Strickjacke über und springt, zwei Stufen auf einmal nehmend, die Treppe runter.

„Es ist Sonntag, muss der Junge so einen Krach machen", murrt der Vater in der Küche.

„Kurt, lass ihn, das ist doch für die jungen Menschen noch schwerer als für uns. Immer dieser Fliegeralarm. Die wissen doch auch nicht, wo ihnen der Kopf steht. Da kann man doch nicht immer auf alles und jeden Rücksicht nehmen." Die Mutter verteidigt Hermann. Eigentlich wie immer. Sie findet, ihr Mann geht zu streng mit ihrem einzig verbliebenen Kind um, sieht gar nicht, dass sie eigentlich dankbar sein müssten, dass der Junge alle Klippen seines jungen Lebens so perfekt umschifft. Sie holt einen Topf heraus, füllt Wasser hinein und beginnt mit dem Kartoffelschälen.

Hermann ist schon ein paar Minuten später wieder da. Auf dem Weg zur Kirche hat er Erna Wolter und ihren Mann Lutz getroffen, die auch eifrige Kirchgänger sind. Beide, weil es tatsächlich sehr kühl ist, in einem dunklen Wintermantel. Einen der Temperatur angemessenen Überzug haben sie nicht, zumindest keinen, der gut genug ist für die Kirche. Der Gottesdienst, so sagen sie ihm, wird um 15 Uhr nachgeholt. Mit dieser Nachricht kommt Hermann zuhause an. Innerlich jubiliert er: Kein Spaziergang am Nachmittag...

Die Mutter besteht aber diesmal darauf, dass Hermann zur Kirche mitkommt. Er murrt ein wenig, fügt sich aber. Weiß der Himmel, welche sonderbaren Gedanken oder Ängste seine Mutter diesmal wieder umtreiben. Aber ein Streit lohnt nicht. Er fragt sich: Sind Wittwers eigentlich Kirchgänger? Wenn ja: Würden Sie in die Lutherkirche gehen? Er würde es bald sehen.

Das große Gotteshaus ist nicht besonders gut gefüllt am Nachmittag. Vielleicht hat sich die Verlegung nicht herumgesprochen, vielleicht haben einige was anderes vor am Nachmittag, Verwandtenbesuche, Friedhofsbesuche – ja, für manche gehört der Friedhofsbesuch am Sonntagnachmittag zum festen Ritual am Wochenende. Sieberts haben kein Grab, das sie besuchen können. Die Großeltern sind so lange tot, dass es kein Grab mehr gibt. Und Otto....

Wenn nur so wenige Menschen in einer so großen Kirche Lieder singen, dann klingt das oft schaurig, findet Hermann. So ist es auch heute. Mutter singt mit glockenklarer Stimme, Vater nuschelt den Text, den er abliest, beinahe flüsternd in den Raum, ob dabei eine Melodie mitschwingt, lässt sich nicht erahnen. Hermann ist das Singen mit den Erwachsenen peinlich. Aber er brummt mit. Beim Reden ist seine Stimme nach dem Stimmbruch schon fest und belastbar, hier klingt sie komisch.

Pfarrer Gustav Peckler, ein hagerer Mann um die 60, in dessen schmalem Gesicht mittendrin eine Knollennase steckt, die gar nicht hineinpasst ins gesamte Äußere, hält ohne große Emotionen eine Predigt. Der Text stammte aus dem 1. Brief an die Korinther, Kapitel 7, die Verse 29 bis 31: „Das sage ich aber, liebe Brüder: Die Zeit ist kurz. Auch sollen die, die Frauen haben, sein, als hätten sie keine; und die weinen, als weinten sie nicht; und die sich freuen, als freuten sie sich nicht; und die diese Welt gebrauchen, als gebrauchten sie sie nicht: Denn das Wesen dieser Welt vergeht."

Der letzte Satz beschäftigt Hermann. Er scheint ihm sehr zu diesem Krieg zu passen, er denkt an Otto, den Sohn von Dr. Steffens, an Philip

Rosen – er weiß aber oder ahnt, dass mehr gemeint ist mit dem Wesen der Welt und der Vergänglichkeit. Die Predigt dazu interessiert ihn nicht, Peckler redet aber auch zu langweilig. Hermann will sich seine eigenen Gedanken machen, es ist sein Leben, es sind seine Sorgen, seine Wünsche. Um aus dem Text etwas für sich mitzunehmen, brauche ich keinen Pfarrer, denkt er trotzig. Und trotz der borstigen Einstellung schweifen seine Gedanken irgendwann ab. Zu Waltraud.

Er denkt, die Gedanken fliegen, es kommt der Punkt, da ist er nur noch körperlich in der Kirche anwesend. Erst als nach dem „Amen“ zum Schluss der Ansprache Bewegung in die Gemeinde gerät, ist er wieder bei der Sache. Und ganz plötzlich dankbar dafür, dass er mit zum Gottesdienst gekommen ist. Er war eine halbe Stunde völlig ungestört in seiner Gedankenwelt, ein Luxus, den er sonst nicht kennt oder den er sich meistens nicht gönnt.

Ob er nach der Kirche noch einen Spaziergang unternimmt? Vor der Lutherkirche unterhalten sich die Erwachsenen noch. Manche schauen Richtung Himmel, nur wenige Wolken sind zu sehen, klar, worüber man redet: Kommen heute die Bomber wieder? Hermann will und muss sich erneut ablenken. Er fragt, ob er noch ein wenig durch die Stadt streifen kann. Die Eltern erlauben es, aber er muss um sechs Uhr abends daheim sein. Kaum hat er den Lutherplatz verlassen, trifft er Anton Hecker, einen Klassenkameraden. Einer jener Lautsprecher, die in der Schule den Ton angeben. Seine schulischen Leistungen sind jämmerlich, in der HJ ist er vorn dabei. Mit 15 ist er Scharführer, auch am Sonntag läuft er in Uniform durch die Stadt, die blauen Ränder der Epauletten künden vom Rang.

„Na, Siebert, wo kommste her?“ Er hat wohl nicht mitbekommen, dass Sieberts im Gottesdienst waren, also wird es keine dummen Bemerkungen dazu geben, denkt sich Hermann.

„Von da.“ Hermann zeigt grob hinter sich, da liegt auch die Moltkestraße.

„Hä?“

„Naja, von zuhause halt, ich wohne da hinten.“ Hecker nickt, alles klar, er hat verstanden. „Und? Was haste vor?“

„Frische Luft schnappen vor dem Abendbrot, nach dem Vormittag im Keller kann ich das ganz gut gebrauchen.“ Hecker nickt wieder.

„Wir waren im Bunker am Karlshospital“, antwortet er, „die Mauern sind so dick, da hörste gar nix mehr. Weißte also nie, ob Flugzeuge kommen oder nicht, das zerrt ganz schön an den Nerven. Aber sicher ist das Ding wenigstens.“

Hermann weiß gar nicht so genau, wo Heckers wohnen, irgendwo diesseits an der Fulda. Hecker hat eine Schwester, der Vater ist im Krieg, aber nicht bei der Wehrmacht oder der Waffen-SS, er meint, Anton Hecker habe mal was vom Sicherheitsdienst erzählt, ist sich aber nicht sicher. „Gibt es Nachricht von Deinem Vater aus dem Feld, alles in Ordnung?" will er wissen.

Wieder nickt Hecker. „Ist in der Ukraine. Kommt angeblich diesen Monat auf Heimaturlaub. Aber man weiß ja nie." Er nimmt seine Brille ab und putzt sie kurz mit einem weißen Tuch, das er aus der Hosentasche zieht. „Haste die Aufgaben für morgen?" Diesmal nickt Hermann. „Tja, ich eben noch nicht. Dann will ich mal. Mach's gut, bis morgen! Heil Hitler!" Er knallt die Hacken zusammen, streckt den Körper, reißt den rechten Arm nach oben, macht vorschriftsmäßig kehrt und marschiert von dannen.

Hermann ist froh, dass er ihn los ist. Er atmet einmal tief durch, schaut auf die Uhr, zehn nach fünf, viel Zeit bleibt ihm nicht. Er nimmt die Große Rosenstraße, läuft ein Stück den Ständeplatz entlang mit den teils prunkvoll verzierten Steinbauten auf beiden Seiten. Er mag diesen Platz. So dicht am Fachwerkareal der Altstadt – und doch völlig anders. Hier Prunk – ein paar Schritte weiter unten zum Fluss hin Stunk: Der Mief der völlig zugebauten Altstadt mit ihren teils schäbigen Häusern in den Hinterhöfen. Er biegt nach links in die Wilhelmsstraße ein und verlangsamt den Schritt. Seine Rechnung: Je langsamer er geht, desto mehr Zeit verbringt er in der Straße, desto größer die Chance, dass entweder er Waltraud sieht oder sie ihn zu Gesicht bekommt – und sei es durchs Fenster. Doch nichts passiert. Er trifft auch keinen Bekannten mehr, es wird langsam richtig windig, kein Wetter mehr zum abendlichen Flanieren, die Straßen leeren sich. Hermann geht nach Hause. Nein, enttäuscht ist er nicht. Denn er hat ja die Aussicht auf Mittwoch. Wie sehr sich genau diese Situation, was dieses blonde Mädchen betrifft, in den vergangenen Tagen verändert hat – es gibt Momente, da kann er es noch gar nicht begreifen.

Beim Abendessen fällt sein Blick auf die Notfallkoffer. Was droht heute Nacht? Auf einem harten Stück Käsebrot kauend lauscht er parallel dem Programm aus dem Volksempfänger. Feindliche Bomberverbände im Anflug auf Norddeutschland im Raum Bremen und umzu, heißt es da. Das Wort hat er schon oft gehört in solchen Meldungen und weiß nicht, was es bedeutet. „Was heißt denn umzu?" fragt er laut. Die Eltern schauen sich an. Die Mutter zuckt mit den Schultern. Vater weiß es: „Das sagen die Norddeutschen, Bremen und umzu heißt so viel wie: Bremen und Umgebung."

„Wieder was gelernt", sagt die Mutter. Seine Mutter und ihre weisen Sprüche. Aber wahrscheinlich würden die in Kürze auch bei ihm so im Kopf verankert sein, dass er irgendwann seine eigenen Kinder mit den Weisheiten auf die Palme bringen würde.

Die armen Menschen in Bremen, denkt sich Hermann, und vor der Kirche haben die Erwachsenen davon gesprochen, dass es gestern Hannover erwischt hat. Wie schlimm es gewesen ist, das wusste niemand. „Wir sind keine Nacht mehr sicher und der große Angriff, der kommt noch", hatte der alte Herr Uffelmann vom Kirchenvorstand gesagt, einer der wenigen, der wegen eines Bombentreffers schon einmal umziehen musste. Hinter jedem steckte in diesem Krieg irgendwie eine eigene Geschichte, findet Hermann, der erst an den Ausspruch Uffelmanns gedacht hat und nun praktisch vom Hölzchen aufs Stöckchen kommt. Im August 1942 war die Ausbombung gewesen, der Angriff, nach dem die Türme der Martinskirche gebrannt hatten. Uffelmanns wohnten jetzt ebenfalls in der Moltkestraße. Das Haus war 1942 ins Eigentum des Deutschen Reiches gegangen – was übersetzt nichts anderes hieß, als dass die Voreigentümer Juden gewesen waren.

In dem Haus hatten drei oder vier jüdische Familien gewohnt. Sie waren 1941 und 1942 eine nach der anderen verschwunden. „Geflohen", sagten manche. „Abtransportiert", sagte Hermanns Vater. Hermann wusste damals schon, dass sein Vater wohl Recht hatte. Er war einmal am frühen Morgen wach geworden, als der Lkw, der Juden abholte, in der Moltkestraße den Motor laufen ließ. Hermann hatte aus dem Fenster geschaut und die Familie Grün, deren Sohn Abel eine Klasse unter ihm in die Göring-Schule ging, auf der Ladefläche gesehen. Abel hockte da, stierte vor sich hin, nahm noch nicht mal mit Blicken Abschied von der Umgebung, die ja sein Zuhause war. Der Junge war ein verschlossenes Kind, hochmusikalisch, spielte wunderschön Klavier – und durfte dennoch nicht im Schulorchester mittun.

Hermann erinnerte sich, dass er sich die alles entscheidende Frage an diesem Morgen gestellt hatte: Werde ich Abel jemals wiedersehen? Er hatte die Frage nicht beantworten können und obwohl die beiden eher sporadischen Kontakt gehabt hatten, spürte Hermann einen Kloß im Hals. Geschlafen hatte er danach nicht mehr, aber auch nicht mit den Eltern darüber gesprochen. Auch in der Nachbarschaft redete man nicht groß über das Thema. Die Gestapo hatte Ohren überall – die mussten nicht unnötig oder unbedarft gefüttert werden. „Wer schweigt, bleibt", hatte Vater mal beim Abendessen gesagt. Glücklich hatte er dabei nicht ausgesehen.

In der Straße wohnten eine Reihe strammer Nazis. Wenn die in Sichtweite waren, dann ging man automatisch auch auf Distanz zu den jüdischen Familien. Aber sonst? Wie auch immer, Uffelmanns waren von der Übernahme der jüdischen Wohnung nicht begeistert gewesen. Aber was hatte man schon für Möglichkeiten? Die Wohnung war komplett möbliert, da Uffelmanns ausgebombt waren, war das ein zusätzliches Geschenk. Nun schlief also Kirchenvorstand Johannes Uffelmann im Bett des Juden Mordechai Grün. Und sogar in dessen Bettwäsche. Die Realität des Alltags vertrieb Gewissensbisse und Gedanken. Es war halt so, wie es gekommen war. Ohne eine nötige Portion Pragmatismus hielt man es im Leben nicht aus.

Genau an Abel Grün denkt Hermann an diesem Abend, deshalb kommen ihm all diese anderen Gedanken. Niemals hat jemand gesagt, wo die jüdische Familie hin transportiert wurde. Geschweige denn weiß jemand, ob sie noch leben. Der Gedanke bedrückt ihn wieder und er findet schlecht in den Schlaf. Als er am nächsten Morgen aufwacht, ist es ihm, als habe er die ganze Nacht irgendwelchen Unsinn geträumt – nach einer Minute sind all die Traumbilder, die ihm eben noch in klaren Konturen erschienen waren, die ihn körperlich angestrengt haben, komplett verblasst. Die Träume sind weg, die bleierne Müdigkeit bleibt als Erinnerung an eine komische Nacht.

Montag, 11. Oktober 1943

Walter Donigk hat sich eine Zeitung gekauft. Er weiß, er wird kaum etwas finden über den Fall Philip Rosen. Deswegen überrascht ihn die kleine Notiz bei den wenigen Lokalnachrichten. Philip Rosen wird heute um 11 Uhr beigesetzt auf dem Friedhof im Mulang, heißt es da lapidar. Und: Der Prozess gegen den Mörder des jungen Mannes findet um 9 Uhr im Landgericht statt. Wo ist denn da ein Friedhof im Mulang, da sind doch nur Villen von Bonzen?, fragt sich Donigk. Er beschließt, hinzugehen, aus sicherer Entfernung zuzusehen. Nicht, weil er ein schlechtes Gewissen hat – er will raus, ihm ist langweilig, ihn interessiert, wer die Eltern sind, er will schauen, ob der ermittelnde Kommissar da ist. Den kennt er zwar nicht, ist sich aber sicher, dass er das schon herausfinden wird. Der Prozess interessiert ihn nicht, er weiß eh, wie alles ausgeht. Obwohl: Vielleicht muss der Kommissar dort aussagen? Das ist wahrscheinlicher – aber in den Gerichtssaal will er auf keinen Fall. Man stelle sich nur vor, das Mädchen würde als Zeugin aufgerufen. Er kann sich das zwar nicht vorstellen, aber manche Wege des Schicksals sind unergründlich und er will das Glück nicht herausfordern.

Was die Mädels vom Blumenladen betrifft: Da wird er heute am Vormittag eh nichts ausrichten können. Die Kleine ist in der Schule, von der Großen weiß er noch nicht einmal, wo sie eigentlich wohnt. Kaum anzunehmen, dass die mit dem Balg noch bei den Eltern lebt. Wahrscheinlich ist der Mann im Feld, da wird man irgendwo eine gemeinsame Wohnung haben. Aber dieses „irgendwo“, das muss er noch präzisieren. Und gestern, am Sonntag, wollte er das Haus nicht beobachten. Da war zu wenig los auf den Straßen, da wäre er garantiert aufgefallen.

Der Kommissar müsste sich heute eigentlich zweiteilen. Auf der einen Seite der Prozess gegen Esser, bei dem er die Beweislage seitens der Polizei darlegen muss. Und dann die Beisetzung des jungen Rosen. Er hat sich bei Jan Rosen persönlich entschuldigt, aber dass er im Prozess unabkömmlich ist, das sei erstens verständlich und aus seiner Sicht auch mehr als wünschenswert, hatte ihm Rosen versichert.

So sitzt er nun im Gerichtsgebäude. Es ist Punkt neun Uhr, im Gerichtssaal wird gerade Esser hereingeführt, sie haben ihn zum Glück übers Wochenende so weit hergerichtet, dass man keine Rückschlüsse auf Sonderbehandlungen ziehen kann. Ein Vertreter der Kurhessischen Landeszeitung ist da, ansonsten ist der Zuschauerraum natürlich prall gefüllt. Ob da welche auf Anordnung der Partei gekommen sind oder ob es Interessierte mit eindeutigem politischen Hintergrund sind – das läuft eh auf dasselbe raus. Für Stimmung gegen den Angeklagten ist also gesorgt. Richter Dr. Bodo Kamien wird das schon richten, er ist jetzt seit einem Jahr im Amt. Auch Kamien ist einer, der die Bühne des Gerichts gern zur politischen Machtdemonstration und zur Förderung der eigenen Karriere nutzt. Roland Freisler, der Präsident des Volksgerichtshofs, ist sein Vorbild, das merkt man beinahe in jeder Verhandlung. Der Richter formuliert gnadenlos harte Urteile, von Rechtsprechung, das weiß Drachsel, kann man hier nicht reden, eher von Rechtsbeugung. Er kann sich dieses Gebrüll, die Demütigungen der Angeklagten und der Zeugen der Verteidigung eigentlich nicht mehr anhören. Aber er ist da fast ein Einzelfall. Das Publikum ist begeistert, zumindest die, die keine Angehörigen oder Freunde der Angeklagten sind. Kamien bietet Theater, beste Unterhaltung für die, die so etwas mögen. Und in Zeiten, in denen sich die schlechten Nachrichten vor allem aus dem Osten häufen, kann sich das Regime im Kleinen so richtig austoben.

Schon kurz nach Verlesen der Anklageschrift muss Drachsel aussagen. Er hat das Ganze am Wochenende fein säuberlich aufgeschrieben, mit der Hand. Magda Rehm hatte schon am Freitag seiner Bitte entsprochen, am Sonntagnachmittag seinen Text per Schreibmaschine in eine Form zu bringen, die er vor Gericht ohne zu stocken verlesen könnte. Nun holt er sein Manuskript aus der Innentasche seiner Anzugjacke und trägt in wenigen Minuten die Faktenlage vor. Als er fertig ist, schaut er den Richter erwartungsvoll an.

„Gibt es Fragen zu diesem keine Lücken offen lassenden Vortrag unseres Kommissars? Hervorragende Polizeiarbeit übrigens, mein Kompliment, Drachsel!" sagt der Richter. Der Staatsanwalt wird keine einzige Frage haben, weiß Drachsel. Alles schaut auf den Verteidiger. Willi Hördemann schaut durch eine dicke Hornbrille auf seine Akten. Esser sitzt neben ihm, er wirkt, als habe er mit dem Leben abgeschlossen. Er schaut entweder nach unten – oder seine Blicke irrlichtern wirr durch den Gerichtssaal. Seine Kleidung ist verknittert, sein Haar sieht fettig aus, überhaupt: Der Mann wirkt wie ein Bettler. Da seine Blicke niemals im Publikum vor Anker gehen, vermutet Drachsel auch keine Angehörigen im Zuschauerraum. Esser wohnt zwar allein in dieser Spelunke, die sie durchsucht haben, aber der Aktenlage nach ist er verheiratet und hat auch ein Kind, einen Sohn. Der Kommissar ist dem nicht nachgegangen, zu groß war der Druck, so schnell wie möglich einen Fahndungserfolg zu liefern und quasi lückenlos den Ermittlungen den Prozess folgen zu lassen. Das Volk, so hatte es Gauleiter Karl Weinrich dem Polizeipräsidenten Kurt Stern erklärt, könne nur durch die schnelle Aufarbeitung von Verbrechen an die Zuverlässigkeit von Exekutive und Judikative glauben. Und das wiederum hatte Stern dem Kommissar unmissverständlich deutlich gemacht. Auf Drachsels Frage: „Hat der wirklich Exekutive und Judikative gesagt?" hatte der Präsident geantwortet: „Ja. Aber nicht fehlerfrei. Und ich bin mir nicht sicher, ob er weiß, was das ist und was den Unterschied ausmacht."

„Tja", hatte Drachsel geantwortet, „was Letzteres betrifft: Da bin ich mir bei Richter Kamien auch nicht ganz sicher." Stern und er kannten sich lange und schätzten sich, sonst hätte er nie so etwas gesagt.

Der Präsident hatte mit den Mundwinkeln gezuckt und mit tadelndem Ton gesagt: „Das habe ich nicht gehört, Drachsel." Dem hatte er noch: „Und jetzt raus hier und an die Arbeit!" angefügt und Drachsel hatte das Präsidentenbüro verlassen.

Hördemann braucht ein paar Sekunden, Kamien wird schon unruhig. Der Anwalt ist ein grau-, fast weißhaariger alter Fahrensmann. Er hat hunderte dieser Prozesse auf dem Buckel, kleine Ganoven hat er genauso verteidigt wie Schwerverbrecher und politisch Angeklagte. Er gab sich selbst, was seine Einstellung zum Regime betraf, nie eine Blöße. Weder privat noch in der Öffentlichkeit. Die Gestapo hatte schon alles versucht, ihn in Situationen zu bringen, in denen er etwas sagte, was gegen ihn verwendet werden konnte. Aussichtlos. Natürlich kennen sich auch Kamien und Hördemann. Und der Richter schätzt den alten Juristen im Grunde seines Herzens, weil er mit seinem Sinn für die strikte Auslegung der Gesetze so berechenbar war. Ungeduldig wird er jetzt nur, weil er dieses Verfahren schnell abschließen will.

„Stimmt es", sagt Hördemann plötzlich laut mit seiner tiefen Stimme, „stimmt es, Herr Kommissar, dass es mittlerweile einen Augenzeugen gibt, besser gesagt eine Augenzeugin, die bei der Polizei eine Beschreibung des Täters abgegeben hat?"

Drachsel ist wie vom Donner gerührt. Wie um alles in der Welt ist denn diese Information, die nur er und Jan Rosen haben, zu Hördemann gelangt? Das muss später geklärt werden, nach einem langen Raunen im Gerichtssaal, das ihm etwas Zeit verschafft, muss er jetzt glaubwürdig und präzise antworten. Richter Kamien blickt erst konsterniert, dann zornig. Drachsel hebt an, er weiß, er muss jetzt lügen: „Wir sind allen Hinweisen, die wir bekommen haben, nachgegangen, es waren aber nicht allzu viele. Alle Hinweise bezogen sich auf Zeiträume, die mit dem von uns ermittelten Zeitfenster für die Tat nicht übereinstimmten. Das müsste in den Akten auch alles nachzuvollziehen sein."

„War's das, Herr Hördemann?" bellt Kamien. Der bohrt sichtbar mit seiner Zunge in seiner schlaffen linken Wange herum, atmet tief durch und sagt: „Irgendwie nicht, Herr Vorsitzender, denn meine Frage wurde nicht beantwortet. Ich hatte gefragt, ob es diesen einen, speziellen Hinweis gegeben hat, es war ja kein Hinweis, ein Augenzeugenbericht. Also, Herr Kommissar?"

Drachsel weiß, dass er die Frage nicht beantwortet hat. Er brauchte halt noch einmal Zeit. „Jemand hat tatsächlich behauptet, die Tat gesehen zu haben." Ein aufgeregtes Tuscheln geht durchs Publikum. „Ich zweifle allerdings am Wahrheitsgehalt der Darstellung, weil der Augenzeuge keine Täterbeschreibung liefern kann. Es nützt uns nichts, wenn jemand eine Tat gesehen hat, aber den Täter weder beschreiben, noch identifizieren kann."

Jetzt ist er auf dünnstem Eis unterwegs. Eigentlich ist gar kein Eis mehr unter seinen Füßen, das ihn auf dem Wasser tragen könnte. Denn wenn Hördemann weiß, dass Waltraud Wittwer gesagt hat, der Täter habe sein linkes Bein nachgezogen, dann ist die Esser-Variante abschussreif. Aber wie soll er das wissen? Er hat mit Rosen über die Augenzeugin gesprochen – aber nichts von der Behinderung erwähnt. Waltraud Wittwer und ihre Schwester werden von sich aus nicht aktiv werden, die kann er im Zweifel am Nachmittag auch noch einmal einschüchtern. Wer weiß noch von der Augenzeugin? Da schießt es ihm wie Strom ins Gehirn: Magda! Der hatte er gesagt, voller Vertrauen, warum die Wittwer-Schwestern im Präsidium gewesen waren. Ich Idiot, schimpft er sich. Seiner eigenen Frau hat er nichts erzählt, aber seiner Sekretärin. Es sind nur zwei, drei Sekunden, die vergehen, Drachsel atmet flach, hat Mühe, die Contenance zu wahren. Äußerlich merkt man ihm nichts an, dazu ist er einfach zu erfahren und abgebrüht. Aber im Inneren sieht es aus…

Hördemann kratzt sich mit der Hand am glatt rasierten Kinn.

„Augenzeuge oder Augenzeugin?"

„Augenzeugin."

„Die Dame konnte nichts zum Äußeren des Täters sagen?"

„Wir haben versucht, dass bestimmte Merkmale des Gesichts, der Figur von ihr dargestellt werden. Nichts. Eine dunkle Gestalt. Mehr ist nicht dabei herausgekommen."

„Irgendwelche andere Auffälligkeiten, besondere Bewegungsmuster?" Drachsel spürt Schraubzwingen an seinem Brustkorb. „Davon hat der Zeuge nichts erwähnt."

„Haben Sie denn danach gefragt?"

Da donnert der Richter dazwischen: „Herr Hördemann, das verbitte ich mir im Namen des Herrn Kommissar. Wir haben hier einen Mordfall, der dank der geradezu beispielhaften Ermittlungsarbeit des Kommissars und seiner Mitarbeiter in genauso beispielhaftem Tempo gelöst wurde – Geständnis inclusive. Eine solche Frage kann man auch als Beleidigung empfinden vor diesem Hintergrund, ich würde mich zumindest an seiner Stelle beleidigt fühlen."

Hördemann hebt beschwichtigend die Hände. „Dennoch hätte es mich erfreut", sagt er, „wenn ich von dieser Zeugin und ihren Aussagen irgendetwas in den Akten gesehen hätte".

„Herr Verteidiger…" will Drachsel entgegen, da fährt der Richter erneut dazwischen.

„Herr Hördemann", ruft er in den Saal, „wenn wir künftig in unseren Akten alle nutzlosen Aussagen für unsere Verfahren dokumentieren, dann kommen wir vor lauter Lesen nicht mehr zur Rechtsprechung. War es das jetzt?" Die letzten vier Worte hatte er mit deutlicher Schärfe in den Saal gerufen.

Hördemann kann ein sturer Hund sein, weiß oder ahnt aber auch, dass er hier nicht weiter kommt. Auch das gehört zum Geschäft. Kamien will Esser hängen sehen. Es hat keinen Sinn, zu kämpfen. Wenn er auf weiteren Streit verzichtet, dann wird ihm der Richter in einem anderen Fall einen Gefallen tun. Esser muss sterben, damit Hördemann jemand anders eventuell ein wenig helfen kann. Hördemann winkt ab, er hat keine Anmerkungen mehr, er könnte kotzen, diese miesen Spielchen, sie kosten ihn bald das letzte Stück an Selbstachtung, das er noch hat. Aber er weiß auch: Wenn er das nicht mehr macht, wird es in dieser ganzen Stadt niemanden mehr geben, der sich für so eine arme Haut wie Esser ins Zeug legen wird. Er muss durchhalten. Aber er wird daheim in seiner Wohnung an der Landgraf-Karl-Straße einen Cognac brauchen.

Der Staatsanwalt fordert in seinem kurzen Plädoyer wenig später die Todesstrafe wegen Mordes. Hördemann plädiert auf lebenslange Zuchthausstrafe wegen Totschlags, weiß genau, dass dies nach dem Geständnis vorn und hinten nicht haltbar ist. Esser will kein Schlusswort sprechen. Dann kommt die Stunde von Richter Kamien. Nein, er muss sich zur Urteilsfindung noch nicht einmal zurückziehen, um nachzudenken. Die Dinge liegen so klar, findet er, haben der eisernen juristischen Prüfung des Gerichtes standgehalten. Esser, dieses schäbige Subjekt, habe in den vergangenen Jahren einen Dreck für die Volksgemeinschaft getan. Kümmere sich nicht um seine Frau und sein Kind. Drachsel, der im Publikum sitzt, denkt sich, dass er Frau und Kind dringend aufspüren muss. Das hat nichts mit dem Fall zu tun, er will mehr wissen über Esser und dessen Familie. Reines Interesse. Neugier.

Drachsel hat hier schon Angeklagte, die unter den Tiraden des Richters zu leiden haben, weinen sehen. Was die verbalen Ausfälle Kamiens nur schlimmer machte. In geradezu sadistischer Weise stürzte er sich dann erst recht auf die seiner Ansicht nach verweichlichten und überflüssigen Elemente, die man nun zum Glück ausmerzen konnte.

Esser sitzt reglos auf der Anklagebank, auch das macht Kamien wütend. „So egal, wie Ihnen offensichtlich Ihr Leben ist, so egal ist Ihnen das Leben anderer. Sie sind nicht nur ein Abschaum, Menschen wie sie sind noch schlimmer: Sie sind Abfall der Gesellschaft." So geht es noch eine Weile. Dann das Urteil: Esser wird zum Tode verurteilt, Tod durch Erhängen im Zuchthaus Wehlheiden, auszuführen am nächsten Morgen um sechs Uhr. Dann schließt Kamien die Verhandlung. Esser wird abgeführt, er wirkt, als habe er so gut wie nichts mitbekommen. Gut so, denkt Drachsel.

Der Saal lehrt sich, tuschelnd geht das Publikum nach Hause, die Menschen wirken zufrieden. Sie stellen nicht in Frage, ob der, der verurteilt wurde, schuldig ist, sie diskutieren vor allem das Strafmaß. Das passt in ihren Augen – und damit ist das Thema erledigt. Hördemann packt seine Sachen, verabschiedet sich von Kamien und Staatsanwalt Günther Mayer, bleibt bei Drachsel kurz stehen. „Ich wollte Sie nicht beleidigen, ich hoffe, der Vorsitzende ist der Einzige, der das so verstanden hat." Drachsel steht auf, er ist müde nach diesem Theater. „Keine Sorge, Herr Hördemann, ich weiß das alles richtig einzuschätzen." Hördemann schaut ihn noch einen Moment an, nickt und geht.

„Herr Kommissar!" dröhnt es durch den Gerichtssaal. Drachsel schreckt auf. Kamien winkt ihn zu sich. Der Kommissar geht nach vorn zur Richterbank. Kamien packt Unterlagen zusammen, der Gerichtsdiener wartet. Kamien hat im Augenblick nichts mehr an sich von diesem jähzornigen Ein- und Auspeitscher, er ist ein mittelgroßer Mann in den Vierzigern mit einem leichten Bauchansatz und Lachfältchen um die Augen. Kaum zu glauben, aber dieser Kerl, dieser Widerling von Richter, kann tatsächlich ein amüsanter Umgang sein, mit dem man sich auch ernsthaft und gut unterhalten kann, wie Drachsel weiß.

„Drachsel", sagt Kamien, „Sie haben ein Leck im Präsidium, oder?" Jetzt schauen die kleinen dunklen Augen nicht mehr lustig, jetzt blicken sie Drachsel stechend an.

Drachsel sagt: „Ja, ich war genau so überrascht wie Sie."

„Haben Sie einen Verdacht?"

„Einen vagen."

Kamien schaut ihn eindringlich an. „Regeln Sie das. Final." Dann nimmt er seine Tasche und geht.

Als Drachsel das Gerichtsgebäude verlässt, regnet es leicht. Er hat keinen Schirm dabei, die paar Meter zum Auto schafft er aber, ohne groß nass zu werden. Allerdings hat er gleich das nächste Problem: Wie packte er am geschicktesten die Sache mit Magda an?

Walter Donigk findet den Friedhof zunächst nicht. Die Trauerfeier hat in irgendeiner Kapelle stattgefunden, das war geschlossene Gesellschaft, mutmaßt er. Er schlendert im Mulang herum, diesem Mini-Stadtteil direkt neben dem Bergpark gelegen, mit Dutzenden von wunderschönen Villen, die sich nur Menschen wie Rosen oder politische Bonzen leisten können. Er schaut bewundernd auf die Häuser – doch nirgendwo ist ein Friedhof zu sehen. Als er die Schloßteichstraße entlang geht, sieht er ein paar unscheinbare Männer sehr auffällig in der Gegend herum stehen. Da also muss es sein, denkt er, geht an ihnen vorbei, wirft verstohlen einen Blick nach links – sieht eine kleine Mauer, dahinter, in einer Ecke, eine kleine Trauergesellschaft. Das also soll der Friedhof sein? Nein, hier kann er nicht Halt machen, auf keinen Fall, das würde auffallen. Er biegt in die Mulangstraße ein und geht bergab Richtung Straßenbahn.

Für Hermann geht der Tag eigentlich erst am Nachmittag richtig los. Der dicke Martens kommt um halb vier zur Nachhilfe, Hermanns Mutter ist wieder in der Arztpraxis, abends würde sie noch die Hausordnung machen, sein Vater ist an der Arbeit. „Haste den Karl May schon durch?" fragt Martens fröhlich.

„Nee, bin kaum zum Lesen gekommen", antwortet Hermann wahrheitsgemäß.

„Mein Opa sagt übrigens, dass dieser Karl May ein übler Bursche gewesen sein soll. Hat wohl auch im Knast gesessen", sagt Martens.

„Ich weiß. Aber was heißt das schon? Der Führer hat auch gesessen, oder? Ist er deshalb ein übler Bursche? Frag Deinen Opa mal," sagt Hermann. Martens wird blass.

„W.. wenn ich das mache, kriege ich eine gedonnert."

„Willst Du das Buch mitnehmen? Ich komme in diesen Tagen nicht dazu."

Martens schaut erfreut. „Klar. Aber wieso kommst Du denn nicht zum Lesen? Was machst Du denn dann abends bis zum Schlafen, wenn Du mir das Buch mitgibst?"

Gute Frage, denkt Hermann. Aber es gibt ja noch mehr Bücher auf Ottos Regal. Er weiß nur, dass er mit Karl May irgendwie durch ist. Er hat genug davon gelesen, jetzt braucht er was anderes.

„Lesen natürlich. Aber ich habe in den vergangenen Monaten so viel Karl May gelesen, da brauche ich jetzt mal ne Pause." Martens nimmt das so hin. Dann kümmern sie sich um die Schule. Machen gemeinsam Hausaufgaben, Martens stellt seine Fragen, nicht nur zu Mathe. Das gemeinsame Lernen tut ihm gut, man merkt es auch in der Schule, an seinen mündlichen Beiträgen, er wird langsam selbstbewusster. Zum Schluss holt Martens aus seiner Tasche eine kleine Dose mit Salmiakpastillen raus. „Magst Du so was?" fragt er.

Hermann nickt. „Gelegentlich. Sind ganz schön scharf die Dinger, oder?"

Sie stecken sich jeder ein paar in den Mund, lutschen sie klein – und Hermann weiß, dass er den Geschmack heute kaum noch aus dem Mund oder aus den Sinnen bekommt. Macht aber nichts, gleich kommt der Vater nach Hause. Wenn er Pech hat, dann gibt es wieder Hasenbrot zum Abendessen. Da sind die Pastillen eine mehr als willkommene Veränderung der Geschmackswelt.

Martens lässt die Dose da. „Kleine Gegenleistung für den Karl May“, wie er sagt.

Hermann rätselt den ganzen Nachmittag, seit Martens da ist, wie er endlich unauffällig das Gespräch auf das Blumenhaus Wittwer bringen kann. Er versucht es einfach. „Sag mal, Karl, ich bin gestern nach der Kirche einfach noch mal durch die Stadt und bei Euch in der Wilhelmsstraße vorbei. Da ist doch auch dieses Blumenhaus. Weißt Du, was ich mich frage? Wo kriegen die denn ihre Ware her? Mitten in der Stadt.“

Martens schaut verdutzt: „Was, Du gehst sonntags in die Kirche?“ Hermann hat es befürchtet. Statt die Frage direkt zu beantworten greift Martens das Thema Kirche auf.

„Gestern musste ich mit, meine Mutter hat nach dem Fehlalarm vom Vormittag drauf bestanden. Sonst gehen meine Eltern allein.“ Martens ist zufrieden.

„Ja, also, wegen dem Blumenhaus Wittwer. Die haben im Hinterhof ein paar Gewächshäuser, da ist bisher auch nichts kaputt gegangen bei den Angriffen. Sind ja dünne Glasscheiben, da reicht ja eigentlich ein wenig Druck und dann macht das peng. Aber, wie gesagt, nix passiert bisher.“

Tja, Hermann, und nun?, denkt der sich. Frage beantwortet, keinen Schritt weiter.

„Haben die eigentlich Kinder? An unserer Schule ist doch niemand namens Wittwer, oder?“

Noch immer ist Martens arglos. Er greift noch einmal zur Dose und steckt sich ein paar Salmiakpastillen in den Mund. „Nur zwei Töchter, eine ist erwachsen und hat selbst schon ein Kind, die andere ist so eine blonde Ziege mit Pferdeschwanz. Waltraud heißt sie, geh ihr aus dem Weg, die hat Haare auf den Zähnen.“

Hermann muss innerlich grinsen. Also auf Martens’ Hilfe bei eventuellen Kontaktversuchen kann er offensichtlich nicht bauen. Zumindest das hat das kurze Gespräch jetzt geklärt.

Als Martens gegangen ist, sitzt Hermann auf seinem Bett. Er räumt die Schulsachen auf, packt den Ranzen für morgen. Noch zwei Tage, dann sieht er Waltraud wieder. Er macht den Volksempfänger an, Vater will sicher wissen, wie die Lage ist, wenn er heim kommt.

Die beiden Männer sitzen um sieben Uhr am Abendbrottisch. Hermann kriegt tatsächlich Hasenbrot. In der Regel reden die beiden nicht viel gemeinsam. Heute erzählt der Vater von einem Besuch aus dem Rüstungsministerium. Er selbst hat die hohen Herren nicht gesehen, aber sie haben sich wohl sehr für die Panzerproduktion interessiert. Oder besser gesagt ging es um die Frage: Ist die Panzerproduktion gesichert, wenn es zu einem oder mehreren größeren Bombenangriffen kommt?

„Wenn die schon damit rechnen, dass es größere Angriffe gibt, dann sollten wir uns auch darauf vorbereiten", sagt der Vater.

„Wie wollen wir uns denn darauf vorbereiten?" fragt Hermann.

„Im Keller muss alles vorbereitet sein. Die Decken, das Wasserfass, die Durchbrüche müssen frei sein – mehr können wir ja nicht tun, aber wir müssen da raus können, wenn das Haus getroffen wird." Hermann hat plötzlich Beklemmungen. Mit einem Mal spürt er nach diesen Fehlalarmen der vergangenen Tage, dass jeder Alarm eine Bedrohung sein kann. Es muss nicht immer so glimpflich ausgehen. Der Tod lauert im Zweifel am Himmel, das hat er bei all den Ereignissen der vergangenen Tage völlig außer Acht gelassen. Er kaut weiter auf dem Hasenbrot. Das hat seit heute Morgen in dieser Blechdose gelegen und Hermann meint, dass es mittlerweile einen metallischen Beigeschmack hat. Alles schmeckt zudem ranzig. Muffig. Er würgt es hinunter. Vater würdigt das noch nicht einmal, er ist aus seiner Jugend noch kargere Kost gewöhnt. Der Sohn, denkt er, hat überhaupt keinen Grund, sich zu beschweren.

Artur Drachsel war erst einmal nach Hause gefahren – Charlotte hatte sich gewundert, den Ehemann am späten Vormittag die Wohnungstür aufschließen zu hören. Sie wusste, dass er bei dieser Verhandlung gewesen war, warum ihm die so Kopfzerbrechen zu bereiten schien, wusste sie nicht. Sie würde auch nicht fragen. Was er ihr erzählen konnte, das erzählte er ihr. Aber Drachsel war ja nicht wegen der Verhandlung nach Hause gekommen. Er musste überlegen, wie er mit Magda Rehm umging. Wenn sie es gewesen war – aber er hatte da keinerlei Zweifel. Die beiden großen Kinder waren in der Schule, Emmi, die jüngste Tochter, wollte sofort mit ihm spielen. Er hatte sich drauf eingelassen und so den Kopf ein wenig frei bekommen.

Nun ist er wieder im Büro und bereitet das Gespräch mit Magda gedanklich vor. Er würde warten, bis sie sich in den Feierabend verabschiedete – dann würde der Schlag am besten sitzen. Er raucht eine Zigarette und schaut aus dem Fenster. So sehr er die Errungenschaft des Autos schätzt: Wenn, wie jetzt, ein Pferdefuhrwerk durchs Königstor ächzt, diesmal mit Kohlesäcken beladen, dann freut er sich. Er ist mit Pferden, Kühen, Schweinen, Gänsen, Hühnern groß geworden. Auf einem kleinen Bauernhof in Niederkaufungen. Die Eltern und Großeltern hatten ihn betrieben, mittlerweile hat sein Bruder die Wirtschaft übernommen. Das war damals die Vereinbarung: Egon bekam den Hof,

Artur durfte beruflich etwas aus sich machen. Er hatte mit seinem Bruder deshalb nie Probleme gehabt, die Familienbande waren noch absolut intakt. Nur dass er, Artur, sich jetzt regelmäßig um den Hof kümmern musste, weil Egon trotz dezenter Versuche seines Bruders, Einfluss zu nehmen, eingezogen worden war. Warum ein Junge aus Niederkaufungen wie er zur Luftwaffe gekommen war – es gab immer wieder rätselhafte Entscheidungen und Entwicklungen. Egon musste nicht fliegen, hockte aber in Wilhelmshaven in einer Schreibstube und war irgendein Bestandteil der deutschen Luftüberwachung. Sie hatten sich lange nicht gesehen und Egons Briefe nach Hause waren selten und nicht sehr lang.

Drachsel schaut aus seinem Bürofenster dem Fuhrwerk nach, das langsam stadtauswärts um die Kurve biegt und verschwindet. Ein kurzer friedlicher Anblick, den er genossen hat. Das Klopfen an der Tür holt ihn zurück ins Büro. Magda Rehm steckt den Kopf durch die Tür: „Die beiden Schwestern wollen Sie noch einmal sprechen. Wegen der Sache mit Philip Rosen." Drachsel ist überrascht, er hat die Akte Rosen/Esser nicht nur geschlossen, sondern schon gedanklich endgültig abgelegt. „Schicken Sie sie bitte rein", sagt er und er hat ein ungutes Gefühl. Irgendetwas lief hier schief. Er drückt die Zigarette im Aschenbecher aus. Die beiden Frauen kommen herein, wieder ist es die Ältere der beiden, die den eingeschüchterten Eindruck macht. Die Kleine imponiert ihm. 15 Jahre und ein echtes Persönchen. „Nehmen Sie bitte Platz", sagt er nach der Begrüßung. Die beiden Frauen schauen sich kurz an und setzen sich, wieder hat Renate Hausmann ihre Handtasche auf dem Schoß, klammert sich mit beiden Händen daran. Sie scheint dieselben Sachen anzuhaben wie beim letzten Mal, ganz normal in diesen Zeiten, wer hat schon so viel Garderobe, um ständig wechseln zu können. Waltraud Wittwer trägt ein graues Kleid. Beide haben keine Jacken oder Mäntel – ist es mittlerweile so warm geworden?

„Nun", sagt Drachsel und breitet die Arme aus. „Ich bin gespannt, was Sie mir zu erzählen haben."

Waltraud nickt kurz. „Beim letzten Besuch konnte ich ja nicht so gut beschreiben, wie der Täter aussah. Jetzt kann ich es aber." Sie macht eine Pause und schaut den Kommissar an. „Ich habe ihn nämlich am Samstag gesehen. An der Drahtbrücke. Er ist noch in Kassel. Und ich dachte, da Sie ja noch den anderen Verdächtigen in Haft haben, sollte ich Ihnen das sagen. Und vielleicht kann ich ja auch was zu Protokoll geben."

Drachsel fasst es nicht. Morgen wird Esser wegen des Mordes gehängt. Und jetzt kommt das Mädel mit diesen Informationen an. Er muss das, was sie sagt, einfach auseinandernehmen. Sonst gibt das alles eine furchtbare Katastrophe. Vor allem für ihn. An Esser denkt er im Augenblick weniger. „Also, Fräulein Wittwer, mal eins nach dem anderen. Erzählen Sie mir erst einmal von der Begegnung."

Waltraud erzählt, sie spart das Treffen mit Hermann gar nicht erst aus, er würde eh danach fragen beziehungsweise es würde bei Nachfragen rauskommen. Kerzengerade, mit durchgedrücktem Kreuz sitzt sie da. Schaut den Kommissar aus leuchtend blauen Augen an, nachdem sie fertig ist. Drachsel geht ein paar Schritte zum Fenster und schaut hinaus. „Hat der Mann denn ein Bein nachgezogen?" fragt er nach. Waltraud überlegt kurz.

„Nein. Aber er lief komisch, irgendwas stimmt mit einem Bein nicht. Vielleicht hat er weniger Schmerzen oder er achtet darauf, dass er das nicht macht."

Möglich, denkt Drachsel. Aber hier hat er den Zeugenhinweis am Haken. „Ich bin beeindruckt, Fräulein Wittwer, dass Ihr Verantwortungsbewusstsein, was Gerechtigkeit betrifft, in Ihrem Alter so ausgeprägt ist. Aber ich habe ein Problem – und das hätte jedes Gericht. In der Mordnacht haben Sie jemanden gesehen, der sein Bein nachgezogen hat – welches war es noch, das linke?" Waltraud nickt. „Und nun sehen Sie den Mann und der läuft nicht ganz astrein, zieht das Bein aber nicht nach. Hundertprozentig belastbar ist das nicht, verstehen Sie? Ich meine nicht das Bein, sondern die Aussage. Wenn jemand ein Bein so hinter sich her zieht, wie Sie es beschrieben haben, dann ist es höchst unwahrscheinlich, dass er in so wenigen Tagen geheilt ist. Jeder Staatsanwalt und jeder Richter würde Ihre Aussage in der Luft zerpflücken. Ich glaube Ihnen ja, dass Sie in der Mordnacht den Täter gesehen haben. Aber wenn wir diesen Mann, den Sie am Samstag beobachtet haben, irgendwann als wahren Täter präsentieren wollen, dann brauchen wir mehr, verstehen Sie? Wir haben keinen Namen, wir haben keine Adresse, öffentlich fahnden können wir in diesem Fall nicht. Das ist ne harte Nuss. Lassen Sie mich der Form halber Ihre Aussage und die Beschreibung des Täters protokollieren. Magda?" Den Namen ruft er laut in Richtung Tür. Es dauert einen langen Moment, dann erscheint die Sekretärin. „Bitte mit Block und Bleistift zu mir", sagt er, gibt seinen Worten einen scharfen Unterton. Wenn Magda das bemerkt hat, dann kaschiert sie es gut. Waltraud und Renate sitzen da, wirken enttäuscht. Waltraud spürt einen innerlichen Trotz, sie findet das Verhalten des Kommissars ungerecht, man fertigt sie hier einfach ab – dabei ist ihr das so wichtig.

Magda Rehm notiert die Aussage und dann die Beschreibung des Mannes. Drachsel hört sich die Beschreibung an, sie passt, wenn man das alles sehr großzügig auslegt, auch auf Esser. Er ist damit auf der sicheren Seite. Im Zweifel kann er die Aussage als Bestätigung des Urteils werten – zumal Waltraud Wittwer von dem Bein jetzt gegenüber der Sekretärin nichts mehr sagt. Und er fragt nicht weiter nach. Während Magda im Nebenzimmer die Abschrift macht, verabschiedet er die beiden jungen Frauen.

„Was ist eigentlich mit dem anderen Verdächtigen?“ fragt Renate Hausmann. Es ist der erste Satz, den sie sagt.

„Ist heute verurteilt worden, wird morgen gehängt.“

Beide Frauen schauen ihn entsetzt an. „Aber...“ fängt Renate Hausmann an.

„Ich wollte Ihre Aussage nicht unterbinden, Fräulein Wittwer. Das hätte sich nicht gehört. Der Mann hat gestanden, den Tatverlauf geschildert und ihre Beschreibung passt auf ihn. Insofern bestätigen Sie heute das Gericht. Vielen Dank dafür!“

Sie sind schon durch die Tür, da dreht sich Waltraud noch einmal um. „War der bei den Männern dabei, die ich neulich gesehen habe?“ Drachsel überlegt kurz und nickt dann. Das Klacken der Schuhe auf dem Flur wird langsam leiser, jetzt ist es gleich Zeit, sich dem Leck im Präsidium zu widmen.

Wieder stehen die beiden Frauen vor dem Präsidium, wieder hat Waltraud Tränen in den Augen. „Renate, die hängen morgen einen Unschuldigen.“ Dann dreht sie sich um und geht mit schnellen Schritten Richtung Innenstadt, Renate kann kaum folgen.

Eine Viertelstunde später kommt Magda in Drachsels Büro, legt ihm die Abschrift auf den Tisch und sagt: „Ich mache dann mal Feierabend.“

„Moment, bitte!“ Irgendetwas in Drachsels Ton jagt ihr Angst ein. „Haben Sie vorhin, als ich Sie gerufen habe, telefoniert?“

Sie druckst herum. Magda ist eine bildschöne Frau, dunkle, glatte, wellige Haare, die bis auf die Schultern reichen, dunkle Augen, eine perfekte Figur – im Präsidium ist sie so etwas wie ein Männertraum. Dass sie aber jemals mit einem aus der großen Truppe angebandelt hätte, ist nicht bekannt. Drachsel muss sich immer wieder Kommentare anhören wegen seiner schönen Sekretärin, immer wieder vermuten die Kollegen, dass er ein Verhältnis mit ihr hat. Nichts liegt ihm ferner und er kann die Sprüche nicht mehr hören, er ignoriert sie.

„Ja“, sagt sie leise. „Mit wem?“

„Mit einem Bekannten.“

„Was für ein Bekannter?“

„Ich gehe mit ihm aus."
„Also Ihr Freund?"
Sie atmet durch. „Ja. Seit kurzem."
„Was wollte er?"
„Ob wir uns heute treffen können, er würde mich gern sehen."
„Sie ihn auch?"
„Ja, sicher."
„Wann wollen Sie sich treffen?"
„Jetzt, nach Dienstschluss."
„Setzen Sie sich bitte."
„Wie bitte?"
„Setzen!"

In diesem Ton hat Drachsel noch nie mit ihr gesprochen. Ihr wird bange. Von dem Stuhl, auf dem eben noch Renate Hausmann gesessen hat, schaut sie ihren Chef an.

„Was erzählen Sie Ihrem Freund so von der Arbeit?"

Magda Rehm überlegt kurz. „Nichts Bedeutendes. Dass es mir gut gefällt, dass ich einen guten Chef habe..."

Der Kommissar fährt sofort dazwischen. „Was haben Sie ihm vom Besuch der beiden Damen, Frau Hausmann und Fräulein Wittwer, letzte Woche erzählt?"

Sie wird mit einem Schlag puterrot. „Nichts!", sagt sie trotzig.

Er lässt sie schmoren. Schaut sie lange an. Dann nimmt er sich eine Zigarette und zündet sie umständlich an. „Ich war heute bei der Gerichtsverhandlung, wie Sie wissen. Ich habe meinen Vortrag gehalten – und plötzlich hat mich Hördemann gefragt, ob es stimmt, dass es eine Augenzeugin gibt, die die Tat beobachtet hat." Magda Rehm schaut starr geradeaus. „Ich habe außer mit dem Polizeipräsidenten mit niemandem über den Besuch der beiden Damen gesprochen. Es gibt also hier nur den Präsidenten, mich – und Sie. Sie erinnern sich?" Keine Antwort. „Erinnern Sie sich, Frau Rehm?" Er brüllt sie aus heiterem Himmel an. Tränen steigen ihr in die Augen, es rührt ihn nicht. „Wem haben Sie von unserem Gespräch erzählt?"

Sie holt ein Taschentuch aus dem Ärmel, er haut es ihr aus der Hand. Hier wird nicht mehr auf Zeitgewinn gespielt, denkt er. „Meinem Freund, es tut mir Leid, das war unachtsam, ich weiß auch nicht..." – sie bricht in hemmungsloses Weinen aus.

„Wer ist Ihr Freund?"

„Er heißt Herbert, Herbert Stier, er ist bei der Feuerwehr. Wir waren aus, haben was getrunken, ja, und irgendwie..." Sie verschränkt die Arme auf dem Tisch und bettet den Kopf hinein. „Das ist mir noch nie passiert, ich schwöre es. Und es wird auch nicht wieder passieren, Herr Kommissar…"

„Hat Ihr Freund heute Dienst?" Sie nickt. Drachsel hat keine Wahl. Er mag Magda Rehm, sie ist eine exzellente Sekretärin. Aber Richter Kamien wird ihn wegen des Lecks beobachten und Ergebnisse einfordern – wenn der es nicht tut, dann irgendwann jemand anders. Und irgendwie ist die blöde Kuh auch selbst schuld. Sie weiß doch, was auf dem Spiel steht. Er greift zum Telefon, als am anderen Ende abgenommen wird, muss er nichts sagen, er hat alles vorbereitet. Magda Rehm hat den Anruf gar nicht mitbekommen. Eine Minute später geht die Tür auf, zwei Kollegen kommen herein, fassen Magda Rehm, die natürlich ahnt, was ihr blüht, unter den Armen und schleifen Sie davon. Sie ist weniger als ein heulendes Häufchen Elend, Drachsel weiß, dass er sie so schnell nicht wiedersehen wird.

Döhne und Groß, die beiden Gestapo-Mitarbeiter, kommen nach wenigen Minuten zurück. „Herbert Stier. Feuerwehr." Mehr sagt Drachsel nicht. Die beiden nicken und verschwinden.

Herbert Stier ist ein gutaussehender, durchtrainierter Mann. Er ist ausgesprochen kooperativ und versteht schnell, was da schief gelaufen ist. Wem hat er von den Mitteilungen Magda Rehms erzählt? Niemandem, versichert er auf einem Stuhl vor Drachsels Schreibtisch sitzend. Drachsel glaubt ihm, überlässt ihn aber zur Sicherheit einer Sonderbefragung durch Döhne und Groß. Das wird dauern. Und er will nicht dabei sein, will nur die Ergebnisse. Wie immer das ausgeht: Für Magda Rehm und ihren Feuerwehrmann war es das. Was aus ihnen wird, hängt von der Tagesform Richter Kamiens ab. Drachsel macht sich keine Gedanken, ergeht sich in keinen Spekulationen. Er hat heute zweimal den eigenen Hintern gerettet. Das war eng genug, vor allem vor Gericht. Solche Geschichten braucht er nicht, langsam steigt erneut Wut in ihm auf. Wut vertreibt das Mitleid – und morgen muss er sich um eine neue Sekretärin kümmern. Und was, wenn Stier doch geplaudert hat? In der Verwandtschaft beispielsweise? Dann wird er morgen nach der Hinrichtung der Familie einen Besuch abstatten und mit Blick auf Herbert Stier und sein offenes, aber garantiert bitteres Schicksal darauf hinweisen, wie töricht es ist, Unwahrheiten in die Welt zu setzen.

Dienstag, 12. Oktober 1943

Das Geräusch zerfetzt die Nacht, zerstört Träume, verbreitet pure Panik. Um 3.12 Uhr ertönen die Sirenen. Fliegeralarm. Die Stadt ist wach. Verstört sitzen die Sieberts in der Küche, haben sich grob etwas über die Schlafsachen geworfen. Sie warten. Müssten eigentlich in den Keller. Aber nach all den Fehlalarmen der vergangenen Tage... Der Volksempfänger läuft, aber mit all den Informationen lässt sich nichts anfangen. „Wir müssen runter", sagt Vater irgendwann. Es sind nur vier Minuten vergangen. „Sicher ist sicher." Mutter und Hermann widersprechen nicht. Die Müdigkeit ist bleiern. Im Keller hat sich das ganze Haus schon versammelt.

„Wo bleibt Ihr denn?" ruft jemand. Hermann ist zu kaputt, um zu erkennen, wer gerufen hat. Sie nehmen ihre Plätze ein und warten. Neben ihm hockt Rupert Engler, ein Rentner aus der Dachetage. Er riecht entsetzlich nach Alkohol. Wo immer er den Schnaps auch her hat. Als er rülpst, wird Hermann schlecht. Die Zeit, sie will nicht vergehen. Nun sitzen sie schon 20 Minuten hier. Die kleineren Kinder sind längst wieder eingeschlafen, sie werden auf jeden Fall bald wieder geweckt. Entweder durch Bomben – oder durch die Entwarnung. Hermann beneidet sie. In seinem Alter ist er das einzige Kind im Haus, aber es gibt eine Reihe jüngerer, gegenüber schläft die kleine Sofie auf den Knien ihrer Mutter. Sie hat bald Geburtstag, freut sich jetzt schon auf den Kuchen, den es geben soll. Wie sie es geschafft hat, trotz der Kriegsnöte immer noch ein wenig pummelig zu sein – egal, es steht ihr irgendwie. Hermann kann sich eine schlanke Sofie gar nicht vorstellen. Am 22. wird sie sechs Jahre alt, wird dann im Frühjahr eingeschult. Und am 23., das ist der Samstag nächster Woche, wollen sie ein wenig feiern. Mit dem, was der Krieg an Feier-Zutaten hergibt. Hermann findet den Namen Sofie wunderschön – in Kassel aber sagt man auf Kasselänerisch „Soffie" – Betonung auf der ersten Silbe. Hermann und ihre Mutter sind sicher die einzigen im Haus, die den Vornamen richtig aussprechen.

Nach 42 Minuten ist alles vorbei. Entwarnung. Wieder einmal. Zurück in die Wohnungen, Kellergeruch in den Kleidern, ab in die Betten, der Nacht noch so viel Schlaf abgewinnen wie möglich. Auch so eine Kunst in den Kriegstagen. Eine Kunst, die Hermann nicht beherrscht. Als der Wecker klingelt, will er es nicht wahrhaben.

Auf dem Schulweg bessert sich seine Laune. Der Himmel ist zwar grau, als er das Haus verließ, hat es ein wenig genieselt – dennoch steigt die Stimmung, weil es all den anderen, die sich da Richtung Ysenburgstraße zur Hermann-Göring-Schule quälen, ähnlich ergeht. Zwar sind die ersten beiden Stunden ausgefallen – aber was hilft das schon, wenn man in der Nacht unter größter Anspannung stundenlang wach war.

Musiklehrer Träger ist ein Pädagoge, der schon längst pensioniert gewesen war. Man hat ihn reaktiviert und eigentlich mögen die Jungs den Unterricht bei ihm. Er ist ein schrulliger Typ, der die Klasse nicht nur singen lässt, sondern für sich den Anspruch hat, dass sie Musik für sich entdeckt. Dazu gehört auch, dass man sich mit der Theorie beschäftigt. Seit ein paar Unterrichtsstunden bemüht er sich, den Jungen den Quintenzirkel beizubringen, nachdem er mit detaillierter Theorie gescheitert ist, macht er ihnen das Thema zumindest so schmackhaft, dass man anhand der Kreuze am Anfang der Notenschrift hinter dem Notenschlüssel und vor der Taktangabe erkennen kann, um welche Tonart es sich handelt. „Kein Kreuz heißt? Heise?" Klaus Heise, der absolute Klassenprimus, springt auf: „C, Herr Träger!" der Lehrer nickt zufrieden. „Drei Kreuze? Siebert?" Hermann springt auf, geht kurz den Merkspruch durch: „A, Herr Träger." Wieder ist der Lehrer zufrieden. Hermann interessiert sich für das Thema überhaupt nicht, es ist derzeit für ihn nur ein Lernfach. Den Merkspruch hat er intus, deshalb ist er halbwegs sicher im Thema. Als Träger den Spruch an die Tafel gemalt hat, mussten sie alle lachen. Aber unterm Strich musste man sagen: Der vom Lehrer selbst erfundene Spruch ist einfach so blöde, dass man ihn sich merken muss. „C hat ja kein Kreuz", hatte Träger damals gesagt – und dann die einzelnen Tonarten des Quintenzirkels an die Tafel geschrieben. „G-eh D-u A-lter E-mil H-eute FIS-chen." Die Versalien bezeichneten die Tonart. G-Dur, A-Dur... Mehr musste Hermann nicht wissen, ähnlich erging es den anderen. Immer wieder wurde der Spruch in Pausen zitiert – es war die beliebteste Erkenntnis dieses Schuljahres.

Mitten im Musikunterricht ertönen die Sirenen. Entsetzen macht sich auf den Gesichtern der Jungen breit, Träger treibt sie an: „Los, in den Bunker!" Einige hundert Schüler strömen über den Schulhof in den nahe gelegenen Hochbunker. Im Schutzraum hat eiserne Disziplin zu herrschen. Kein Flüstern, kein Reden, keine überflüssigen Bewegungen. Jeder stiert vor sich hin, jeder lauscht nach draußen. Hermann merkt, dass diese dauerhafte Alarm-Berieselung ihn allmählich dünnhäutig macht. Knapp 35 Minuten dauert der Alarm, dann kommt die Entwarnung. Man ist längst in der letzten Stunde, die Schule ist vorbei, Hermann geht nach Hause, es gibt keine Hausaufgaben, er fällt auf sein Bett und schläft, ohne Mittagessen, ein. Er merkt nicht, dass Mutter herein kommt, sich auf die Bettkante setzt, ihrem Sohn übers Haar streicht. Eine einzelne Träne rollt ihr über die linke Wange. Sie hat wegen dieser ständigen Fliegeralarme solche Angst um den Jungen.

Artur Drachsel ist nach dem nächtlichen Alarm gar nicht mehr ins Bett gegangen. Hat sich angezogen und ist ins Gefängnis im Stadtteil Wehlheiden gefahren. Es steht auf einem flachen Hügel, weithin sichtbar ist der Uhrenturm mitten im Gelände, den man auf die roten Backsteingebäude gepfropft hat. Er kennt die Räumlichkeiten, auf dem kleinen Innenhof, in dem der Galgen kontinuierlich steht, hat man ein paar Stühle gestellt. Punkt sechs Uhr wird Esser auf den Hof geführt. Er trägt dieselben Sachen wie am Vortag, Drachsel glaubt, dass er geweint hat. Das Urteil wird noch einmal verlesen. Man legt ihm die Schlinge um den Hals, der Mechanismus wird in der Nacht noch einmal getestet worden sein. Der Gefängnisdirektor, ein strammer Nazi namens Bullenhaupt, hebt den Arm. Dann reißt er ihn herunter, die Klappe unter Essers Füßen geht nach unten auf, der Körper fällt, das Seil strafft sich, Esser zappelt in alle Richtungen – hätte er Glück gehabt, dann hätte der Ruck ihm das Genick gebrochen, aber der Fall des Körpers war wohl zu kurz. So dauert es eine qualvoll lange Zeit, bis er erstickt ist. Irgendwann ist der Körper ruhig, nur das Seil schwingt noch ein wenig hin und her. Wie üblich wartet man noch einige Minuten, um sicher zu gehen, dass der Tod eingetreten ist. Zwei Gefängnisbeamte heben den Körper auf die Bühne des Galgens, knoten das Seil los. Man sieht es von weitem: Esser hat sich im Todeskampf in die Hose gemacht. Der Arzt kommt, ein elegant gekleideter junger Mann mit gegeltem Haar, hält sich ein weißes Taschentuch vors Gesicht, fühlt nach dem Puls, horcht Esser mit einem Stethoskop ab und sagt dann nur ein Wort: „Exitus."

Drachsel geht, er hat mit niemandem gesprochen, er horcht in sich hinein und merkt, dass er mit sich im Reinen ist. Eine arme Sau weniger auf der Welt – aber eine trotzige Stimme in ihm sagt auch: Niemand hat Esser verboten, etwas aus sich zu machen in dieser Welt. Und nun hat das Kind keinen Vater mehr. Was aus Frau und Tochter geworden ist, da würde er sich heute drum kümmern. Er fährt nach Hause und verbringt zumindest noch eine kurze Zeit gemeinsam mit seiner Familie am Frühstückstisch. Charlotte weiß natürlich, wo er war. Ab und an trifft ihn ihr prüfender Blick – aber sie muss sich keine Gedanken machen. Ihm geht es gut.

Als er nach dem Alarm am Vormittag wieder in sein Büro kommt, wartet da eine vom Alter her schwer einzuschätzende Dame auf ihn. Grauer Rock, hellgraue Bluse, die graumelierten Haare zu einem Dutt hochgesteckt, ein wenig füllig. Leicht gerötete Wangen. Er kennt sie vom Sehen hier im Präsidium. Sie stellt sich als Hanna Heußner vor. Der Polizeipräsident hat sie geschickt, Drachsel suche doch eine neue Sekretärin. Sie hat bis jetzt für den stellvertretenden Präsidenten gearbeitet, der ist jedoch langfristig erkrankt und da habe der Herr Polizeipräsident gedacht... Drachsel nickt, sie unterhalten sich in seinem Büro eine Weile. Hanna Heußner scheint eine patente und kompetente Frau zu sein. Unverheiratet, 48 Jahre alt, Parteimitglied – aber ohne jede weitere Funktion. Drachsel versteht den Schachzug des Präsidenten: Indem er selbst die Neubesetzung vornimmt, kann Drachsel sicher sein, dass sein Vorzimmer nicht künftig mit einer Handlangerin aus Partei-, SS-, oder Gestapoführung besetzt wird, die nicht die Interessen von Stern vertreten. Das akzeptiert Drachsel nicht nur, er ist dem Präsidenten für diesen schnellen Schachzug dankbar. Hanna Heußer fängt noch am selben Tag an und kümmert sich als Erstes um die Anschrift von Frau und Tochter Essers.

Überall in der Stadt quält sich das Leben nach den beiden Alarmen schwerfällig durch den Tag. In der Blumenhandlung der Wittwers ist wenig los, Schnittblumen gibt es eh kaum noch zum Verkaufen, man bereitet sich auf den bevorstehenden Trauermonat November vor, wenn so mancher ein wenig investiert für ein kleines Gesteck für ein Grab auf einem der Friedhöfe. Die Nachfrage nach Blumen hat schon lange nachgelassen, zwei der Gewächshäuser im Hof werden längst zum Gemüseanbau genutzt. Waltraud hilft bei der Ernte von einem Zentner Kartoffeln, ein Teil ist für den Eigenbedarf, der Rest geht an den Kolonialwarenladen von Oswald Martens. Ein bisschen Grünzeug fällt immer ab, Napoleon wird sich darüber freuen. So erwachsen und reif Waltraud manchmal wirkt, der Hase ist so etwas wie das letzte Bindeglied zur Kindheit. Ein lebendes Kuscheltier und sie mag ihn tatsächlich sehr. Jeden Morgen, jeden Mittag nach der Schule, jeden Abend vor dem Schlafengehen – der kurze Besuch bei Napoleon ist Pflicht. Ihre Eltern machen sich in ihrer Abwesenheit manchmal ein wenig lustig: Da wächst unverkennbar eine junge Dame heran – die aber am Tag drei Kuscheleinheiten mit dem Hasen braucht. „Sie ist glücklich damit, lassen wir sie", sagte Waltrauds Mutter immer wieder. Ihre Tochter hat immer noch den Mörder von Philip Rosen im Kopf, sie verlässt das Haus, das auf verschiedenste Arten über die Hinterhöfe mit anderen Häusern verbunden ist, immer auf einem anderen Weg und betritt es auch niemals über die Frontseite. Gleichwohl schaut sie jedes Mal, wenn sie nach Hause kommt, die Wilhelmsstraße rauf und runter – aber er ist nicht wieder aufgetaucht. Doch das beruhigt sie nicht endgültig.

Heute Abend krault sie Napoleon besonders lange. Sie denkt an den armen Erich Esser, zumindest für sie ist er ein armer Hund, weil er nach ihrer Ansicht unschuldig hingerichtet worden ist. Sie hatte gestern der Logik des Kommissars nichts entgegenzusetzen – aber sie findet auch, dass der sich ruhig mehr Mühe hätte geben können. Sie weiß, dass ihre Eltern das alles schon nicht mehr hören können – aber sie wird nicht müde darauf hinzuweisen, dass der Mörder noch frei herumläuft. Aber sie verspricht Mutter und Vater, dies nicht in irgendeiner Öffentlichkeit zu sagen.

Walter Donigk ist am Abend wieder im „Dörfchen". Dass Erich Esser hingerichtet wurde – das ist als Thema in der Kneipe schnell abgehakt. Viel spannender sind die Gerüchte um die Sekretärin des Kommissars. Die beiden alten Männer von neulich sind wieder da. „Die Sekretärin haben sie eingebuchtet, weil sie gequatscht hat. Und meinen Vetter auch", sagt er mit betrübter Stimme. „Heute war die Gestapo bei seinen Eltern und haben versucht herauszufinden, ob der irgendwas im Familienkreis erzählt hat. Also: Ich sach nix mehr, versteht Ihr? Das ist mir zu heiß. Mir reicht es, wenn ich den Krieg einfach überlebe, für Selbstmord steht mir nicht der Sinn." Die Stimmung ist insgesamt gedrückt. Donigk beschließt, dass er die sporadische Überwachung des Blumenladens einstellt. Er darf einfach nicht auffallen. Außerdem: Der Mörder ist hingerichtet worden, seine Tage hier sind gezählt. Und nach dem Krieg wird er nicht mehr nach Kassel zurückkehren. Noch träumt er seinen Traum von einer Parzelle Land im Osten, die er nach dem Endsieg erhalten würde.

Mittwoch, 13. Oktober 1943

Eine Nacht ohne Alarm – das Unterbewusstsein mancher Menschen traut dem Frieden nicht. Viele wachen nachts hektisch oder panisch auf, haben vom Alarm geträumt – dabei ist alles ruhig. Hermann hat durchgeschlafen, Waltraud hat heute ihren Wandertag und am Nachmittag wollen sie sich treffen. Wie sehr ihn das beflügelt! Beim Frühstück, der Vater ist längst weg, ist er redselig, berichtet von der Schule, von dem alten Musiklehrer, den sie gestern hatten – ein wahrer Monolog ergießt sich über der Mutter, die völlig fassungslos ihrem Sohn zu folgen versucht. Was ist mit Hermann los? Er hat sich heute Morgen ausgiebig gewaschen – normalerweise reicht eine kleine Katzenwäsche. Was hat er vor? Klar, der Junge ist auf dem Weg ein Mann zu werden. Aber hat er etwa was mit einem Mädchen? Nicht, dass sie etwas dagegen hätte – aber er könnte es ihr ja sagen.

Genau das Gegenteil denkt Hermann. Er freut sich auf Waltraud, immer wieder sieht er in Gedanken diesen blonden Zopf hin und her schaukelnd. Er möchte nicht, dass seine Eltern etwas von diesen kleinen Treffen mitbekommen – er weiß nicht, was sie dazu sagen würden und das Risiko, dass sie ihm irgendetwas oder gar alles kaputt machen, ist ihm einfach zu groß. Er freut sich so sehr auf den Nachmittag, dass der Tag wegen dieser Vorfreude wieder einmal wie eine Schnecke voran kriecht. Die Schule dauert und dauert, die Pausen sind viel zu lang, den Heimweg wäre er gerne gerannt. Er lässt sich bei den Hausaufgaben extra Zeit, damit die Zeit danach nicht so lang ist. Und es nützt doch nichts. Immer noch dauert es bis zum Treffen. Die Mutter will noch einkaufen am Nachmittag und sich später mit ihrer Freundin Hanna Heußner treffen, die eine neue Aufgabe hat und davon erzählen möchte. Er hat also Zeit – und muss nur rechtzeitig zum Abendbrot zuhause sein. Eigentlich müsste er ja heute zur HJ – aber ihm wird schon was einfallen, was als Entschuldigung akzeptabel wäre.

Auf der Karlswiese toben viele Kinder an diesem Nachmittag. Die Sonne kämpft gegen die Wolken an, manchmal schafft es ein Strahl bis auf die grüne Wiese. Hermann sitzt an der der Karlsaue zugewandten Seite des Marmorbades, er war natürlich viel zu früh – ein taktischer Unfug, denn mit jeder Minute, die er hier länger sitzt und wartet, wächst auch die Angst, Waltraud könnte nicht erscheinen. Die Jungen, die jetzt Fußball spielen, kennt er nicht, vielleicht sind sie aus der Unterneustadt, obwohl die ja auch auf den Waldauer Wiesen jede Menge Platz hätten.

Er hat so viel mit Waltraud zu besprechen, in Gedanken macht er sich eine Liste und merkt gar nicht, dass sie längst am anderen Ende der verzierten Grundmauer steht und ihn beobachtet.

„Hältst Du gar nicht nach mir Ausschau?" fragte sie dann und jagt ihm einen Mordsschrecken ein.

„Ich, äh, warte schon so lange, war viel zu früh hier, da habe ich mir eben überlegt, dass ich so viel mit Dir zu besprechen habe."

„Und da hast Du eine Tagesordnung gemacht?"

„Nein, natürlich nicht, aber es ist doch ganz gut, dass man das gedanklich noch einmal durchgeht. Wie war denn die Wanderung heute?"

Waltraud hat noch die Wanderschuhe an. Wieder den roten Rock, dazu eine weiße Bluse mit roten Mustern – und natürlich trägt sie ihr Markenzeichen, zumindest ist es das für Hermann: Den Pferdeschwanz. Er liebt diesen Anblick und wird sich vermutlich niemals trauen, das zu sagen. Er ist aufgestanden, sie kommt auf ihn zu.

„Tach, Hermann!" sagt sie und streckt ihm die Hand entgegen.

„Tach, Waltraud!" antwortet er und sie begrüßen sich sehr förmlich mit einem Handschlag. Waltraud setzt sich.

„Wo wart Ihr denn wandern?" will Hermann wissen.

„Mädchen-Wanderung. Von der Schule zum Schloss Wilhelmshöhe und zurück. Nur nicht durch den Wald, da wimmelt es sicher vor bösen Männern."

Hermann lächelt. „Und bist Du jetzt müde?"

„Müde? So ein Quatsch. Einmal Wilhelmshöher Allee rauf und wieder runter – anstrengend ist was anderes. Hast Du gehört? Gestern haben Sie einen Mann wegen des Mordes an Philip Rosen hingerichtet."

„Wenn ich das alles richtig in Erinnerung habe, dann bist Du ja als Augenzeugin der Ansicht, dass der das gar nicht war."

„Ich war ja nochmal im Königstor. Mit Renate. Aber da muss ich Dich auch was fragen: Als wir jetzt diesen Mann an der Drahtbrücke gesehen haben: Ist Dir aufgefallen, ob der irgendwie komisch ging, dass er möglicherweise ein Bein nachgezogen hat?"

Hermann denkt nach. „Jetzt, wo Du es sagst, könnte es sein, dass der nicht ganz rhythmisch gelaufen ist. Aber das ist nicht besonders auffällig. Man kann es übersehen. Und ein Bein nachgezogen hat er garantiert nicht."

Waltraud nickt. „Das ist das Problem. Nach dem Mord habe ich dem Kommissar erklärt, er habe das linke Bein nachgezogen – und genau danach hat er gefragt. Und ich habe in etwa so geantwortet wie Du. Deshalb würden meine Aussagen bei einer Gerichtsverhandlung kaum Bestand haben, hat er gesagt." Waltraud schaut ihn an und sagt dann trotzig: „Und ich weiß es trotzdem, dass sie den Falschen hingerichtet haben. Glaubst Du mir das?"

Hermann will alles glauben, was Waltraud sagt, solange sie ihn dabei anschaut auch noch mehr. „Ja, natürlich. Was denkst Du denn?"

Sie besprechen noch eindringlich, wie sich Waltraud verhalten soll, wenn sie den Mann das nächste Mal sieht. Dass sie auch künftig die Nebeneingänge zu ihrem Haus benutzen soll.

„Und wie kann ich Dich denn eigentlich erreichen?" fragt sie plötzlich. „Meine Eltern arbeiten, meine Schwester wohnt woanders. Wenn ich Hilfe brauche..."

Hermann jubiliert innerlich. Sie will ihn als Beschützer. „Ihr habt sicher Telefon, nehme ich an, oder?" Waltraud nickt. „Wir nicht." Er überlegt. „Entweder kommst Du selbst – Moltkestraße 12. Oder Du schickst den di-cken Martens, der ist in meiner Klasse und ich gebe ihm Nachhilfe."

„Iiiie, der dicke Kerl? Wir streiten uns, seit wir uns kennen. Und wieso gibst Du dem auch Nachhilfe?“

„Weil er mich gefragt hat und ich ihm helfen möchte. Der hat keine Eltern mehr, sein Opa ist extrem streng zu ihm, wenn der ne vier in Mathe schreibt, dann setzt es eine Wucht. Das hat niemand verdient.“ Waltraud schaut ihn kurz an, dann gleitet ihr Blick auf die Karlswiese. Es ist leichter Nordwestwind, deshalb hören sie den Glockenschlag der Elisabethkirche laut und deutlich. Es ist viertel vor sechs, Waltraud muss nach Hause, Hermanns Vater wird auch jeden Moment zuhause eintreffen. Sie gehen die Treppen hoch, dann zum Schlossplatz, da trennen sie sich. Waltraud will sich schon umdrehen und gehen, da nimmt er allen Mut, den er in sich spürt, zusammen und fragt: „Treffen wir uns mal wieder?“

Sie schaut ihn aus diesen so besonders blauen Augen an. „Mal? Oder hast Du einen Vorschlag, wann das sein könnte?“

„Wieder am Samstag? Wieder da am Marmorbad.“ Sie lächelt ihn an, sie nickt kurz, sie dreht sich um und geht – und er kann sein Glück nicht fassen. Er kommt ein paar Minuten zu spät nach Hause, entschuldigt sich und entschwindet ins Badezimmer, setzt sich aufs Klo und denkt nach. Ungestörtes Nachdenken, das geht nur hier. Er hört die Eltern in der Küche tuscheln, mal sehen, ob aus dem Tuscheln Fragen entstehen.

Waltraud Wittwer geht auch beschwingt nach Hause. In der Wilhelmsstraße fällt ihr auf, dass Hermann und sie gar keine Nachhilfe gemacht haben. Und dass sie keine Bücher mitgenommen hatte. Waltraud, mach mal langsam, rät ihr eine innere Stimme. Warum?, fragt eine andere. Sie findet, dass Stimme zwei besser klingt.

Das Bier schmeckt etwas schal, das Getränk müsste etwas kühler sein. Aber wo und wie will man in der Wohnung in der Parkstraße für eine ausreichende Kühlung sorgen? Es gibt da Richtung Nordseite in der Küche einen Schrank mit einer Schiebetür, wenn man Lebensmittel oder Getränke dicht an die steinerne Außenmauer stellt, dann ist das die größtmögliche Kühlung in der Wohnung. Keller ginge auch – aber keine der Mietparteien hat derzeit einen Kellerraum, das gesamte Untergeschoss ist für die etwa 40 Bewohner des Hauses Luftschutzraum. Also nimmt Artur Drachsel das Bier, so wie es ist. Der Volksempfänger läuft leise im Hintergrund, das Ohr ist geschult, auch im Unterbewusstsein reagiert man, wenn es Durchsagen zu Fliegerangriffen gibt. Charlotte hantiert in der Küche, die Kinder sind schon im Bett, in diesen Tagen bedarf es keiner besonderen Ansagen, die sind nach den Fliegeralarmen der vergangenen Tage so müde, dass sie schnell einschlafen. Drachsel spürt jetzt die Anspannung der vergangenen Wochen, besonders den Druck, den er im Zusammenhang mit dem Tod von Philip Rosen aushalten musste. Heute war ein ruhigerer Tag, die neue Sekretärin, Hanna Heußner, scheint ein Glücksgriff zu sein, nach einem Tag hat sie das Büro schon im Griff, entspannt, aber konsequent organisiert sie ihm seinen Alltag. Sie hat den Wohnort der Frau von Erich Esser und seiner Tochter ausfindig gemacht. Die beiden wohnen in einem Mehrfamilienhaus in der Kantstraße. Frieda heißt sie, die Tochter Ilse. Drachsel wird sie in den nächsten Tagen aufsuchen.

Jetzt aber ist erst einmal Ruhe befohlen. Die Geräusche des Radios, das Klappern und Klirren aus der Küche – bald entschwunden hinter einem Schleier, der die Wirklichkeit von den Erinnerungen trennt, die sich mit Macht Platz schaffen in Drachsels Gedankenwelt. Polizist – das war schon immer sein Traumberuf gewesen. So sehr er das Landleben in seinem Dorf auch liebte – er wollte raus aus Niederkaufungen und ohne zu ahnen, wie ernüchternd Polizeileben sein konnte: Diesen Beruf wollte er und keinen anderen. Und das will er, mit Einschränkungen, immer noch. Erwin war sein jüngerer Bruder, die beiden, die immer ein gutes Verhältnis zueinander hatten, waren sich, als die Frage nach dem Weiterbetrieb des Hofes gestellt wurde, schnell einig. Drachsel hätte eigentlich gedacht, dass seine Eltern sich gegen seine beruflichen Wünsche stellen würden – eigentlich kam ihnen aber das Ausscheren des ältesten Sohnes aus der Erbfolge gelegen, denn ein Aufteilen der Landwirtschaft hätte dazu geführt, dass man beide Hälften nicht mehr wirtschaftlich hätte betreiben können. So bekam er die Chance, das Gymnasium zu besuchen. Wie seine Eltern das genau arrangiert hatten – er hatte es nie herausgefunden. Er war nicht das einzige Kind vom Dorf in seiner Klasse – es gab noch einen Bauernsohn aus Sandershausen, aber dieser Landwirt hatte ein großes Anwesen. Dennoch hatten die Bauernkinder zusammengehalten. Zwei Außenseiter auf dem Wilhelmsgymnasium, für beide eine Schule fürs Leben.

Und dass er praktisch problemlos den Einstieg bei der Kriminalpolizei geschafft hatte – auch das war sicher irgendwelchen Verbindungen zu verdanken, über die sich die Eltern ausschwiegen. Er hatte sich natürlich Gedanken gemacht: Der Bruder seiner Mutter, sein Patenonkel Dietrich, war verheiratet mit einer Frau, deren Vater ein höheres Tier im preußischen Justizministerium gewesen war. Onkel Dietrich hatte sich nach oben, seine Frau Erika aus Sicht ihrer Eltern nach unten verheiratet. Aber vermutlich hatte Erikas Vater trotzdem etwas für ihn getan.

Artur Drachsel hatte früh Talent als Polizist bewiesen. Und er hatte Gespür für politische Störungen. Er war kein Opportunist, aber Anfang der 30er-Jahre musste man frühzeitig die Weichen stellen, um als junger Mensch weiterzukommen oder zumindest nicht in einer Sackgasse zu landen. 1930 war er der NSDAP beigetreten – nicht aus politischer Überzeugung, denn ganz geheuer war ihm die Bewegung vor allem wegen dieser braunen Schlägertrupps der SA nicht. Alles würde sich geben, hatte er gedacht, wie so viele andere auch. Irgendwann war es zu spät gewesen, den eigenen Weg, die eigene Entscheidung zu korrigieren. Man hatte die Gestapo zu akzeptieren gelernt, von der er natürlich wusste, welchen Ruf sie zu Recht genoss. Und er war Bestandteil dieses Systems von Gewalt, Ungerechtigkeit und Willkür. Ein Ausscheren hätte für ihn, Charlotte und die Kinder lebensbedrohliche Folgen gehabt, so versuchte er, an der Stelle, an der er war, so viel wie möglich zu tun, um das System für die Menschen abzufedern – ohne dabei selbst aufzufallen. Wie wenig das manchmal möglich war, das hatte der Fall Erich Esser gezeigt.

Er redete nie mit Kollegen über Politik, auch im Freundeskreis hielt er sich bedeckt. Wobei sich der Freundeskreis wegen seiner Arbeit auf ein einziges Ehepaar beschränkte. Justus Kühn, sein Klassenkamerad aus Sandershausen, der eine verantwortungsvolle Position bei Henschel bekleidete und dort für die Flugmotoren-Produktion in Altenbauna verantwortlich zeichnete. Sie hatten letztmals nach dem Angriff auf Sandershausen am 3. Oktober telefoniert – der Hof der Kühns lag weit außerhalb des Ortes, ein, zwei Bomben waren auf Ackerland niedergegangen, die Gebäude waren nicht beschädigt. Kühn wohnte mit seiner Familie auf dem landwirtschaftlichen Anwesen – betrieben wurde es von seinen zwei Brüdern.

Charlotte kannte Drachsels gesamte Geschichte. Was seine Frau politisch dachte, so richtig wusste er es nicht einzuschätzen. Klar war ihm aber, dass die Familie über allem stand. Ihr Hauptziel war, mit Mann und Kindern diesen Krieg zu überleben. Über 1.500 Tage dauerte der mittlerweile schon an. Eine Ende stand irgendwann an – aber abzusehen war es nicht und die Fliegeralarme, der Angriff auf den Kasseler Osten, das alles gab einen leichten Vorgeschmack auf das, was noch kommen würde.

Als Charlotte ins Wohnzimmer kam, überblendete die Wirklichkeit die Erinnerung, es war so, als würde im Theater der Vorhang aufgehen. Sie hatte ein Tuch in der Hand, wischte sich die Hände ab, lächelte ihn an, setzte sich auf seinen Schoß und sagte: „Na, Sherlock Holmes, was haben Sie gegen mich in der Hand? Ich gestehe alles."

Donnerstag, 14. Oktober 1943

Hermann erwacht, schweißgebadet. Seine Glieder schmerzen, der Kopf brummt, ihm ist heiß. Es ist kurz nach vier Uhr, er muss dringend etwas trinken. Er geht in die Küche, trinkt aus einer Blechtasse Wasser, zweimal. Die Tür geht auf und Mutter kommt herein. Von so ungewöhnlichen Geräuschen in der Wohnung wird sie wach, der Junge ist um diese Zeit nie in der Küche.
„Was ist, Hermann, ist Dir nicht gut?“ Sie kommt näher, ein Blick auf sein Gesicht reicht ihr aus. Sie legt ihm die Hand an die Schläfe.
„Ab ins Bett!“ sagt sie bestimmt. „Du hast hohes Fieber. Du glühst! Ich mache Dir Wadenwickel.“ Hermann kann und will nicht widersprechen, er ist zu schlapp. Dass er krank ist, merkt er selbst. Er liegt im Bett, die Mutter kommt mit einer Schüssel kalten Wassers, feuchtet zwei Handtücher an, die sie ihm um die Waden wickelt. Der erste Moment ist furchtbar, aber Hermann glaubt an dieses Hausmittel, nach ein paar Sekunden meint man zu spüren, dass das kalte Tuch die Krankheit aus den Beinen saugt. „Wo Du Dir das bloß geholt hast…“ Die Mutter deckt ihn zu, da ist er schon längst wieder eingeschlafen.

In die Schule kann er heute nicht. Es dauert bis zum Nachmittag, ehe er sich zwingen kann, eine Kleinigkeit zu essen. Er hat viel getrunken, das Fieber fordert Flüssigkeit. Mutter hat einmal das Bettlaken gewechselt, weil es durchgeschwitzt ist. Das nasse Laken hängt sie nach hinten aus dem Fenster, damit es bei der leichten Brise über der Stadt schnell trocknet. Sieberts haben nicht so viele Bettlaken, das Wechseln des Bezugs muss im Krankheitsfall ohne weitere Wäsche funktionieren.

Wenn er aufsteht, hat er Pudding in den Knochen. Es hat ihn richtig erwischt, warum auch immer. So sehr ihm die Schule manchmal stinkt – er vermisst sie aber auch schnell, selbst an Tagen wie heute. Aber er hat den Vormittag geschlafen, als er aufwacht, ist der Unterricht längst durch. So, wie er sich fühlt, wird er auch morgen noch im Bett bleiben müssen. „Schlaf Dich gesund“, hat die Mutter gesagt. Sie macht ihm keine Wadenwickel mehr – sieht so aus, als sei das Fieber gesunken. Am Nachmittag hat er noch einmal geschlafen. Mutter ist unterwegs, Vater an der Arbeit. Zum Lesen hat er keine Lust und auch nicht die Kraft. Er horcht auf die Geräusche des Hauses. Versucht, die Schritte auf den Holztreppen im Treppenhaus Personen zuzuordnen. Lauscht den Stimmen auf der Straße. Versucht daraus Rückschlüsse zu ziehen zu dem, was da gleichzeitig passiert. So viel Fantasie bringt er aber heute nicht dauerhaft auf. Er schläft wieder ein.

Das Haus in der Kantstraße ist ein wenig heruntergekommen. Es steht am Rand von Wehlheiden, einem Kasseler Stadtteil. Die Straße ist nicht befestigt, wenn es hier mal richtig regnet, dann versinkt alles im Schlamm. Drachsel hat den Wagen am Domänenweg geparkt, es ist trocken, er will zu Fuß mal ein wenig herumschauen, bevor er zu dem Haus geht. Die Bebauung in dieser Stadt ist manchmal schon komisch, aber in Teilen erklärbar. In der Altstadt findet sich die teilweise unvorstellbare Enge, mit Hinterhäusern und Doppelbelegungen in manchen oberen Etagen. Je mehr man vom Zentrum nach außen kommt, um so luftiger wird die Bebauung. Und in den ehemaligen Dörfern, die eingemeindet wurden, kann man den alten Ortskern noch gut ausmachen, ist die Erschließung neuen Baulandes noch nicht weit fortgeschritten. Selbst hier in Wehlheiden, das so dicht am Zentrum liegt und schon 1899 eingemeindet wurde, ist von einer regen Bautätigkeit nicht viel zu sehen. Bis weit in die 20er-Jahre hat es die Menschen in die Innenstadt gezogen. Kassel zählt fast 216.000 Einwohner – wenn man die zerfranste Bebauung rund um die Kernstadt anschaut, glaubt man das kaum.

Wehlheiden ist ein alter Arbeiterstadtteil – aber von sozialdemokratischer oder gar kommunistischer Aktivität ist schon lange nichts mehr zu spüren. Wer wüsste das besser als die Gestapo? Drachsel hat schnell genug gesehen von der Nachbarschaft, weil es eben nichts zu sehen gibt. Er nähert sich dem Haus in der Kantstraße. Die Haustür ist offen, es gibt keine Briefkästen, er muss sich jetzt langsam vorarbeiten. Er geht eine kleine Holztreppe mit sechs Stufen nach oben. Rechts ist eine Wohnungstür, an der die graue Farbe abblättert. Kein Namensschild. Er klopft, mehrfach. Niemand öffnet. Es gibt drei Türen auf dem Treppenabsatz, die mittlere hat eine Klinke. Er öffnet die Tür und ein scheußlicher Gestank wabert ihm entgegen. Ein Abort, nachlässig gereinigt. Blitzschnell schließt er die Tür, hält sich instinktiv zum Schutz vor dem Geruch den Arm vor Nase und Mund. Er klopft links an die Wohnungstür, nach ein paar Sekunden öffnet eine Frau, deren Alter er nicht schätzen kann. Sie hat ein kleines Kind auf dem Arm, dessen Gesicht nicht das sauberste ist. Beide schauen ihn mit ängstlichen Augen an. „Was wollen Sie?“ fragt die Frau. „Ich suche Frau Esser“, sagt Drachsel, der seine Funktion nur im Notfall mitteilen will. „Unterm Dach, links“, sagt die Frau und schließt die Tür.

Das Haus hat vier Stockwerke, als er oben ist, hat er ein wenig Atemnot. Nicht wegen der Anstrengung, wegen der Gerüche im Treppenhaus. Er klopft an die Wohnungstür auf der linken Seite. Wieder öffnet eine Frau. Sie muss mal schön oder zumindest sehr hübsch gewesen sein, doch ihr Gesicht ist verhärmt, die Kleidung ist abgetragen, sie steht barfuß vor ihm. „Ich suche Frieda Esser."

Sie mustert ihn. „Polizei?" fragt sie.

„Sind Sie Frieda Esser?" fragt er. „Sonst kann ich Ihnen die Frage nicht beantworten." Sie nickt.

„Ja, ich bin von der Polizei. Kommissar Drachsel."

„Hörense, guter Mann, ich honn mit mid minnem Mann seit Jahren nix mehr zu tun", sagt sie in breitestem Kasseläner Dialekt, „ich honn au kinne Ahnung, wo hä is. Das tut mich au nidd interessieren. Also, was wollen se?"

„Kann ich reinkommen?"

Sie tritt beiseite. „Wundern Se sich aber nidd, wie es hier ussiehd. Mäh wohnen hier zu neunt." Drachsel tritt ein. Der Flur ist eine Rumpelkammer – vollgepackt, aber alles scheint geordnet. „Erstes Zimmer links, da wohnen s'Ilse un ich." Er betritt den Raum. Der ist vielleicht acht, neun Quadratmeter groß. Ein Doppelstockbett und ein Einzelbett, ein Schrank, ein Tisch, zwei Stühle.

„Warum drei Betten?" fragt er und dreht sich um. „Jedenfalls nidd for den Erich", sagt sie und bleibt die Antwort schuldig. Er will es eigentlich auch nicht wissen. Sie schließt die Tür.

„Weswejen sinse dann nu hier?"

„Sie wissen es also nicht?"

„Ne. Was dann?" Obwohl sich Nachrichten wie von Hinrichtungen in der Stadt in der Regel schnell herumsprechen glaubt er ihr.

„Frau Esser, Ihr Mann ist tot."

Frieda Esser ist völlig unbeeindruckt. „Un, wie isses passiert?"

„Er wurde wegen Mordes hingerichtet."

„Mord? Der Erich? Ne, garantiert nidd. Dazu is der doch viel zu feige. Der bringt kinnen um."

„Er hat aber gestanden. Er hat den Fabrikantensohn Philip Rosen umgebracht."

„Die honn emme ja mo gefeuert, ich weiß. Awer Mord? Ne. Das glauwe ich nidd."

Drachsel grübelt. „Sie scheint der Tod Ihres Mannes ja nicht zu beeindrucken."

„Wissense, Herr Drachsel, der hadde moh ne gute Zeit. Als mäh geheiratet honn. Da war ich je au schon middem Ilse schwanger. Un das is jetzt zehn Jahre her. Danach hodd häh sinne Arbeit verloren un alser arbeitslos war, hodde widder geklaut. Als hadder im Knast gesessen. Als hä drussen war, hodder gesoffen statt zu arbeiten. Als hä das letzte Moh im Knast war, honn ich es Ilse gepagged und bin ab. Honn uffem Dorfe gearbeitet. Gesucht hodder uns nie. Außer minnem Kind honn ich nie was von emme gehabt. Ich trauere nidd, ne Rente krieje ich von emme sowieso nidd, s'Ilse frachd nie nach emme. Also: Nu bin ich nidd mehr verheiratet. Au gut." Drachsel mustert sie einen Moment. „Wann haben Sie ihn denn das letzte Mal gesehen?"

„Uffem Dorfe, do in Breitenbach, da stand hä plötzlich uffem Hof. Der Bauer hodden awer rusgeschmissen."

Drachsel spürt, dass er noch etwas erklären muss. „Ich will übrigens nichts von Ihnen, habe keine Fragen oder so. Ich wollte Ihnen eben nur die Nachricht überbringen, dass ihr Mann vorgestern Morgen gehängt worden ist." Er wartet einen Moment.

„Wissen se, das trifft mich jetzt gar nidd, mid dem honn ich schon vor Jahren Schluss gemacht. Es war ja au nidd de große Liebe oder so. Es is hald middem Ilse einfach passiert – jo, un dann hat alles sinnen Lauf genommen. Ich honn irjendwie min Läwen ins Klo geschmissen. Jetzt muss ich sehen, dass ich des Ilse durchkrieje."

„Die ist in der Schule, nehme ich an?"

„Jo, in der Gräfestraße, wissense wo das is?" Drachsel nickt. Frieda Esser setzt sich auf einen Stuhl. „Ich bin jetzt irjendwie erleichtert. Muss kinne Angst mehr haben, dass hä plötzlich vor der Türe steht. Komisch, oder? Da stirbt einer – und mer freut sich regelrecht."

Drachsel wundert es nicht, er kennt solche Beziehungen, einer oder beide daraus sind häufig seine Kunden. „Wovon ernähren Sie sich denn? Ist doch nicht leicht für Sie und auf Rosen gebettet sind sie ja auch nicht, oder?"

Frieda Esser lacht kurz auf. „Uffem Dorfe, da honn ich ganz normal uffem Hofe gearbeitert. Melken, misten un so. Do isses uns gut gegangen. Die Stelle hodde mäh minne Mudder vermiddelt, Gott hab se selig. War wohl en Verwandter von emme oder so. Dann wollte der Bauer was von mir, ich wollte awer nidd. Un schon war ich weg. Da simmer widder in de Stadt. Ich gehe putzen, helfe do drüwwen in der Bäckerei, ich mache alles, was uns helfen tut. Nur manchma bliewet nix anneres als das doh." Sie deutet auf das dritte Bett.

Drachsel versteht. „Und die anderen Bewohner?"

„Da kümmert sich jeder nur um sinnen Kram. Ich weiß noch niddemoh, was die alle machen. Sind zwei Familjen, die Männer sin beide gefallen, mer wurschtelt sich halt so durch." Er hätte gern Ilse kennengelernt, aber die geht nach der Schule zu einer Freundin, weil die Mutter putzen geht. Er verabschiedet sich. „Ich wünsche Ihnen alles Gute!" Was soll er sagen? Sie nickt und schließt die Tür.

Als er zum Auto geht, fragt er sich, warum er diesen Besuch gemacht hat. Er kann nichts tun für die beiden – spürt aber, dass Erich Esser und sein verantwortungsloser Umgang mit Frau und Kind ihm den Gedanken an die Verurteilung und die Hinrichtung erleichtert. Wie die Lebenswelten in der Stadt auseinander klaffen. Hier das Haus der Rosens im Siebertweg, da die geordnete bürgerliche Existenz der Wittwers, seine eigene – und dann solche Schicksale. Er hat heute keinen klaren Plan. Er schaut auf die Uhr – und beschließt, nach Niederkaufungen zu fahren, um auf dem Hof nach dem Rechten zu sehen.

Er wendet das Auto und fährt Richtung Weinberg, die Frankfurter Straße entlang, die in den schmalen Steinweg mündet. In einer engen Kurve windet sich die Straße am Zwehrenturm vorbei Richtung Brüderkirche, am Altmarkt biegt er nach rechts ab, nicht ohne vorher im Grau des Herbsttages einen Blick auf dieses wunderschöne Fachwerkensemble vor dem Freiheiter Durchbruch zu werfen. Er fährt über die alte Fuldabrücke, kommt auf die Leipziger Straße und lässt den Unterneustädter Kirchplatz hinter sich. Als er am Bahnhof Bettenhausen vorbei fährt, sieht er auf beiden Seiten der Straße die Bombenschäden der verschiedenen Luftangriffe. Es gibt hier eine Reihe von Fabriken, die kriegswichtiges Material herstellen, auch eine von Rosens Fabriken ist in diesem Stadtteil. Auch das Werk ist schon getroffen worden, aber noch wurde keine einzige Produktion beeinträchtigt. Die Straße führt über den Leipziger Platz, ein Platz, der diesen Namen eigentlich nicht verdient, weil er recht klein ist. Kurze Zeit später verlässt er die Stadt. Nach etwa vier Kilometern kommt Niederkaufungen. Er biegt in die erste Straße links ein, die Windhäuser Straße. Die mündet in eine S-Kurve und gleich danach auf der rechten Seite ist der Hof. Er fährt langsam auf das Gelände, seine Schwägerin leert gerade eine hölzerne Schubkarre mit Mist. Lena könnte den Hof nicht allein betreiben – also hat sie vier Zwangsarbeiter, die ihr helfen. Drei sind Polen, einer ist Belgier. Lenas Bruder Rolf wohnt ebenfalls auf dem Hof und seine beiden Neffen, Edgar und Falk. Die Jungs gehen zur Schule, müssen danach aber immer mit anpacken. Lena freut sich sichtlich, ihn zu sehen. „Na, hast Du keine Verbrecher und Staatsfeinde mehr zu fangen oder kommst Du einfach mal zum Mittagessen?“ Sie wischt sich den Schweiß von der Stirn und nimmt ihn in den Arm. „Mittagessen könnte ich vertragen – aber ich wollte einfach mal schauen, wie es Euch geht, ob ich irgendwie helfen kann, ob Ihr was braucht… Du weißt schon.“ Lena weiß natürlich, dass ihr Schwager richtig helfen könnte. Vom Melken bis zum Schweineschlachten – er hat alles häufig gemacht und keine Scheu, sich schmutzig zu machen. „Vielleicht könntest Du mit Deinen Beziehungen dafür sorgen, dass wir bei diesen verfluchten Bombenangriffen der Engländer nicht getroffen werden. Bis jetzt ging ja alles gut, aber wir sitzen immer da im Keller und haben einfach Angst. Ja, so ist es. Wir haben Angst, dass uns irgendeine Brandbombe auf den Heuboden fällt und in nullkommanix alles abfackelt und wir gleich mit verbrennen." Drachsel hebt kurz die Schultern an. „Die Angst haben hunderttausende in Kassel und Umgebung, bei jedem Alarm. Habt Ihr mal über einen anderen Luftschutzraum nachgedacht?" – „Na hör mal, das ist Dein Elternhaus, Du kennst jeden Millimeter. Da gibt es nichts anderes. Deine Urgroßeltern waren so nett, nur dieses kleine Kabuff als Keller vorzusehen. „ Drachsel weiß das natürlich. Aber er weiß auch, warum die Urgroßeltern den Hof so gebaut haben. Ein paar Meter entfernt fließt die Losse durch das Dorf. Ein beschauliches Flüsschen, drei, vier Meter breit. Im Sommer baden die Kinder darin, zum Schwimmen ist sie aber zu flach. Ein paar Tage im Jahr, bei extremen Regenfällen, wird das Flüsschen zu einem reißenden Fluss, tritt gern mal über die Ufer und setzt die Nachbarschaft unter Wasser. Die Urgroßeltern wollten keine vollgelaufenen Keller. Und bauten nur einen einzigen Kellerraum.

„Habt ihr wenigstens einen zweiten oder dritten Ausgang, falls die Treppe verschüttet wird und das Fenster zum Hof gleich mit?" – „Nein. Ich weiß, Du hast das schon einmal vorgeschlagen, aber da waren die Angriffe noch nicht so bedrohlich wie jetzt am 3. Bevor ich das wieder auf die lange Bank schiebe, sollen die Polen heute Nachmittag gleich mal ran. Die sitzen ja mit da unten drin, also müsste es ihr Interesse auch sein." Drachsel überhört das, denn dass Zwangsarbeiter so in die Familien integriert werden, das ist nirgendwo vorgesehen. Zwangsarbeiter sollen arbeiten – von angenehmem Leben ist nie die Rede. Aber grundsätzlich gefällt ihm die Einstellung seiner Schwägerin. Zumindest inoffiziell.

Er dreht eine Runde über den Hof. Die Kühe sind auf der Weide hinter den Stallungen, die Schweine tummeln sich in ihrem Auslauf. Freddy, der Hofhund, ist ein Schäferhund mit sehr langem Fell, der, was seine Wachsamkeit betrifft, eher ein Schläferhund ist. Er bemerkt Drachsel erst, als der vor ihm steht. Schreckt hoch, erkennt ihn und wedelt wild mit dem Schwanz. „Na, alter Knabe, Du brauchst Deinen Schlaf, was?" sagt er mit leiser Stimme und krault ihm durch das Fell. Freddy schüttelt sich kurz durch und geht langsam zur Miste, wo er kurz sein Bein hebt und pinkelt. „Ist ja gut", sagt Drachsel. „Wir wissen es alle: Du bist hier der Chef."

Mittags gibt es Kartoffelsuppe, Lena gibt für Charlotte und die Kinder ein selbst gebackenes Brot und ein bisschen Wurst im Glas mit. Drachsel kann sich den Jubel am Abendbrottisch gut ausmalen. Wie es wohl Egon geht? Lena hat seit Wochen keinen Brief mehr erhalten.

Freitag, 15. Oktober 1943

Hermann fühlt sich am Morgen besser. Er steht auf, zieht sich an, könnte Bäume ausreißen. Bis mittags. Wie ein Keulenschlag trifft ihn erneut das Fieber. Er friert, die Mutter packt ihn dick in die Decke, fängt wieder mit den Wadenwickeln an. Seine Zähne klappern, so sehr fühlt er die Kälte. „Ich glaube, wir müssen morgen den Arzt holen, wenn es ihm dann nicht besser geht," sagt sie abends zu Vater. Morgen aber muss ich gesund sein, denkt Hermann, eingemummelt in seinem völlig verschwitzen Federbett. Morgen ist Samstag. Und wenn er Waltraud nicht sehen kann, dann wird er erst recht krank. Aber der Schüttelfrost lässt keine kontinuierlichen Gedanken zu. Zweimal wechselt Mutter das Laken. Er fühlt sich wie Braunbier und Spucke – so würde sie es zumindest formulieren.

Drachsel muss an diesem Tag einen schriftlichen Bericht über das Fehlverhalten von Magda Rehm abliefern. Es fällt ihm nicht schwer, obwohl er Magda ja durchaus gemocht hat. Aber sie hat ihn vor Gericht in eine Falle tappen lassen, aus Verliebtheit oder weil sie einfach eine dumme Gans ist. Er übertreibt nicht, bleibt bei den Fakten. Und die reichen allemal aus.

Den Bericht über Herbert Stier liefern die Kollegen, die ihn verhört haben. Drachsel hat ihn überflogen. Nach wie vor glaubt er, dass der Junge in Ordnung ist – aber eben zu naiv. Der hat einfach auch ein bisschen Pech gehabt. Zur falschen Zeit um die falsche Frau gebuhlt und dann das Falsche erzählt. Das ganze Verfahren geht am Nachmittag ohne eine Anhörung über die Bühne. Magda Rehm verschwindet noch am selben Tag für fünf Jahre in ein Arbeitslager, Herbert Stier, der vor seiner Zeit bei der Feuerwehr bei der Wehrmacht war, kommt in eine Strafkompanie nach Osten. Die Angehörigen werden per Brief informiert. Und werden danach erst recht nicht wissen, was aus den beiden geworden ist.

Im Luftschutz-Warnkommando Stadt Kassel gibt es an diesem Abend heftige Diskussionen. Es ist in einem Keller tief unter dem Landesmuseum untergebracht, absolut bombensicher, wie es heißt. Ludolf von Wambeck, der Leiter des Kommandos, ist ein Mann, der Vorschriften bedingungslos umsetzt. Durch Zufall kam das Thema auf. ‚Warum', hatte ein Mitarbeiter gefragt und von Wambeck weiß schon gar nicht mehr genau, wer es gewesen war, ‚warum musste man die Bevölkerung mit diesen ständigen, teilweise absehbaren Fehlalarmen quälen?'

„Solche Dinge sind nie hundertprozentig absehbar", hatte von Wambeck dagegengehalten. „Es werden immer wieder Scheinangriffe geflogen – und dann reicht die Zeit im plötzlichen Ernstfall womöglich nicht mehr für einen wirkungsvollen Alarm." Aber, so entgegneten einige, man habe doch zwei Vorwarnstufen, im Zweifel würde eine reichen, da bliebe genug Zeit, die Luftschutzräume aufzusuchen. Bei fast der Hälfte der Fehlalarme in den vergangenen Wochen hätte es ausgereicht, auf die erste Stufe zu verzichten – und die Menschen hätten nicht in Keller und Bunker gemusst. Von Wambeck ist kein Freund von pragmatischen Entscheidungen. Es bleibt dabei – die Vorschriften werden eingehalten. Und so ertönen 90 Minuten später wieder einmal die Sirenen über Kassel.

Hermann geht, in seine Decke eingewickelt, auf wackeligen Beinen mit seinen Eltern in den Keller. Diesmal hat er keine Kraft, um richtig Angst zu haben.

Waltraud Wittwer sitzt mit ihren Eltern im Keller ihres Hauses in der Wilhelmsstraße. Der Keller des Nachbarhauses mit der Kolonialwarenhandlung ist zu klein, um alle Menschen, die dort wohnen, aufzunehmen. Diesmal sind Opa Martens und der dicke Karl zusammen mit drei anderen diejenigen, die im Wittwer'schen Keller auf das Ende des Angriffs warten. Karl ist, das sieht man trotz des funzeligen Lichtes, kreidebleich.

Walter Donigk sitzt eingepfercht mit Dutzenden anderen Menschen in diesem wackeligen Keller im Haus in der Mühlengasse. Dieser Keller, weiß er, wird keinen richtigen Angriff überstehen.

In der Parkstraße haben die Drachsels ein mulmiges, aber halbwegs sicheres Gefühl in ihrem Luftschutzraum. Es ist ein tiefes Gewölbe mit zwei Ausgängen, den einen oder anderen Schlag wird die Konstruktion aushalten.

Jan und Erna Rosen haben sich mit Heiderose Grimm in einen kleinen Betonbunker zurückgezogen, der auf dem Grundstück in einen felsigen Hügel getrieben wurde. Gepolsterte Liegen für mögliche längere Aufenthalte, ein paar Konserven, Getränke – sie können der Bedrohung mit einigen Annehmlichkeiten trotzen. Eine Liege aber bleibt nun immer frei.

Im Konzentrationslager Breitenau in der Nähe von Kassel hat Magda Rehm als Volksfeindin ihre erste Nacht vor sich. Der Fliegeralarm hat keine Konsequenzen. Schutzräume gibt es nur fürs Personal. Ihr geht es aber ohnehin nach den letzten Tagen so schlecht, dass ihr der Alarm egal ist. Ihre Mithäftlinge sehen das Ganze ohnehin gelassen: Breitenau ist ein winziger Ort, warum sollte der bombardiert werden? Das Risiko, hier zu verhungern oder totgeprügelt zu werden ist tausendmal höher, als bei einem Bombenangriff zu sterben.

Auf dem Bauernhof in Niederkaufungen haben sich alle im einzigen Kellerraum versammelt. Immerhin gibt es jetzt einen weiteren Ausgang. Auch Freddy ist mit im Keller. Der Hund ist der einzige, der schläft.

Samstag, 16. Oktober 1943

Der Alarm in der Nacht hat eineinhalb Stunden gedauert. Hermann hat danach lange geschlafen, als er aufwacht und auf die Uhr schaut, ist es halb zwölf. Er fühlt sich viel besser, das Fieber scheint weg zu sein. Ihm ist aber auch klar, dass aus dem Treffen mit Waltraud heute nichts wird. Er muss sie benachrichtigen, aber wie? Mutter bringt ihm Frühstück, das Übliche. Und einen Apfel, den er runterquält, denn eigentlich mag er Äpfel nicht, wenn sie aufgeschnitten sind. Im Bad wäscht er sich erst einmal gründlich, nach der ganzen Schwitzerei muss er vermutlich intensiv riechen. Mutter ist froh, dass er wieder auf dem Damm ist, aber sie wird ihn mit Argusaugen beobachten. Keine Chance, mal zu entwischen. Allmählich wird sein Dilemma größer, denn 16 Uhr rückt näher.

Dass ausgerechnet der dicke Martens seine Rettung ist – das hätte er an diesem Samstag nie und nimmer gedacht. Kurz vor eins klopft es an der Tür – Mutter öffnet und er hört Karls Stimme, Hermanns Gedanken überschlagen sich prompt. Hat er eine Botschaft von Waltraud? Das Unwahrscheinlichste ist das, woran er sich sofort klammert. Aber nein, Martens hat keine Botschaft des Mädchens. Er steht in der Zimmertür und sagt mit seiner hellen Stimme: „Ich wollte Dir nur sagen, dass wir am Montag eine Deutscharbeit schreiben. Thema ist Wilhelm Tell. Wie ich sehe, hast du ja den Apfel dazu schon gegessen." Martens deutet auf den Apfelkrips auf dem Teller neben dem Bett. „Wie geht es Dir denn?"

„Mittlerweile wieder ganz gut, aber ich hatte hohes Fieber und fühle mich noch richtig schlapp."

„Du bist auch nicht der einzige, der krank ist, sind bestimmt vier oder fünf."

„Montag bin ich wieder in der Schule. Karl, kannst Du kurz reinkommen und die Tür zumachen?"

Der dicke Martens dreht sich um, schaut nach der Mutter und kommt dann rein. Als die Tür geschlossen ist, sagt Hermann mit leiser Stimme: „Du musst mir einen Gefallen tun, bitte!". Martens nickt. „Und Du musst mir versprechen, dass du mit niemandem darüber sprichst." Martens schaut ihn erwartungsvoll an, er liebt Geheimnisse. „Weißt Du, ich gebe noch jemandem Nachhilfe, auch in Mathe."

„Wem denn?"

„Halt Dich fest: Waltraud Wittwer!" Hermann hat sich bemüht, das so gelassen wie möglich zu sagen, aber Martens riecht den Braten natürlich. „Was? Dieser Ziege? Mathe? Das glaubst Du doch selber nicht."

„Ach, Karl. Nimm es einfach so hin, bitte! Wir würden uns eigentlich heute Nachmittag zur nächsten Nachhilfe treffen – aber ich kann natürlich nicht und wir haben ja kein Telefon. Kannst Du ihr eine Nachricht überbringen? Ich schreib schnell was auf."

Martens schaut ihn mit funkelnden Augen an. „Siebert, also wirklich, Du hast es faustdick hinter den Ohren, oder? Wenn man gut in der Schule ist, dann kann man Nachhilfe geben und schmeißt sich so an die Weiber ran. Donnerwetter! Ich muss unbedingt besser werden in der Schule!" Hermann lacht und winkt ab, schwingt sich aus dem Bett, setzt sich an den Tisch und schreibt mit Bleistift ein paar Zeilen in ein Heft, reißt das Blatt heraus, faltet es mehrfach und gibt es Martens.

„Karl, Du bist kein Tratschmaul, das weiß ich. Also behalte das bitte alles für Dich und gib den Zettel Waltraud. Machst Du das? Ich hab einfach keine Lust auf ständige Bemerkungen von anderen, verstehst Du doch sicher."

Martens lacht und sagt: „Klar. Nachdem ich jetzt weiß, wie man an Mädels rankommt. Ich gebe den Zettel ab und fange sofort an zu lernen. In einem halben Jahr bin ich Primus und dann sollt ihr mal sehen..." Er zwinkert Hermann zu und geht, nicht ohne sich höflich von Mutter zu verabschieden.

Als er weg ist, kommt die ins Zimmer und sagt: „Das ist ja ein wirklich netter Kerl, Dein Freund!" Ob und wie sehr er mein Freund ist, das wird sich heute rausstellen, denkt Hermann sich.

Walter Donigk zählt die Tage. Einerseits hat er sich natürlich gefreut, die Familie wiederzusehen. Andererseits hat er keine Lust mehr auf dieses Leben im Verborgenen – er hat beschlossen, weiter unauffällig zu bleiben, er will kein Risiko eingehen, denn immer noch ist die Frage, ob es diese Augenzeugin wirklich gegeben hat und was sie gesehen hat, nicht beantwortet. Außerdem hat er sich sehr daran gewöhnt, als Mitglied der Leibstandarte Adolf Hitler nicht nur Ansehen zu genießen, sondern auch Macht auszuüben. Hier ist er, schon weil er die Uniform nicht mehr anzieht, ein Niemand. Er will zurück zu seiner Einheit.

Erna Rosen hatte schon immer mal wieder depressive Phasen. Seit dem Tod ihres Sohnes und nach der Beerdigung ist aus den Phasen ein Dauerzustand geworden. Jan Rosen hatte befürchtet, dass es so kommen könnte irgendwann einmal. Er traut sich kaum noch, sie allein zu Hause zu lassen, aber er muss in die Fabriken, er muss sich um die Geschäfte kümmern. Als die Depressionen das erste Mal auftraten, da haben lange Kuraufenthalte in teuren Kliniken am Bodensee geholfen. In Radolfzell auf der Halbinsel Mettnau, da hatte es ihr am besten gefallen, manchmal war sie acht Wochen weg gewesen. Sie war dann für eine Weile wiederhergestellt, bedingt belastbar. Als wenn man eine verdorrte Pflanze ein paar Tage gießt. Irgendwann ließ die Wirkung wieder nach.

Sie sind mit dem Kasseler Psychiater Dr. Wolfgang Geldner befreundet – der hatte Jan Rosen schon vor zwei Jahren einmal signalisiert, dass man den Verlauf der Krankheit bei seiner Frau nur noch bremsen, aber nicht mehr aufhalten könne. Philips Tod hat nun neue Ventile geöffnet – war die unheilbare Asthma-Erkrankung des Sohnes schon früher immer wieder Auslöser für so manche depressive Attacke gewesen – aber Philip hatte da wenigstens gelebt und war ein fröhlicher Junge, später ein gut aussehender, intelligenter Mann gewesen. Der gewaltsame Tod – es ist so, als hätte man eine Sperrmauer in der Seele seiner Frau zerstört. Die angestauten Fluten von Depression, Traurigkeit, Traurigkeit, Unzufriedenheit, Zweifeln und wachsender Lebensunlust strömten unablässig und unaufhaltsam hindurch, es gab kein Ende.

An diesem Samstag muss Rosen in das Werk in der Lilienthalstraße. Es gibt neue Aufträge der Wehrmacht, die Produktion muss besprochen werden, zudem fehlen Arbeitskräfte, weil einige Männer mittleren Alters, die eigentlich diese kriegswichtige Aufgabe haben, doch von der Wehrmacht einberufen worden sind. Er braucht mehr Zwangsarbeiter und er muss sich an diesem Wochenende darum kümmern. Bevor er fährt, bittet er Heiderose Grimm, nach seiner Frau zu sehen. Die hat sich zwar nicht eingeschlossen, will ihr Zimmer aber nicht verlassen. Sie hat nichts gefrühstückt und Jan Rosen ist in tiefer Sorge um sie. Am Abend erwartet er Besuch: Der Bankier Bruno Schiller vom Bankhaus Erben und Söhne kommt – da Erna Rosen indisponiert ist, wird er wohl ohne Begleitung kommen. Das wiederum ist Rosen recht, denn er muss mit ihm über Immobiliengeschäfte reden, die Damen wären da für die Dauer ihrer Anwesenheit hinderlich.

Waltraud Wittwer schaut etwas schräg, als der dicke Martens sie direkt im Blumengeschäft anspricht. Der drückt ihr einen Zettel in die Hand mit den Worten: „Ich bin verschwiegen, kannst Dich drauf verlassen." Sie nimmt das Papier und geht in den Hof zum Stall von Napoleon. Dort stört sie niemand. Sie faltet das Blatt auseinander und liest: „Liebe Waltraud, ich bin leider krank, hatte zwei Tage hohes Fieber und liege noch im Bett. Ein Wiedersehen würde zwar bewirken, dass ich schneller gesund werde – es geht aber einfach nicht. Sei nicht böse. Wann holen wir die Nachhilfe nach? Nutz Karl Martens einfach als Boten, ich vertraue ihm. Selbst, wenn ihr beide Euch offenbar nicht so richtig leiden könnt. Hab ein schönes Wochenende – und ich würde mich sehr freuen, von Dir zu hören oder zu lesen. Hermann."

Was sie jetzt empfindet, das kennt sie gar nicht. So eine Mischung aus Traurigkeit, Sorge und Drang, sich kümmern zu müssen. Der Samstag ist damit verhagelt. Und beinahe wie aufs Stichwort fängt es plötzlich an zu regnen, immer stärker. Hase Napoleon ist in solchen Fällen ein Angsthase und verdrückt sich in eine Ecke seines Stalls, Waltraud hastet ins Trockene. Schön, dass Hermann dem dicken Martens vertraut. Wenn er das tut, dann würde sie es auch tun. Allerdings hat sie andere Pläne. Sie geht rüber in den Kolonialwarenladen, schenkt Martens ihr bezauberndstes Lächeln und bedankt sich bei ihm. Und hat noch eine Kleinigkeit mit ihm zu besprechen.

Als Jan Rosen am frühen Abend nach Hause kommt, ist er, was die Fabriken insgesamt betrifft, guten Mutes. Der Nachschub an Zwangsarbeitern läuft, allerdings beschäftigt er bald so viele, dass er für sie auf dem Werksgelände eine große Unterkunft bauen will. Sein leitender Ingenieur, ein aus dem Waldviertel in Österreich stammender fähiger Bursche namens Klemens Gruber, will übers Wochenende die Pläne entwickeln, Rosen kann dann nächste Woche bei den entsprechenden Dienststellen alles in die Wege leiten. Durch seine Beziehungen wird das alles flott über die Bühne gehen, auch alle Baumaterialien wird er vermutlich mit den üblichen Nachhilfen zügig erhalten. Zuhause wirkt alles normal. Seine Frau hat mittlerweile das Zimmer verlassen, werkelt in der Küche. Rosen atmet innerlich durch. Immer, wenn er längere Zeit weg war, hat er beim Betreten des Hauses ein ungutes Gefühl. Der heutige Tag war also weitgehend gut gelaufen. Manchmal hilft es in Kriegstagen tatsächlich, nur von Tag zu Tag zu denken.

Hermann spielt eine Partie Schach gegen sich selbst. Das Schwierigste daran ist, sich gedanklich so zu disziplinieren, dass man sich nicht ständig selbst betrog. Er ist so konzentriert bei der Partie, dass er das Klopfen an der Tür nicht hört. Er schreckt erst hoch, als Mutter die Tür zu seinem Zimmer öffnet. „Du hast Besuch“, sagt sie und wie sie es sagt, irritiert ihn. Als sei sie verstört, unangenehm überrascht. Plötzlich steht Waltraud im Zimmer. Ein Mathebuch unterm Arm. „Ich schreibe Montag ne Mathearbeit, da brauche ich Deine Nachhilfe heute noch!“, sagt sie fröhlich. „Ja, äh, Mutter, das ist Waltraud, Waltraud Wittwer.“

„Sie hat sich mir bereits vorgestellt“, sagt Mutter in etwas barschem Tonfall. „Du hättest mir ruhig mal sagen können, dass Du noch jemandem Nachhilfe gibst.“

„Ja, äh, hätte ich ja noch, wollte ich ja noch.“

„Ja. Hättest Du machen sollen“, sagt Waltraud und schaut Hermanns

Mutter an. Was deren Blick jetzt zu bedeuten hat, kann man nicht erahnen. „Hat er noch Fieber?“ fragt Waltraud die Mutter.

Warum fragt sie nicht mich?, denkt sich Hermann. Mann, ist das jetzt kompliziert. Eigentlich sollte er sich über den Besuch freuen, aber er ist aufgeregt, unruhig, er weiß nicht, was ihn seitens der Mutter erwartet, wenn Waltraud gegangen ist. Die Mutter geht dann mit den Worten „Dann macht Ihr mal Mathe.“ Mit einer komischen Betonung.

„Lass die Tür besser auf“, sagt Hermann, beinahe resigniert.

„Ja klar, was denkst Du denn!“ Waltraud klingt empört. Hermann blickt nicht mehr durch. „Ich dachte, Du freust Dich über meinen Besuch.“

„Das tue ich ja auch, aber Du siehst ja. Sie ist so etwas nicht gewöhnt.“

„Naja, ist ja auch nicht alltäglich, denke ich. Meine Eltern würden umgekehrt mindestens genauso reagieren. Aber ich wollte wissen, wie es Dir geht, ich habe Dir etwas mitgebracht und ich schreibe tatsächlich eine Mathearbeit am Montag.“

„Wissen Deine Eltern denn von dem Besuch.“ Waltraud schaut sich im Zimmer um. „Nein.“

„Aber Martens hat Dir meinen Zettel gegeben.“

„Woher sollte ich sonst wissen, dass Du krank bist.“ Hermann nickt. Klar. Blöde Frage. „Ist das ein Zimmer für Dich allein?“

„Eigentlich habe ich hier mit Otto gewohnt, meinem älteren Bruder. Aber der ist im letzten Jahr gefallen.“

„Habe ich mir gedacht. Als ich den Flur hereinkam, habe ich im Wohnzimmer ein Foto mit Trauerflor gesehen. Auf dem Sims. Das tut mir sehr leid, Hermann.“ Waltraud schaut ihn mit ihren tiefblauen Augen an und das ist so ein Moment, in dem er versinken möchte.

„Hast Du noch mehr Geschwister?“ fragt sie. Hermann schüttelt mit dem Kopf. „Dann werden Deine Eltern um Dich jetzt besondere Angst haben. Pass bitte auf Dich auf und kurier diese Krankheit aus. Hier“, erst jetzt bemerkt er, dass sie nicht nur das Mathebuch dabei hat, sondern auch eine kleine Handtasche, die sie ihm vor die Nase hält. In beige – eine Farbe, die überhaupt nicht zu ihr passt.

Waltraud bemerkt den kritischen Blick: „Die Tasche habe ich mir für heute bei meiner Mutter geliehen, ich hab‘ gar keine Handtasche.“ Sie kramt mit der linken Hand darin herum und holt ein kleines Päckchen hervor. „Hier, das ist für Dich.“ Er nimmt das Päckchen, das etwa so groß ist wie ein Handteller. Irgendetwas ist da in Zeitungspapier eingewickelt. Er packt es aus – Schokolade. „Habe ich Karl Martens abgeschwatzt. Er war ja heute bei Dir und hat mir gesagt, Du seist sehr abgemagert. Da habe ich gesagt, dass wir als Nachhilfeschüler dafür sorgen müssen, dass

Du wieder was auf die Rippen kriegst. Da hat er dem Opa die Schokolade gemopst. Ist also von uns beiden."

Hermann ist eigentlich kein Freund von Schokolade, aber er bricht ein Stück ab, bietet es Waltraud an, die sagt aber: „Erst Du!" Er steckt sich das Stück in den Mund und lutscht die Schokolade flüssig, dann bietet er Waltraud erneut ein Stück an, die diesmal zugreift. Hermanns Mutter ist auf dem Flur, Waltraud ruft: „Möchten Sie ein Stück Schokolade, Frau Siebert?" Zu Hermanns Überraschung kommt Mutter herein, nimmt die Schokolade, isst sie und setzt sich zu den beiden. Hermann wäre gern mit Waltraud allein geblieben, aber zu dritt ist es sehr angenehm, Waltraud erzählt, Hermann sieht und hört seine Mutter lachen über die Geschichten aus der Mädchenschule und dem Blumenladen. Waltraud muss irgendwann los, zu spät für die Mutter, um die beiden noch einmal kurz allein zu lassen. Die beiden verabreden sich für den kommenden Donnerstag zur Nachhilfe, weil Hermann am Mittwoch auf jeden Fall zur HJ muss, Waltraud muss am Dienstag zum BdM.

Aber jetzt kriegt es die Mutter mit, das mit der Nachhilfe, jetzt ist es offiziell. Die beiden geben sich etwas steif und umständlich die Hand, Waltraud verabschiedet sich von Hermanns Mutter mit einem Knicks und entschwindet ins Treppenhaus.

„Die ist aber nett, Deine Freundin. Und so ein hübsches Ding!"

„Sie ist nicht meine Freundin. Ich gebe ihr Nachhilfe."

„So wie heute?", fragt Mutter, grinst ihn an und geht aus dem Zimmer. Was soll's, denkt sich Hermann. Er möchte jetzt nur noch gern wissen, was sie wohl Vater erzählt.

Sonntag, 17. Oktober 1943

Als die Eltern im Gottesdienst sind, zieht sich Hermann an und verlässt das Haus. Er muss wieder zu Kräften kommen und das geht nicht nur durch Bettruhe. Fieber hat er schon seit gestern nicht mehr. Eigentlich zieht es ihn natürlich in Richtung Wilhelmsstraße, aber die Versuche, Waltraud durch Zufall zu sehen, waren bisher immer ein Schuss in den Ofen gewesen. Diesmal geht er Richtung Altmarkt. Es ist kühl heute, neben dem typischen, manchmal etwas muffigen Geruch der vielen alten Häuser kann man heute so etwas wie Herbst riechen. Der Nebel hing lange über der Stadt und verzieht sich jetzt langsam. Er geht den Freiheiter Durchbruch entlang und schaut sich die neu gebauten Häuser an. Man hat versucht, die vom Baustil her der Umgebung anzupassen – noch wirken sie zu neu, als dass es nicht auffallen würde. Als er sich dem Altmarkt nähert, kommt eine gelbe Straßenbahn angerattert. Er überlegt kurz, ob er nicht einfach mal einsteigen und bis zum Leipziger Platz, der Endstation, durchfahren soll, es interessiert ihn, was der Krieg mit den Stadtteilen im Osten, da wo viel Industrie anzutreffen ist, gemacht hat. Er hat tatsächlich etwas Geld dabei – und lässt es dann doch sein. Er weiß nicht, wann er wieder zurück sein wird, sonntags fahren die Bahnen in größeren Abständen. So geht er der quietschenden Straßenbahn hinterher in Richtung Fuldabrücke. Die Bahn setzt die Fahrt über die Brücke fort, Hermann folgt ihr bis zu dem Punkt, an dem die Brücke die Flussmitte erreicht. Er schaut flussaufwärts, Richtung Drahtbrücke. Ein Ruderboot mit Sportlern, die dem Wetter trotzen, kommt in schneller Fahrt angerauscht. Der Steuermann gibt Kommandos, die vier Ruderer legen sich kräftig in die Riemen. Wenn sie zurück müssen, gegen die Strömung, dann haben sie etwas mehr zu tun, denkt Hermann. Er überquert die Straße und schaut den Fluss hinunter, geht noch ein paar Schritte in Richtung Unterneustadt. Am linken Ufer Karlshospital und Vogtsche Mühle, rechts die etwas heruntergekommene Bebauung der Unterneustadt. Am Ufer sitzt ein Mann, wirft ein paar Steine ins Wasser und beobachtet die Kreise, die die Steine im Wasser verursachen, bis sie verschwunden sind. Dann folgt der nächste Stein. Einer, der sich offensichtlich richtig langweilt. Er beobachtet den Mann eine Zeitlang, dann formt sich langsam ein Gedanke. Irgendetwas an ihm kommt Hermann bekannt vor. Hat er ihn schon einmal gesehen? Wenn ja – wo? Plötzlich hat er die Querverbindung. Ist das der Kerl, den Waltraud kürzlich an der Drahtbrücke gesehen hat? Hermann selbst hat nur schemenhafte Erinnerungen an den Mann – aber das könnte durchaus passen. Andererseits: Er hat zu wenig von dieser Person in Erinnerung. Hermann verwirft den Gedanken, geht langsam zurück in die Altstadt. Biegt nach links in die Brüderstraße, deren Glockengeläut vor etlichen Minuten das Ende des Gottesdienstes verkündet hat. Quert den Marställer Platz und geht durch die Wildemannsgasse. Er will einfach sehen, wie weit die Beine ihn nach der Krankheit tragen. Im Gasthaus „Zur Pinne", einem Haus mit einer wunderschönen Steinfassade, scheint eine Feier in Gang zu sein, für einen Sonntagmorgen geht es sehr laut zu. Ein älterer Mann kommt aus der Gaststätte, er trägt einen Anzug mit Krawatte. Eine Feier – Hermann sieht sich bestätigt. Er folgt der Straße bis zum Ende, biegt nach links auf die Bremer Straße ein, wo früher die Synagoge stand. An die Pogrome von vor fünf Jahren kann sich Hermann gut erinnern, an den Lärm, der bis in die Moltkestraße drang. Im ganzen Reich fanden die am 9. November statt – in Kassel, so munkelte man damals, hat man Reichskristallnacht geprobt und deswegen schon am 7. November mit den Ausschreitungen begonnen. Hermann ging damals in die Sexta, zusammen mit anderen Jungs sind sie damals am 8., dem Tag danach, einem Dienstag, nach der Schule durch die Bremer Straße. Die Synagoge stand noch, aber in der Stadt waren viele jüdische Geschäfte zerstört worden.

Unwillkürlich muss er wieder an Abel Grün denken. Hermann ist jetzt 15 Jahre, sein Elternhaus ist ein im weitesten Sinn bürgerliches, seine Eltern sind fast unpolitisch, was sie bei den letzten Wahlen gewählt haben – er weiß es nicht, er schätzt sie als NSDAP-Wähler ein, aber als solche sind sie nicht fanatisch. Die Schule, obwohl nach Hermann Göring benannt, ist alles andere als eine Lehranstalt, die den Jungen ein eindeutiges politisches Bewusstsein vermittelt. Klar, ganz ohne geht es nicht, aber jemand wie Hermann, der Spaß am Lernen hat, kann sich gut auf das Wesentliche konzentrieren, ohne aufzufallen. Ideologisch wird es in der HJ – und eigentlich wird Hermann nur dort kontinuierlich mit dem Juden als Feindbild konfrontiert. Er liest keine Zeitungen, er hört keine Führeransprachen. Er ist ein intelligenter junger Mann, dessen Problem es ist, dass er nicht so recht weiß, was er eigentlich politisch denken soll. Der Führer – das ist eine Person, die seine gesamte Generation nicht in Frage stellt. Aber wenn dann so etwas in der Nachbarschaft passiert wie mit der Familie Grün – Hermann hat nie Genugtuung darüber empfinden können. Da seine Eltern das Thema nicht angesprochen haben, vermutet er, dass sie genauso denken.

In der Schule reden sie oft über den Krieg, sie sind in einem Alter, in dem man sich für Siege begeistern kann. Aber mittlerweile ist der Krieg nicht nur wegen so vieler Gefallener in den Familien angekommen – die Fliegeralarme, die Bombenangriffe und deren Auswirkungen und Opfer zeigen die bedrückende Seite der deutschen Politik. Und selbst in der HJ sind mittlerweile viele, die früher laut und begeistert gesungen und geschrien haben, leiser geworden.

Er biegt schnell ab in die Müllergasse, zurück zum Pferdemarkt, ab nach rechts, gleich kommt die Moltkestraße und er ist wieder zuhause. Vater sitzt im Wohnzimmer, liest eine alte Zeitung, Mutter macht das Essen, es gibt keinen Sonntagsschmaus, es ist noch Suppe da von gestern und wegen Hermanns Krankheit hat sie nicht groß einkaufen können. Immerhin gibt es Brot von gestern zur Suppe. Als sie mitten beim Essen sind, fragt Hermann: „Warum haben wir eigentlich nirgendwo ein Foto vom Führer hängen?“

Mutter fällt fast der Löffel aus der Hand, Vater schaut ihn überrascht an. „Fehlt Dir denn ein solches Foto?“ fragt er.

„Nein.“ Hermann schüttelt den Kopf. „Ich weiß auch gar nicht, wie ich darauf komme. Und außerdem: Das von Otto ist viel wichtiger“, sagt er.

Jan Rosen macht einen langen Spaziergang durch den Bergpark Wilhelmshöhe. Der gestrige Abend mit dem Bankier ist prima verlaufen: Zusammen mit Bruno Schiller hat er einen Plan gemacht, wie er sein Vermögen kurzfristig in Immobilieneigentum umwandeln kann. Rosen hat die Furcht, dass bei einer Niederlage im Krieg sein Geldvermögen möglicherweise eklatant an Wert verlieren könnte. So will er in Häuser in der Stadt investieren. Nicht in der Innenstadt, da ist ihm der Renovierungsbedarf zu hoch. Er hat ein paar Mietshäuser, die früher Juden gehörten und nach deren Deportation im Eigentum des Deutschen Reiches sind, im Auge. Schiller will sich ab Montag darum kümmern. Am Schlossberg macht er kurz Rast und schaut hinunter auf die Stadt. Es ist zwar ein wenig diesig, doch die Aussicht ist immer atemberaubend, noch intensiver ist sie am Herkules. Das Schloss ist intakt, es wurde noch nicht getroffen, aber nach menschlichem Ermessen, denkt er sich, kann es auch kein vordringliches Angriffsziel sein. Er marschiert weiter, auf verschlungenen Pfaden hinunter zur Roseninsel. Warum er, so wenige Tage nach der Beisetzung seines einzigen Kindes, heute zum Grab eines Hundes geht – vielleicht weil das Ganze so skurril ist. Mitten im Bergpark hat Kaiser Wilhelm II. hier seinen Dackel begraben und ihm einen Grabstein setzen lassen. „Andenken an meinen treuen Dachshund Erdmann 1890 – 1901“ steht drauf. Überall auf den Friedhöfen der Stadt werden die Gräber der meisten Menschen nach kurzer Zeit eingeebnet – nur der Hund vom Kaiser, dessen Grabstein wird man auch in 500 Jahren noch bewundern können. Verrückte Welt. Auf dem Heimweg geht er auch zu Philips Grab. Noch steht kein Grabstein, aber es beruhigt Jan Rosen, dass er hier eine Grabstelle für die gesamte Familie hat erwerben können. In ein paar Jahren ist er wieder mit seinem Sohn vereint. Er hat all die Tage mit seiner inneren Stärke überstanden, hat seine Frau gestützt, das Unternehmen weiter geführt, hat sogar am Grab eine Rede gehalten – aber nun ist es vorbei mit seiner Haltung. Jan Rosen kniet sich hin und weint hemmungslos. Bilder seines Sohnes schießen ihm wie Blitze durch den Kopf, Situationen, Erlebnisse, Jahrzehnte in Sekunden. Er weiß danach nicht, wie lange er hier gehockt hat. Zieht ein weiteres Taschentuch hervor und trocknet sein Gesicht. Er wird noch einmal um die vier Ecken gehen, damit man ihm hinterher nicht die Trauer ansieht. Und dann nach Hause gehen, wo die nächsten großen Sorgen warten.

Am Nachmittag ist in der Wohnung über dem Blumenladen in der Wilhelmsstraße eine muntere Stimmung. Mutter Lieselotte hat es geschafft, die Zutaten für einen schönen Rührkuchen zusammenzukriegen. Sie sitzen um eine mit schönem Porzellan gedeckte Kaffeetafel, Renate und Adelheid sind da, Vater Wolfgang kommt mit Verspätung, er hat noch im Laden zu tun gehabt. Renate ist bester Stimmung, am Samstag kam ein Brief von Erhard, ihrem Mann. Es geht ihm gut und im November kommt er auf Heimaturlaub. Man genießt den Kuchen, Adelheid krümelt den Boden voll und brabbelt ununterbrochen. Sie ist der Goldschatz der Familie. Irgendwann wird Wolfgang Wittwer ernst. „Eure Mutter und ich haben in den vergangenen Wochen oft darüber gesprochen, wie es weitergehen soll mit uns, jetzt, wo die Fliegeralarme immer mehr zunehmen." Er macht eine Pause und schaut Waltraud besonders lange an. Wolfgang Wittwer musste nicht zum Militär, weil er zu alt ist – Waltrauds Vater ist 66 – 20 Jahre älter als ihre Mutter, war vor dieser Ehe schon einmal verheiratet mit einer beinahe gleichaltrigen Frau, die an Tbc gestorben ist, die Ehe war kinderlos geblieben. Manchmal, als kleines Mädchen, war sie nicht glücklich darüber gewesen, einen so alten Vater zu haben, manchmal hänselten sie ihre Spielkameradinnen mit dem Hinweis, dass das doch sicher ihr Opa sei. Jetzt, in diesen Zeiten, ist sie froh über sein Alter, denn er muss nicht ins Feld, man wartet nicht zu Hause auf einen Feldpostbrief, es gibt kein Risiko, dass irgendwann der Postbote diesen grauen Umschlag abgibt, dessen Inhalt nur heißen kann: Gefallen – oder vermisst.

Sie schaut ihren Vater an. „Ihr kennt ja den großen Hof von Tante Ingrid und Onkel Wilfried." Wilfried ist Wolfgangs Bruder, ein paar Jahre jünger, er hat in die Familie eines Großbauern bei Eschwege eingeheiratet – die Familie hatte ursprünglich drei Töchter, Ingrid war die Jüngste und für die Hofnachfolge nie vorgesehen gewesen. Deshalb hatte der Großbauer, den Waltraud nie kennengelernt hatte, der Heirat auch zugestimmt. Dass kurz darauf die beiden älteren Töchter in den letzten Monaten des Ersten Weltkrieges an schweren Krankheiten verstarben, beide noch unverheiratet, hatte Wilfried und Ingrid plötzlich in die Position der Hofnachfolge gebracht. Es waren harte Jahre für die beiden gewesen, Wilfried hatte Landwirtschaft praktisch von der Pike auf lernen müssen. Im Lauf der Jahre hatten sie drei Kinder bekommen, zwei Töchter und einen Sohn. „Eure Mutter und ich haben beschlossen, dass sie und Waltraud so schnell wie möglich auf den Hof ziehen. Du kannst in Eschwege die Mädchenschule besuchen. Adelheid sollte auch mit, so schwer es Dir auch fallen wird, Renate. Aber in Eschwege sind alle in Sicherheit und darum geht es in erster Linie." Waltraud musste erst einmal durchatmen. Renate auch. Nein, sie will nicht nach Eschwege. Und in der nächsten halben Stunde bringt sie jedes Argument, das auch nur ansatzweise taugt, gegen den Plan vor. Aber die Entscheidung der Eltern war gefallen. Tante Ingrid und Onkel Wilfried waren natürlich einverstanden und freuten sich, sagt Vater. Am 23. Oktober, also am nächsten Samstag, ging es schon los. Für Waltraud ist der Tag gelaufen. Die Mathearbeit am nächsten Tag interessiert sie nicht mehr. Wahrscheinlich würde sie in der Woche nicht einmal mehr erfahren, welche Note sie geschrieben hatte. Dann denkt sie auch an Hermann. Sie würde ihm wahrscheinlich das Herz brechen. Und ihr eigenes? War das auch zerbrechlich?

Montag, 18. Oktober 1943

Den ganzen Morgen hatte er sich den Kopf zerbrochen, was für ein Thema zu Wilhelm Tell wohl in der Deutscharbeit bearbeitet werden würde. Nun sitzt er da und ärgert sich, weil die ganze Vorbereitung am Vorabend für die Katz' war. Naja, nicht ganz, ein wenig profitiert er schon davon. Aber die Klasse soll nichts anderes machen, als eine Inhaltsangabe des Dramas – begrenzt auf drei Seiten. Nicht nur die Qualität des Inhalts würde zählen – natürlich auch Grammatik, Rechtschreibung und Interpunktion. Man hört nur das Kratzen der Schreibfedern auf dem Papier, manchmal einen Stoßseufzer. Irgendeiner hat Schnupfen, zieht ständig die Nase hoch, statt einfach mal ins Taschentuch zu schneuzen. Hermann ist früh fertig, liest den Text noch zweimal – einmal auf Inhalt, dann auf Fehler. Viele schreiben noch, die Schulstunde dauert noch 12 Minuten. Er denkt an Waltraud. Wie sie wohl mit der Mathearbeit klar gekommen ist? Er schaut aus dem Fenster, der Himmel ist dunkelgrau, jetzt wird es langsam richtig Herbst. Auf dem Schulhof steht am Rand eine Kastanie, die ersten braunen Blätter fallen in langsamen Schwingbewegungen zur Erde. Als würden die hellen Monate davon segeln.

Herr Vaupel, der Deutschlehrer, sammelt kurz vor Stundenschluss die Hefte ein. Die Jungs schauen sich gegenseitig an. Jeder hat das drauf, so eine Art Röntgenblick. Wie ist es gelaufen? Denen, die versagt haben, sieht man es an. Diesmal scheint es für alle gut gegangen zu sein. Sie packen ihre Taschen, als die Glocke läutet und begeben sich auf den Heimweg. Hermann und Martens gehen nebeneinander die Weserstraße entlang. Hermann ahnt, was Martens fragen will. Dann schießt es aus ihm heraus: „Wie lange gibst Du ihr denn schon Nachhilfe?"

„Genauso lange wir Dir", antwortet Hermann freundlich, aber knapp. Sie machen einem alten Mann Platz, der ihnen mit gebeugtem Rücken, einen Bollerwagen mit Holz hinter sich herziehend, entgegen kommt. Der linke Schuh des Alten ist kaputt, bei jedem Schritt löst sich die Sohle mit dem Absatz, müsste dringend repariert werden.

„Und wie ist die so, die Waltraud?"

„Ich finde sie sehr nett, ein schlauer Kopf, muss ich schon sagen."

„Und wie gefällt sie Dir?"

„Ach, Martens, was soll das, bist Du eifersüchtig?"

„Ich frage ja nur. Bist ja der Einzige in der Klasse mit ner Freundin. Die anderen haben doch alle nur ne große Klappe. Und es is nix dahinter."

„Sie ist nicht meine Freundin, das habe ich meiner Mutter gestern auch sagen müssen."

„Und wenn Sie's mal wird?"

Hermann klopft Martens auf die Schulter. „Dann wärst Du der Erste, dem ich es sagen würde, wirklich." Sie gehen noch gemeinsam bis zur Königsstraße, dann trennen sich die Wege. Am Hauseingang trifft Hermann den Vater.

„Du musst mir heute Nachmittag helfen, ich will mal in den Kellern nach den Durchbrüchen sehen, irgendwie lässt mir das keine Ruhe. Wenn doch mal was passiert." Hermann nickt, geht nach oben, die Mutter ist heute früher in die Arztpraxis, auch da gibt es wohl heute mehr zu tun für sie als sonst.

Es gibt eine frische Linsensuppe, Vater sagt, die Linsen habe Mutter von Hanna Heußner bekommen, woher auch immer die wiederum so viel hat, dass sie so üppig abgeben kann. Es ist der erste, richtig gute Eintopf seit langem. Dickflüssig, die Linsen bilden beinahe einen Brei, die beiden Männer nehmen sich doppelt.

„Mach Deine Hausaufgaben bitte danach, lass uns erst in den Keller, ich muss abends an die Arbeit", bittet ihn der Vater. Beide ziehen sich eine alte Hose an, es ist die, die sie zum Kohleschippen getragen haben, allerdings hat Mutter sie gewaschen. Der Luftschutzraum mit all den Plätzen wirkt ein bisschen wie ein leerer Theatersaal in klein. Sie füllen das Fass am Aufgang zur Treppe mit Wasser, das Fass ist fast leer, irgendjemand muss sich daraus bedient haben. Sie nehmen die Decken auseinander und falten sie neu, legen sie ordentlich auf zwei Stapel. Dann geht es an den Durchbruch ins Nachbarhaus Richtung Königsstraße. Er ist viel zu schmal, findet Vater. Sie legen ihn frei und Hermann versucht, sich durchzuzwängen. Das ist praktisch unmöglich. Sie brechen mit ihrem Werkzeug ein paar weitere Steine heraus, auch aus der Wand des Nachbarhauses, nun ist er groß genug der Durchbruch. Mit den Steinen verschließen sie ihn neu.

Dann geht es an die andere Seite. Der Durchbruch dort ist breit genug. Die Durchbrüche sind von Zwangsarbeitern angelegt worden, es sind etliche tausend in der ganzen Innenstadt. Aber wenn die so eng sind wie der andere hier im Haus und es wird mal richtig brenzlig und die regulären Ausgänge sind verschüttet – dann haben die Menschen im Keller kaum eine Chance. „Was ist mit den anderen Durchbrüchen in den anderen Häusern?“ fragt Hermann. Sein Vater schaut auf die Uhr. „Nummer zehn, 14 und 16 nehmen wir uns noch vor, aber wir gehen vorne rein und krabbeln nicht durch die Keller, das sähe komisch aus.“ Einmal noch müssen sie einen Durchbruch etwas vergrößern, aber so ein Mauseloch wie im eigenen Keller finden sie nicht mehr. Vater ist beruhigt. „Gut, das sollte erst einmal schicken. Wir haben alles zur Vorbereitung getan. Den Rest muss der liebe Gott regeln“, sagt er, als sie aus dem Keller von Haus Nummer 16 kommen.

Sie wechseln gerade die Hosen, da dringt ihnen wieder das Geräusch der Sirenen durch Mark und Bein. „Das darf nicht wahr sein“, sagt Vater, „hoffentlich ist das jetzt kein schlechtes Omen, dass wir eben schon im Keller waren.“ Sie ziehen ihre Alltagshosen an, nehmen ihre Köfferchen und gehen in den Keller. Es ist noch mitten am Tag, viele sind unterwegs oder an der Arbeit – der Keller ist etwas mehr als halb voll. Und: Wo ist der alte Wille? Hermann fragt.

„Der hat gesagt, er bleibt jetzt in der Wohnung. Er will nicht mehr in den Keller“, sagt Frau Hansmann, seine Nachbarin. Vater schüttelt den Kopf, der Luftschutzwart sagt nichts.

„Irgendjemand müsste ihn doch holen!“ fordert Hermann.

„Wenn der Spuk vorbei ist, dann rede ich mit ihm. Jetzt bleiben alle hier.“ Der Luftschutzwart sagt es mit energischer Stimme. Anders als in den vergangenen Tagen kommt die nächste Stufe des Alarms.

Es wird ruhiger und angespannter im Keller. „Ist Mutter in Sicherheit?“, flüstert Hermann. „Wie ist da der Keller?“

„Mutter sagt, sie fühlt sich sicher“, antwortet Vater. Aber sein Blick und sein Ton lassen ahnen, dass er nicht davon überzeugt ist. Sie lauschen alle angestrengt. Und dann plötzlich Vollalarm. Ein richtiger Angriff. „Scheiße!“ sagt Vater. Manche sitzen da und haben die Hände über dem Kopf, wie zum Schutz, gefaltet. In der Ferne hört man das dumpfe Grollen der Flakgeschütze. Ein leises Brummen ist zu hören, aber neulich, als Sandershausen zerstört wurde, war das mindestens zehnmal so laut. Was ist da los am Himmel? Die Minuten vergehen, es riecht im Keller nach Schweiß. Dabei ist es gar nicht warm. Aber die Menschen haben

Angst. Immer noch ist nirgendwo eine Bombe explodiert, nichts ist zu hören, auch das Brummen ist weg. Dann die Entwarnung.

„Das waren vielleicht feindliche Aufklärungsflugzeuge“, sagt Vater, sichtlich erleichtert.

„Und unsere Jäger?“ fragt Hermann.

„Vielleicht gibt es woanders einen richtigen Angriff und die wurden dahin geleitet.“ Das klingt einleuchtend. Aber beruhigend ist das nicht, dass hier am helllichten Tag feindliche Flieger über Kassel ihre Runden drehen – und niemand stört sie dabei.

Mutter kommt nach Hause, kurz nachdem der Vater zur Arbeit ist. „Wie sicher ist denn der Keller in der Königsstraße?“ will Hermann jetzt direkt von ihr wissen.

„Das ist ein Gewölbe, wirkt sehr stabil. Mach Dir keine Sorgen. Und ich bin ja nur montags dort“, die Mutter lächelt ihn an, will ihn beruhigen. „Ach so“, sagt sie, „von Euch Männern hat natürlich niemand in den Briefkasten geschaut. Hier, für Dich!“ Es ist ein Zettel. Von Waltraud.

„Hast Du ihn gelesen?“ fragt Hermann, etwas angespannt.

„Nein, ich habe nur gesehen, dass da jemand in sehr junger Schrift ‚Für Hermann‘ drauf geschrieben hat. Da wusste ich, von wem er ist.“

Hermann dreht sich weg und liest. „Lieber Hermann, ich wollte Dir nur sagen, dass die Mathearbeit super gelaufen ist. Das liegt nur an Deiner Nachhilfe, vor allem vorgestern. Liebe Grüße, Waltraud“.

Hermann lächelt. Der erste Brief, den ihm je ein Mädchen geschrieben hat. Er hat eine kleine Box in seinem Zimmer, in der er ein paar Briefmarken gesammelt hat. Da legt er ihn hinein. Es ist schon spät, er geht ins Bett. Macht nach 15 Minuten das Licht noch einmal an und liest sich den Text auf dem Zettel noch einmal durch. Er würde das Papier gern unter das Kopfkissen legen, aber er will es nicht zerknittern. So stellt er die Box auf den Nachttisch. Das ist ihm zwar eigentlich nicht nahe genug. Aber immerhin. Aber was nur hat sie mit der Nachhilfe vorgestern gemeint? Da haben sie doch kein Wort über Mathe gewechselt. Er muss sie fragen. Am Donnerstag wird er das tun.

Mitten in der Nacht geht die Wohnungstür auf. Vater kommt, es ist drei Uhr, die Mutter kommt beunruhigt aus dem Schlafzimmer. Er hat hohes Fieber, Gliederschmerzen, er hat denselben Infekt wie Hermann, hat sich offenbar angesteckt. Mutter packt ihn ins Bett, auch hier gibt es sofort Wadenwickel. „Schlaf weiter“, flüstert Mutter Hermann zu. Als er im Bett liegt und die Augen schließt, fällt es ihm ein: Waltraud hat ihm sicher sagen wollen, dass der Samstagnachmittag sehr schön war. Ein anstrengender Montag findet so in der Nacht einen glücklich stimmenden Abschluss.

Artur Drachsel kennt diese Situationen. Wenn spektakuläre Fälle gelöst sind, die Anspannung, der Druck der Vorgesetzten und der Politik abfällt, dann ist der Alltag wie ein leerer Raum. Aber es gibt eben nicht jeden Tag einen Mord dieser Kategorie, die Rückkehr in den polizeilichen Alltag ist dann immer mühselig. Jetzt geht es wieder um die Verhaftung politisch auffälliger Menschen und der üblichen Kleinkriminellen, es geht um Routineangelegenheiten. Aber da bleibt dann auch Raum für anderes. Für morgen hat er sich mit Richter Kamien verabredet. Sie machen das gelegentlich, sie sind nicht befreundet, schätzen aber die Gegenwart des anderen. Drachsel wird Kamien in dessen Büro besuchen.

Dienstag, 19. Oktober 1943

Der Kommissar ist bereits um acht Uhr im Gerichtsgebäude, wo Kamien im obersten Stock ein geräumiges Büro mit Vorzimmer hat. Manchmal beneidet er den Richter darum, denn neben der üblichen, allerdings sehr komfortablen Büroausstattung mit einem riesigen Schreibtisch, einer kleinen Besucherecke und riesigen Regalen mit juristischer und politischer Fachliteratur hat er diesen kleinen Barschrank, der vorzüglich ausgestattet ist – und ein sehr geräumiges Sofa, auf dem Kamien, wie er Drachsel selbst gesagt hat, gern mal mittags ein Schläfchen nimmt. Heute hat Kamien keine Verhandlung, aber da er gleichzeitig Präsident des Landgerichts ist, hat er mit Verwaltungsarbeit genug zu tun und er ist, was die Fälle und die Arbeit einer jeden Kammer des Gerichts betrifft, auf dem Laufenden.

Sie nehmen in der Besucherecke Platz, bequeme, gut gepolsterte Sessel laden zum längeren Aufenthalt ein, ein junges Mädchen, das Drachsel schon im Vorzimmer empfangen hat, serviert Bohnenkaffee.

„Neue Sekretärin?“ fragt Drachsel.

„Nein, Frau Herwig ist krank, hohes Fieber. Die kommt wieder, die gebe ich auch nicht her. Fräulein Scheffer ist nur aushilfsweise da. Wieso, gefällt Sie Ihnen?“ Kamien schaut den Kommissar mit funkelnden, listigen Augen an. Fräulein Scheffer ist eine groß gewachsene, leicht dralle Blondine mit einem runden Gesicht – auch ohne Charlotte hätte er kein Interesse gehabt. „Nicht mein Typ“, sagt Drachsel.

Kamien stellt seine Kaffeetasse ab. „Gratulation erst einmal, dass Sie das Leck in Ihrer Abteilung so schnell lokalisiert haben.“

„Ganz ehrlich: das war nicht so schwer. Ich habe ja gewusst, mit wem ich darüber gesprochen habe – und meine Sekretärin habe ich auch nur oberflächlich eingeweiht, weil der Besuch der beiden Damen, also der Augenzeugin mit ihrer Schwester, zu einem ungewöhnlichen Zeitpunkt erfolgte und die ältere Schwester wohl im Vorzimmer schon deutlich gemacht hatte, was der Grund des Besuchs war. Magda Rehm ist jung, sie ist verliebt – und hat dann jede Disziplin vermissen lassen. Dann gehört sie auch nicht an diese Position."

Kamien nickt. „Absolut richtig. Möchte nicht wissen, an wie vielen wichtigen und weniger wichtigen Stellen im Reich wegen solcher menschlicher Dinge Informationen nach draußen gelangen, die da nichts zu suchen haben. Aber dass wir sie entfernt und bestraft haben – konsequent gehandelt, sehr gut!" Eine Sekunde Pause. „Mal zurück zu dem Fall – und komplett unter uns. Sind Sie denn sicher, dass wir mit Esser den Täter hingerichtet haben oder läuft der wahre Täter noch draußen rum? Damit Sie mich nicht falsch verstehen: Ich finde es aus mehreren Gründen richtig, ein solches Subjekt wie dieses Esser zu eliminieren. Aber ist er der Täter gewesen?"

Drachsel hat damit gerechnet, dass Kamien noch einmal auf den Punkt eingeht, dazu kennt er ihn zu lange und zu gut. „Ganz ehrlich: Ich weiß es nicht. Die Aussagen des Mädchens klingen absolut plausibel, aber die Täterbeschreibung ist zu vage, als dass wir damit etwas anfangen könnten. Wir müssen die Augen offen halten – vielleicht sieht sie ihn ja noch einmal in der Stadt und kommt dann zu uns. Zumindest habe ich sie darum gebeten."

Kamien nickt, zieht ein Kästchen, das auf dem Tisch steht zu sich und holt eine Zigarre heraus. „Auch eine?" fragt er Drachsel.

Der schüttelt den Kopf. „Zu früh am Morgen", begründet er sein Nein.

„Machen Sie mir jetzt bloß noch ein schlechtes Gewissen", sagt Kamien, „es reicht eigentlich, wenn meine Frau das macht." Der Richter schneidet ein Stück ab, zündet die Zigarre mit einem Streichholz an, im Nu macht sich dicker Rauch im Zimmer breit. Sie sprechen über gemeinsame Bekannte bei Polizei und Justiz, plötzlich sagt Kamien: „Was halten Sie von den vielen Fliegeralarmen der vergangenen Wochen?"

„Besser einer zu viel, als einer zu wenig", antwortet der Kommissar. „Jaja, den Spruch kenne ich. Aber ist die Stadt aus Ihrer Sicht gewappnet, wenn es wirklich mal Ernst wird?"

Drachsel schüttelt den Kopf. „Wenn wir uns die Angriffe auf Hamburg im Juli oder jetzt im Oktober auf Hannover ansehen: Einen richtigen Schutz gegen die Bomben scheint es nicht zu geben, zumal unsere Jagdverbände offensichtlich hoffnungslos unterlegen sind."

Kamien pafft Rauch an die Decke. „Eins ist klar: Wenn da bei einem

Flächenbombardement in der Altstadt die Leute in ihren Kellern sitzen, dann sterben die bei einem Angriff zu Dutzenden, wenn nicht zu hunderten. Dass dies ein unzureichender Luftschutz ist, das ist seit Jahren bekannt. Soll ich Ihnen mal sagen, wieviele Plätze es in Beton-Hochbunkern und unterirdischen Bunkeranlagen gibt: Vielleicht 10.000. Bei über 200.000 Einwohnern. Unser guter Gauleiter hat da auf ganzer Linie versagt. Weinrich ist da längst im Visier der Parteispitze. Und da fragt man sich tatsächlich, ob man sich eine so taube Nuss als Gauleiter in solchen Zeiten leisten kann. Was meinen Sie denn?"

Drachsel weiß, dass er nicht lange überlegen kann. „Die Situation mit den Luftschutzräumen ist allerdings alarmierend. Ich kenne Karl Weinrich nicht so gut, aber nach den wenigen Treffen, die ich mit ihm hatte, kann ich sagen, dass er mehr ein in sein Amt selbstverliebter Bonze zu sein scheint als jemand, der die Bezeichnung ‚Leiter' verdient."

Kamien sagt: „Danke, besser hätte ich es nicht ausdrücken können. Ich sammele im Augenblick mal Stimmungen – nicht aus Eigeninitiative. Goebbels hat vor nicht langer Zeit mal gesagt, dieser Weinrich sei keine Leuchte. Wir brauchen dringend einen Wechsel an der Gauleitung, damit wir Luftschutzmaßnahmen umsetzen können, bevor es zu spät ist."

Drachsel geht wenig später, ihm ist bewusst, dass Kamien ihn vor allem wegen seiner Einschätzung Karl Weinrichs zum Gespräch gebeten hatte. Der Gauleiter, der den Gau Kurhessen zum Vorzeigegau im Deutschen Reich machen wollte. Zumindest was bestimmte Aktivitäten beispielsweise bei der Reichskristallnacht betraf, da waren die Kurhessen tatsächlich ganz vorn gewesen. Überall hatte es hier schon zwei Tage vor dem 9. November gezielte Ausschreitungen gegeben, selbst in kleinen Städten wie dem erzkatholischen Fritzlar waren Synagogen angegriffen, jüdische Geschäfte zerstört worden. Aber die Sache mit dem Luftschutz stimmte: Gerade in der so dicht bewohnten Altstadt war die Situation mehr als unbefriedigend. Und die Altstadt war nur ein paar Steinwürfe entfernt von den Henschel Fabriken, wo täglich neue Panzer fertiggestellt wurden.

Jetzt also geht es Weinrich an den Kragen. Der Mann war ein Parteigenosse der ersten Jahre, war Gauleiter seit 15 Jahren. Aber eben einer, der sich gern selbst inszenierte und selbst eine kleine landwirtschaftliche Fachtagung in Kassel als persönlichen Erfolg zelebrierte. Gut zu wissen, denkt Drachsel – als er in sein Büro kommt, hält ihm Hanna Heußner einen Briefumschlag hin. „Vom Gauleiter", sagt sie mit bedeutungsvoller Stimme. Na, das passt ja, schmunzelt Drachsel in sich hinein. Er öffnet den Umschlag, ein paar handgeschriebene Zeilen und liest sie Hanna

Heußner vor. „Lieber Parteigenosse Drachsel, blablabla, als Anerkennung für die schnelle Aufklärung des infamen und widerlichen Mordes am Sohn unseres verdienten blablabla lade ich Sie persönlich ein, mein Gast zu sein beim Vortrag unseres Nobelpreisträgers Max Planck am 22. Oktober um blablabla." – „Donnerwetter!" sagt Hanna Heußner.

„Naja, so richtig Lust habe ich, ehrlich gesagt nicht. Von Physik verstehe ich gar nichts. Andererseits: Ich habe noch nie einen Nobelpreisträger erlebt. Also: Notieren Sie das im Kalender für Freitag?" Er weiß, dass eine solche Einladung befolgt werden muss. Absagen wären nur im Fall einer schweren Krankheit oder im Todesfall akzeptabel. Na gut, dann sitzt er sich also am Freitagvormittag in der Stadthalle den Hintern platt.

Trotz des Bombenalarms am Vortag hat Deutschlehrer Vaupel die Hefte der Jungen bereits korrigiert. Hermann hat eine zwei, nach der Krankheit ist er absolut zufrieden damit. Vaupel hat mit roter Tinte angemerkt, dass ihm die Inhaltsangabe zu aufzählend, zu sachlich sei. Hätte Hermann das gewusst... der dicke Martens hat eine drei und ist ebenfalls zufrieden, der Junge macht sich in letzter Zeit wirklich gut, vielleicht liegt es ja daran, dass sie jetzt ein etwas engeres Verhältnis haben und Martens so aus der Isolation des dicken, schwachen Schülers in der Klassen-Hierarchie herauskommt. Morgen gibt es einen Lateintest, Martens kommt am Nachmittag, da wollen sie sich gegenseitig Vokabeln abhören. Wobei Martens garantiert wieder nach Waltraud fragen wird, aber Hermann fühlt sich da mittlerweile gebauchpinselt. Genau, Waltraud. Die muss heute zum BDM, wie sie wohl in der Uniform aussieht? Bezaubernd, denkt er sich. Nein, er weiß es ganz genau.

Zuhause fragt er gleich nach Vater. Der fiebert noch hoch, sagt Mutter, aber wenn er sich bei Hermann angesteckt hat, dann wird er in zwei, drei Tagen drüber weg sein. Als er den Besuch des dicken Martens am Nachmittag ankündigt, runzelt die Mutter die Stirn. „Wollt Ihr Euch nicht lieber bei Martens treffen, nicht dass der sich hier ansteckt...", sagt sie noch. Hermann ist sofort Feuer und Flamme. So ergibt sich vielleicht eine Möglichkeit, Waltraud zu sehen. Nach dem Essen rennt er los zum Kolonialwarenladen der Martens', in der Wilhelmsstraße reduziert er auf Normalgeschwindigkeit. Nichts von Waltraud zu sehen, Martens ist im Laden und ist sofort einverstanden. Und nutzt die Chance, Hermann seinem Opa vorzustellen. Opa Martens ist ein drahtiger alter Herr mit einem Oberlippenbart, der aus tief schwarzen Barthaaren besteht, während sein kurz geschnittenes Haupthaar hellgrau ist. Auch Opa Martens ist einverstanden und so verabreden sie sich für 16 Uhr. Hermann geht aus dem Laden, linst in das Blumenhaus hinein und es juckt ihn in den Fingern, einfach mal an die Wohnungstür zu klopfen. Aber dann lässt er es und geht nach Hause.

Schließlich lernen Sie den Nachmittag über Lateinvokabeln. Martens wohnt mit seinem Opa über dem Laden, sein Zimmer ist in etwa so groß wie das von Hermann, vor dem Fenster steht ein Hochzeitsfoto – von seinen Eltern. Da wird Hermann klar, dass der dicke Martens wahrscheinlich sehr an ihnen gehangen hat. Man merkt es ihm nie an, sollten sie sich näher anfreunden, wird er ihn mal danach fragen, ganz vorsichtig. Natürlich versucht Martens zwischendurch nach Waltraud zu fragen. Aber Hermann weicht aus. Und irgendwann, als es ihm zu bunt wird, sagt er, freundlich aber ungehalten: „Nun lass mal, Karl, bitte. Ich kann Dir nicht mehr sagen, weil da nicht mehr ist. Das Einzige, was ich noch sagen kann: Sie ist ein bisschen besser in der Schule als Du." Das sitzt. Martens hat verstanden. Und konzentriert sich auf Latein. Um sechs Uhr ist Hermann wieder zuhause. Der Himmel ist stark bewölkt, als er ins Bett geht, gießt es in Strömen. Heute wird es keinen Alarm geben, da sind sich in der Stadt die meisten sicher.

Im Siebertweg bringt Jan Rosen am Abend seine sturzbetrunkene Frau ins Bett. Er hat im Salon gesessen, Radio gehört und gelesen, hat gar nicht mitbekommen, dass sie oben ihre trüben Gedanken mit Hochprozentigem weggespült hat. Er legt sie aufs Bett, zieht ihr das Kleid und die Schuhe aus, die Strümpfe, und deckt sie zu. Später legt er sich daneben, hört ihr zu, wie sie leise schnarcht. Und denkt zurück an die Zeiten, in denen sie ein unbeschwertes Familienleben geführt haben. Bevor bei Philip schweres Asthma diagnostiziert wurde. Da war der Junge sechs Jahre alt. Von da an wurde alles anders. Und jetzt ist nichts mehr, wie es war.

Mittwoch, 20. Oktober 1943

In der Zentrale des Luftschutz-Warnkommandos herrscht schon am frühen Morgen konzentriertes Treiben. Man beobachtet feindliche Flugbewegungen über der Schelde-Mündung. Ungewöhnlich, schließlich hat der Tag erst begonnen und bisher haben nur amerikanische Flugzeuge Tagesangriffe versucht. Es sind keine großen Verbände unterwegs, aber basierend auf den Erfahrungen aus dem Luftkrieg sieht es ganz so aus, als könnten es feindliche Flugzeuge auf den Raum in der Mitte des Deutschen Reichs abgesehen haben – und die Mitte ist nun mal Kassel. Die

Verbände nähern sich dann südlich des Ruhrgebiets – und sie haben sich in Norddeutschland bereits aufgeteilt, die deutschen Jagdverbände wissen auch nicht genau, auf was und wen man sich konzentrieren muss. Eine komplizierte Situation – Kommando-Leiter Ludolf von Wahmbeck entschließt sich kurz vor neun Uhr, Alarm zu geben.

Als um neun Uhr der Fliegeralarm ertönt, schließt Opa Martens seinen Laden und geht in den Keller. Dort trifft er auf Waltrauds Eltern, auch der Blumenladen ist geschlossen. Zwei Kunden des Kolonialwarenladens sind ebenfalls mit in den Keller gekommen. In der Moltkestraße hockt Hermanns Vater käsebleich. Er hat noch Fieber, hat zwei Tage nichts gegessen und fühlt sich einfach schlapp. Die Schulen werden in wenigen Minuten geräumt – im Klassenverband geht es in die Bunker und Schutzräume.

Um 9.17 Uhr entschließt sich von Wahmbeck, Entwarnung zu geben. Zehntausende von Menschen atmen auf in der Stadt, wundern sich aber, dass der Alarm nur 17 Minuten gedauert hat. Von Wahmbeck ist ein vorsichtiger Mann, gibt eben lieber einmal mehr Alarm als einmal zuwenig – eine Ansicht, die nicht jeder teilt. Deshalb klingelt kurz nach der Entwarnung das Telefon. Der Gauleiter persönlich. „Sind Sie verrückt? Für die paar Minuten alle in die Keller zu schicken? Sie machen die Menschen doch völlig kirre. Gehen Sie bitte beim nächsten Mal etwas verantwortungsvoller mit ihren Informationen um.“ Und knallt den Hörer auf. Der Kommando-Leiter nimmt es gelassen. Er hat seine Vorschriften – Weinrich hat seine Ansichten. Im Zweifel zählen, auch an höherer Stelle, die Vorschriften.

Obwohl man in der Schule eine gewisse Routine im Umgang mit Fliegeralarm entwickelt hat, zerreißt eine solche Unterbrechung jedes Mal radikal den Vormittag. Die Schüler sind danach nicht mehr so konzentriert, eigentlich verbietet es sich, jetzt noch Klassenarbeiten zu schreiben. Doch Dr. Steffens, wie so manch anderer Kollege auch, zieht seinen Plan durch. Er steht vor der Klasse und sagt die Lateinvokabeln an, die sie zunächst einmal konjugieren müssen – zum Schluss kommt noch ein reiner Vokabeltest.

Was mit Steffens‘ Sohn ist – man weiß es nicht. Offensichtlich redet er auch im Kollegium nicht drüber, denn solche Informationen verbreiten sich aus dem Lehrerzimmer schnell über den Schulhof und durch die Stadt.

Die Jungen treten den Nachhauseweg an und schon auf dem Schulhof diskutieren sie die Fliegeralarme der vergangenen Tage. Lothar Nieft war der Schwarzseher der Klasse, weswegen man ihn auch „Unke“ getauft hatte. „Das wird nicht immer bei Fehlalarmen bleiben, irgendwann gibt es einen Knall, das sage ich Euch."

„Ja, und dann ist die Schule weg und wir haben den Rest des Krieges schulfrei", sagt Ernst Pötter. Die Jungen lachen – eine kleine Spur von Galgenhumor.

„Lacht Ihr nur, ich fühle irgendwie, dass uns was bevor steht," sagt Lothar Nieft. „Lasst es mal wieder wolkenlos sein am Himmel, ich sage Euch, dann seid gewappnet, dann zieht Euch warm an. Dann schauen wir mal, wer dann noch hier auf dem Schulhof lacht."

Was den Jungen nur umtreibt, fragt sich Hermann. Sie alle haben von den großen Angriffen auf Städte wie Hamburg und Hannover gehört. Jeder hofft natürlich, dass die eigene Stadt davon kommt.

„Da drüben, auf der anderen Seite vom Möncheberg, da ist Henschel. Panzer, Loks, was weiß ich denn, was die da noch an Waffen und Material bauen. Glaubt Ihr wirklich, der Feind weiß das nicht?" Nieft hat den letzten Satz beinahe geschrien, Angst steht in seinem Gesicht. Die Klassenkameraden sind still. Ahnen, dass er womöglich Recht hat. Wollen das aber nicht wahr haben. Sie wollen sich die Laune nicht verderben lassen. Doch genau das hat Lothar Nieft erreicht.

Am Nachmittag zieht sich Hermann seine HJ-Uniform an. Er prüft sein Aussehen im Spiegel, alles ist sauber, alles sitzt perfekt. Heute ist ein Kameradschaftstreffen mit der Marine-HJ im Gorch-Fock-Heim am Auedamm 23. Hermann geht durch die Stadt hinunter ans Fuldaufer und dann den Auedamm entlang. Die Sonne, die mit einigen Strahlen durch die Wolkendecke kommt, spiegelt sich im Fluss, das bunte Laub der Bäume auf beiden Seiten des Flusses ergibt ein Bild, das wohl kein Maler in diesen intensiven Farben auf eine Leinwand bringen könnte. Mutter hat ihm eine schriftliche Entschuldigung für sein Fehlen vor einer Woche geschrieben.

Der Nachmittag ist dann weniger ein Kameradschaftstreffen als eine Leistungsschau der beiden HJ-Gruppen, immer wieder wird militärische Disziplin geübt, antreten, marschieren – irgendwann ist es vorbei, Hermann kann nach Hause und geht diesmal einen anderen Weg, durch die Karlsaue, entlang des Hirschgrabens in Richtung Orangerie. Wie immer in ruhigen Momenten driften seine Gedanken zu Waltraud ab. Sie fehlt ihm, ihr Lachen, ihre Direktheit, die Blicke aus den blauesten Augen, die er je gesehen hat. Morgen wird es so weit sein und er überlegt, ob er ihr nicht auch einmal einen Zettel in den Briefkasten werfen sollte. Aber wissen ihre Eltern von diesem Nachhilfe-Arrangement? Nein, entscheidet er, besser nicht. Er wird das morgen mit ihr besprechen.

Auf dem Bollengrün spielt heute niemand Fußball, rund um die Karlswiese gehen viele Menschen um diese Zeit, es ist kurz nach sechs Uhr am Abend, spazieren. Viele Männer in Uniform, die meisten von denen sicherlich Heimaturlauber. Kurzes Glück zwischen langen Phasen der Ungewissheit und der Angst.

Zuhause ist Vater endlich auf dem Weg der Besserung. Er sitzt, allerdings im Schlafanzug, am Abendbrottisch. Aber richtig Appetit hat er noch nicht, Mutter hat eine große Kanne Tee gebrüht, sie hat irgendwo und irgendwie eine Extraportion Zucker aufgetrieben, den sie großzügig im Tee verrührt. „Du musst zu Kräften kommen", sagt sie zu ihrem Mann, der eigentlich süßen Tee nicht mag. Aber wenn er schon nichts isst…

Vater legt sich dann wieder hin, Mutter beginnt mit dem Abwasch, Hermann hat schon das Geschirrhandtuch vom Haken genommen – da kommt dieses Geräusch, das sie alle kennen. Die Sirenen. Es fängt beinahe leise an und steigert sich dann zum Warnton – zum zweiten Mal heute schon Fliegeralarm. Vater wirft sich einen Mantel über den Schlafanzug, sie nehmen alle ihre Köfferchen und gehen in den Keller. Diesmal ist der alte Wille wieder da und sitzt missmutig auf seinem Platz. Es ist die übliche gedrückte Stimmung, nur die kleine Sofie hat gute Laune, sie kommt zu Hermann und zeigt ihm ihre Puppe.

„Das ist Omas Puppe, die hat schon damit gespielt", verkündet sie.

„Wie heißt denn die Puppe?" will Hermann wissen. „Oma hat sie Berta genannt. Aber den Namen finde ich nicht schön. Soll ich sie Hermann nennen?" Sofie lacht und geht zurück zu ihrer Mutter.

„Du hast ja bald Geburtstag!" ruft Hermann ihr noch hinterher.

„Dann bin ich sechs und komme in die Schule!" kräht sie zurück. Ihre Mutter setzt sie sich auf den Schoß und nimmt sie in den Arm. Als wolle sie sie mit ihren Armen vor allem, was da möglicherweise von oben kommt, beschützen.

Doch es kommt wieder nichts von oben. Als die Entwarnung ertönt, schaut Hermann auf die Uhr. 20.21 Uhr, knapp eine halbe Stunde hat der Spuk gedauert. Wieder einmal geht es zurück in die Wohnungen. Selbst Sofie hat ihre Fröhlichkeit verloren und schlurft an der Hand der Mutter matt die Treppe nach oben.

In der Wohnung stellen sie die Sachen ab. „Was ich Dir noch sagen wollte", sagt Mutter zu ihm. „Möllers aus der 10 haben heute einen Brief bekommen." Hermann fährt der Schreck durch die Glieder. „Richard?" fragt er. Die Mutter nickt. Richard Möller ist gerade einmal 19 Jahre alt, hat sich freiwillig gemeldet, zum Leidwesen seiner Mutter. Möllers haben schon einen Sohn beim Polen-Feldzug verloren, auch der Vater ist im Krieg, jetzt also Richard, mit dem er früher häufig gespielt hat, obwohl er vier Jahre älter ist – war. Das war ein richtig guter Fußballer gewesen, wie oft haben sie im Hinterhof mit Richards altem Lederball Jonglieren auf dem Fuß geübt – links und rechts. „Wo denn?“ fragt er. „Russland“, antwortet die Mutter. Jetzt sind in der Wohnung im Haus nebenan noch die Mutter und die Tochter Frieda. Die ist 17, sie besucht die Berufsschule für Mädchen in der Schillerstraße. Hermann tut die Familie Leid, es beklemmt ihn regelrecht. „Für Führer, Volk und Vaterland“, denkt er – das wird auch in dem Brief gestanden haben. Wie bei Otto. Er denkt sich nur, wie weit die Hurra-Welt der HJ von der Wirklichkeit in Form dieser grauen Briefe entfernt ist.

Hermann geht ins Bett. Katzenwäsche mit dem Waschlappen und ein wenig Seife, heute sind auch die Füße mal dran. Es ist kurz nach neun, er wird noch ein wenig lesen, oder vielleicht versucht er sich auch einmal an einem Brief an Waltraud. Den kann er ihr ja morgen mitgeben. Er nimmt einen Bleistift, ein Heft, nimmt ein Buch als Unterlage und schreibt los. Er hat keine drei Worte geschrieben, da ertönen die Sirenen zum dritten Mal an diesem Tag. Es ist 21.20 Uhr.

Es ist 21.22 Uhr, als in der Zentrale des Luftschutz-Warnkommandos im Keller des Landesmuseums das Telefon klingelt. Es ist der Gauleiter und der Mann platzt vor Zorn. Er wird mit von Wahmbeck verbunden und brüllt so laut, dass der Leiter des Kommandos den Hörer nicht ans Ohr halten kann. „Sind Sie wahnsinnig? Rein in die Keller, raus aus den Kellern, was muten Sie eigentlich den Menschen zu? Können Sie die Lage nicht präziser beurteilen und dann genauer überlegen, wann Sie Alarm befehlen?“

Von Wahmbeck hat damit gerechnet und lässt Weinrich erst einmal Zeit, sich auszutoben. Als der endlich einmal kräftig durchatmen muss, fragt er: „Wo halten Sie sich derzeit auf, Herr Gauleiter?“

„In meiner Wohnung natürlich, was soll das?“

„Dann sollten Sie unbedingt einen Luftschutzraum aufsuchen, so wie es die Vorschriften verlangen. Vorschriften, die wir übrigens hier befolgen.“ Von Wahmbeck ist ein selbstbewusster Mann, seine Familie ist eng in der NS-Hierarchie verzahnt, er weiß, welchen Stellenwert der Zivilschutz genießt – und er weiß auch, dass Weinrich schwer in der Kritik steht. Mit einem „Guten Abend, Herr Gauleiter. Heil Hitler! Entschuldigen Sie mich, wir haben zu tun“, legt er auf. Und ahnt, wie Weinrich am anderen Ende kocht. Als das Telefon sofort wieder klingelt, hebt hier tief im Keller niemand ab.

Im Keller unter dem Blumenhaus sind alle mit den Nerven durch. Waltraud sitzt auf ihrem Platz, ein Täschchen vor sich und hat die Hände vor dem Gesicht gefaltet. Sie spricht ein Gebet, das erste seit Jahren. Am Ende schließt sie Hermann in die Bitten ein. Diesmal hat sie Napoleon nicht aus seinem Stall geholt, die beiden Fliegeralarme so kurz nach einander haben alles durcheinander gebracht. Es herrscht absolute Stille im Keller. Manchmal raschelt Kleidung, mal hustet jemand – mehr ist nicht zu hören. Draußen bleibt es auch ruhig. Aber es gibt einfach keine Entwarnung. Bei Fehlalarm ist nach etwa einer halben Stunde alles vorbei, aber die Sirenen wollen einfach nicht tönen. Was hat das zu bedeuten? Alle warten auf dieses eine Geräusch. Die Entwarnung. Oder den Schuss der Flak. Das Pfeifen einer Bombe. Eine Detonation. Nichts. Nach 50 Minuten dann endlich das erlösende Signal. Es ist 22.30 Uhr. Hier im Keller an der Wilhelmsstraße quälen sich wie überall in der Stadt müde, ausgelaugte, entkräftete Gestalten nach oben. Manche gehen nach draußen und schauen den wolkenverhangenen Himmel an. Alle anderen gehen gleich in die Wohnungen und versuchen, meist vergeblich, zu schlafen.

In der Kommandozentrale hat man lange gezögert mit der Entwarnung. Aber mittlerweile ist klar, dass die feindlichen Flieger weiter nach Osten unterwegs sind. Von Wahmbeck greift zum Telefon und ruft zuhause an. Er wohnt mit seiner Frau und seinen vier Kindern in Heckershausen, dort haben sie ein kleines Gutshaus. „Ich muss über Nacht bleiben“, sagt er seiner Frau, die aber schon damit gerechnet hat. „Dreimal Alarm – was hat das zu bedeuten?“ fragt sie leise nach. „Ich weiß es nicht, schlaft jetzt einfach“, sagt er und legt auf.

In dieser Nacht schreibt Hermann seinen ersten Brief an Waltraud. Dafür, dass er lange daran arbeitet, gerät der Text sehr kurz. Und zum Schluss ist er sich noch nicht einmal im Klaren darüber, ob er ihn morgen Waltraud auch geben wird. Er faltet ihn und steckt ihn zwischen die Seiten des Bandes „Winnetou III“.

Donnerstag, 21. Oktober 1943

Walter Donigk packt langsam das Reisefieber. Am Samstag um 8 Uhr wird er in den Zug steigen, ihm stehen zwei Tage Bahnfahrt bevor, er muss etliche Male umsteigen – und dann wird er wieder bei seiner Einheit sein. Weg von dieser Stadt, weg von diesen beengten familiären Verhältnissen, der ständigen Unsicherheit, ob man ihn doch noch als Mörder von Philip Rosen entlarven würde – und weg von diesen Bombenalarmen, die ihm, obwohl er so manche bedrohliche Situation an verschiedenen Kampfplätzen erlebt hat, langsam aber sicher die Nerven rauben. Das Sitzen im Keller und das Warten, ob einem nun eine Bombe aufs Haus fällt oder nicht, dass er zum Nichtstun gezwungen ist, sich nicht wehren kann – das ist für einen kampferprobten Mann wie ihn das Schlimmste. Er fühlt sich in diesem Keller als menschliche Schießscheibe – und dazu wurde er nicht ausgebildet. Er kann es nicht erwarten, packt bereits seinen kleinen Koffer und will noch am Vormittag seine Uniform komplett säubern, Mutter wird mit dem Bügeleisen für die richtige Form sorgen.

Der Schultag ist für Hermann und Waltraud, wenn auch in unterschiedlichen Schulen, ziemlich ähnlich. Die beiden Fliegeralarme in der Nacht – Gesprächsthema Nummer eins vor, nach der Schule und in den Pausen. In der sechsten Stunde hat Hermann Geschichte: Der Lehrer, Herr Wölffling, ist weit jenseits der 60, hat im Ersten Weltkrieg gedient und da bei der noch so jungen Luftwaffe angeblich zunächst in Heißluftballons Aufklärungsflüge gemacht und später sogar nach einer Pilotenausbildung im Jagdflugzeug gesessen. Er beschäftigt sich in seiner Freizeit mit Luftkriegstaktiken und erklärt seinen Schülern nun nicht, wie vorgesehen, die Epoche Karl des Großen. Nein, Wölffling erläutert der Klasse die Überlegungen der Luftschutz-Kommandos, wann und warum man Fliegeralarm auslöst. Am Ende der Schulstunde ist die Tafel voll mit groben Karten des Reichs mit Kassel in der Mitte, mit Pfeilen, die feindliche Flugbewegungen darstellen. Immerhin, die Jungen folgen ihm 45 Minuten hoch interessiert, anders als sonst im Unterricht. Geschichte in der sechsten Schulstunde ist allerdings auch nicht unbedingt ein Wachmacher. Warum sich denn die Fliegeralarme so häufen, beispielsweise mit den dreien am gestrigen Mittwoch, will Lothar Nieft wissen. Das liege, so der Lehrer, daran, dass das Luftwarnsystem mittlerweile ausgeklügelter sei als noch zu Kriegsbeginn. Ob denn dann damit zu rechnen sei, dass bei einem so ausgeklügelten System künftig noch häufiger Alarm gegeben werde, fragt der dicke Martens. Eine Frage, die Wölffling nicht so richtig gefällt. Aber bevor er dazu kommt, ausführlich zu antworten, klingelt es. Die Schule ist aus.

„Und was haben wir jetzt gelernt?“ fragt Hermann auf dem Heimweg. „Wir wissen jetzt, dass dank der Aufklärung endlich mal deutlich wird, wie oft es Luftangriffe gibt. Haben wir vorher nicht gewusst, deshalb gab es weniger Alarm. Also: Alles Gute heute im Keller!“ sagt Lothar Nieft und entschwindet.

„Diese Unke“, brummt Martens. „Und ein bisschen hat er Recht,“ sagt Walter Herbst. Das wissen sie alle und fröhlich stimmt das keinen.

Die Mädchen haben auf dem Heimweg die Bombenalarme verdrängt, allerdings haben sie auch keine Lehrerin, die ihnen Luftkriegstaktiken erklären könnte. Ein paar von ihnen verabreden sich für den Nachmittag, sie wollen Kastanien sammeln. In der Karlsaue. Waltraud ist nicht dabei, die Freundinnen wollen wissen, was sie denn vorhat.

„Ich habe Nachhilfe in Mathe", sagt sie. „Und wie heißt die Nachhilfe, wie sieht sie aus?" will Klara Gerber wissen, das Mädchen das in der Schule neben ihr sitzt. Sie kichert, die vielen hellen Sommersprossen, die sie auch im Winter hat, tanzen dabei im Gesicht.

„Ihr spinnt", sagt Waltraud, etwas verlegen, was die anderen natürlich sofort merken. Zum Glück sind sie bald an der Wilhelmsstraße, die anderen müssen weiter Richtung Altstadt, Waltraud hat erst einmal ihre Ruhe. Bis morgen. Und sie muss, wenn sie sich mit Hermann am Marmorbad trifft, unbedingt darauf drängen, dass sie wieder auf die andere Flussseite gehen. Sonst läuft sie Gefahr, von den Mädels, die Kastanien sammeln, gesehen zu werden.

Jan Rosen verlässt mittags die Kanzlei seines Notars am Spohrplatz. Er ist nun Eigentümer einer Reihe von Mietshäusern, die er in einigen Stadtteilen erworben hat. Der Notar, Dr. Friedemann Eilers, hat in den vergangenen Tagen alles geräuschlos abgewickelt, er, beziehungsweise sein Vater, leisten der Familie Rosen seit Jahrzehnten gute Dienste. Eilers ist auch mit der Verwaltung des neuen Eigentums beauftragt. Rosen geht zufrieden Richtung Rathaus, will im Ratskeller ein Glas Wein trinken und eine Kleinigkeit essen. Es ist nicht das erste Haus am Platz – aber er kennt den Wirt Hubert Teuteberg seit Schulzeiten, die Räumlichkeiten mit den Nischen am Rand versprechen eine ungestörte Mahlzeit und vielleicht kann er mit Teuteberg einfach mal ein unbeschwertes Gespräch führen, ohne Probleme wälzen zu müssen. Es nieselt leicht, als er ankommt. Es ist fast 14 Uhr, die Küche schließt eigentlich um zwei, doch Rosen geht am etwas mürrisch drein blickenden Personal einfach vorbei Richtung Theke, wo Teuteberg Notizen in ein Buch macht. Er hat Rosen noch nicht gesehen und zuckt zusammen als der sagt: „Ich konnte nicht früher, kriege ich bei Dir noch was zu essen und einen anständigen Schluck Wein?" Teuteberg freut sich sichtbar, kommt um den Tresen und dann mit weit ausgebreiteten Armen auf Rosen zu. „Was immer Du willst, Jan, das weißt Du doch. Mensch, warum kommst Du nicht öfter?" Es gibt Momente, da fühlt sich Rosen hier mehr zuhause als am Siebertweg. Dies ist jetzt so einer.

Es nieselt immer noch, als Hermann kurz vor vier am Marmorbad eintrifft. Er hat einen Schirm dabei und sucht sich erst einmal eine Stelle, die der Regen nicht erreicht, der Wind kommt leicht von Norden, also wählt er die Südseite. Waltraud lässt nicht lange auf sich warten. Hermann ist aufgeregt, als er sie sieht. Sie trägt einen dunkelgrauen Rock, den er auch schon einmal an ihr gesehen hat, eine schwarze Jacke gegen den Regen und auch sie hat einen Schirm. Sie begrüßen sich etwas förmlich und Waltraud erzählt gleich von ihren Klassenkameradinnen, die sich hier in der Nähe beim Kastaniensammeln herumtreiben müssen. Also ziehen sie gleich los, an der Hessenkampfbahn entlang Richtung Drahtbrücke, überqueren den Fluss, auf dem wegen des Wetters so gut wie nichts los ist. Auf der anderen Seite suchen sie nach einem trockenen Platz, finden ihn bei einem Bootshaus, wo in einem Unterstand Kanus gelagert sind. Daneben ist ein Tisch, links und rechts daneben jeweils eine Bank – ideal für die beiden, zumindest zum Lernen. Am Bootshaus ist niemand, wahrscheinlich ist hier nur am Wochenende was los. Hermann möchte seinen Zettel gern loswerden, Waltraud legt erst einmal ihr Mathebuch raus.

„Was macht Ihr denn zur Zeit?“ fragt Hermann.

„Lass uns mal gemeinsam die Hausaufgaben durchgehen“, sagt Waltraud. Sie sagt es sehr sachlich und Hermann hat plötzlich ein komisches Gefühl.

„Was ist denn los?“ fragt er plötzlich und berührt ihren Arm mit seiner linken Hand. Sie schaut ihn an und was er sieht, bereitet ihm Schmerzen. Ihr rollt eine Träne vom rechten Auge die Wange herunter.

„Papa will, dass Mutter und ich am Wochenende zu meinem Onkel auf dessen Hof nach Eschwege ziehen, wegen der Fliegeralarme der letzten Wochen, er sagt, es wird zu gefährlich für uns.“

Hermann fühlt sich wie vom Blitz getroffen. Eschwege. Er war noch nie da, das ist für ihn eine Tagesreise, wenn nicht mehr. Waltraud weg. Jetzt ist es an ihm, dass sich die Augen mit Tränen füllen. Dabei weint ein deutscher Junge doch nicht. So ein Quatsch. Sie sitzen sich da gegenüber, Hermann auf der einen Seite des Tischs, Waltraud auf der anderen. Er hat vor Schreck seine Hand zurückgezogen. Zum Glück läuft ihm keine Träne aus den Augen, doch Waltraud hat das natürlich bemerkt. Ganz langsam streckt sie ihre Arme in seine Richtung aus. Er greift die Hände mit seinen und wundert sich, wie zart sich ihre Haut anfühlt.

„Was soll ich denn tun?“ fragt sie leise. Er zuckt mit den Schultern. „Darf ich Dir denn wenigstens schreiben? Lässt Du mir die Adresse da?“ Und dann passiert es doch, die Sache mit der einen Träne. Da hält es das Mädchen nicht mehr, sie steht auf, kommt auf die andere Seite und setzt sich neben Hermann. Der duftet nach Seife, hat sich extra noch einmal gewaschen am Nachmittag. Wie auf ein Kommando nehmen sie sich in den Arm und legen den Kopf auf die Schulter des anderen. Beide mit dem Gefühl: ‚Ich lass' Dich nicht mehr los.'

Sie haben die Welt um sie herum vergessen, aber in der, zumindest in der näheren Umgebung, tut sich auch nichts. Sie sitzen da und besprechen alles. Waltraud wird ihren Eltern von ihm erzählen, vielleicht kann er mal an einem Samstag mit dem Zug kommen, übernachten wird er nicht können, das werden weder ihre Mutter noch seine Eltern erlauben. Sie bauen sich für die Zukunft allerlei kleine Inselchen, die dann nur für sie beide reserviert sind. Auch Waltraud wird mit ihrer Mutter mal wieder nach Kassel kommen, und Eschwege ist ja nicht komplett aus der Welt. Langsam löst sich der Druck in Hermann. „Aber dann will ich Dich morgen und übermorgen nochmal sehen", sagt er leise.

Waltraud hat wieder das zwiespältige Gefühl: Glück auf der einen Seite, dass es so ist, wie es ist. Und Traurigkeit auf der anderen, dass es mit Eschwege so kommt, wie es kommen wird. Als sie sich das nächste Mal ansehen, ihre Augen so blau so tief in ihn hinein schauen, seine sanften Augen ihr Herz in Watte packen – da kommen sich die Köpfe plötzlich näher. Und alles endet im ersten zarten Kuss ihres Lebens. Dass dem ersten kurze Zeit später ein zweiter, viel innigerer folgt, ist auch der Tatsache geschuldet, dass sich mal wieder ein unsanfter Glockenschlag einmischt und ihnen sagt, dass sie nach Hause müssen. Sie gehen über das Gelände, es hat aufgehört zu regnen. Waltraud hat ihren Schirm vergessen, Hermann rennt zurück und holt ihn. Den Rest des Weges bis zum Eingang zum Gelände legen sie Hand in Hand zurück.

Auf dem Bürgersteig ist plötzlich wieder Realität. Sie gehen nebeneinander her und Hermann wird bewusst, dass mit jedem Schritt, den sie gehen, die Trennung näher rückt. Er schiebt das bedrückende Gefühl mit aller Macht zur Seite. Sie nähern sich der Drahtbrücke, gehen hinauf, an den dicken Drahtseilen vorbei auf die sehr schmale Brücke. Ihnen kommt ein Mann in SS-Uniform entgegen, mit dunklen Haaren, Waltrauds Schritte verlangsamen sich. „Was ist los?" fragt Hermann. Der Mann schaut auf den Fluss, Hermann merkt, dass sich Waltrauds Augen vor Entsetzen geweitet haben. Jetzt fällt der Groschen bei ihm, dass muss der Mann sein, den sie in der Nacht gesehen hat, als Philip Rosen ermordet wurde. Ihnen kommt der Mörder entgegen. Zum Glück sind sie nicht allein auf der Brücke, hinter ihnen und am anderen Ende kommen ebenfalls Leute. Waltraud bleibt stehen, hält sich am Brückengeländer fest und starrt den Mann an. „Wir müssen weiter, sonst merkt der was!" flüstert ihr Hermann ins Ohr. Er steht neben Waltraud, legt ihr den Arm um die Schultern, als wolle er sie in seinen Armen verbergen. Plötzlich schaut der Mann sie im Vorbeigehen an, der kalte Blick macht Hermann Angst. Er stiefelt mit schwerem Schritt an ihnen vorbei, Hermann schiebt Waltraud an, sie gehen los, erst langsam, dann immer schneller, reden kein Wort. Nur weg hier, Waltraud muss in die Sicherheit ihres Zuhauses, sie rennen fast und wollen eigentlich nicht auffallen. Waltraud muss nichts sagen, Hermann weiß Bescheid.

Walter Donigk ist in Gedanken schon im Zug, weg von Kassel. Er hat noch eine Runde gedreht durch die Karlsaue, ohne Ziel, ohne Zeit, einfach so, um die Zeit totzuschlagen. Fühlt sich in der Uniform besser, bedeutender, deshalb hat er sie angezogen. Hat keine Bekannten getroffen, hat einen Nachmittag für sich. Er hat erneut einen Haken an den Fall Philip Rosen gemacht, die Sache ist durch, hat er sich gesagt, sonst hätte er sich auch nicht in Uniform auf die Straße getraut.

Als er am Ende der Drahtbrücke ankommt, fällt ihm blitzartig das Mädchen mit den blauen Augen auf der Brücke ein. Sie hat ihn komplett entsetzt angestarrt. Und war es nicht so? Hatte man ihm nicht gesagt, eines der beiden Mädchen sei um die 15, blonde Haare, blaue Augen? Alles in ihm schlägt Alarm und er macht sofort kehrt. Rennen darf er nicht, aber schnell gehen – damit fällt man nicht auf, man kann es ja mal eilig haben. Auf der Brücke sieht er das Mädchen mit einem Jungen an ihrer Seite gerade am anderen Ufer ankommen. 150 Meter werden das sein. Sein Herz rast und er eilt hinterher.

Hermann und Waltraud rennen die Treppen hoch zum Schloss, queren Schlossplatz und Marställer Platz, wollen im belebtesten Teil der Altstadt bleiben. Am Marstall bleiben sie kurz stehen, Hermann linst um die Ecke und sieht, wie der Mann, der hinter ihnen her ist, näher gekommen scheint. „Weiter!" sagt er und schiebt Waltraud an. Sie queren die Königsstraße, den Königsplatz, sie sind nicht auf direktem Weg zur Wilhelmsstraße unterwegs, Kölnische Straße hoch, links in die Wolfsschlucht. Hermann schaut erneut um die Ecke, der Mann hat sich nicht abschütteln lassen. Ist näher gekommen. Ein paar Sekunden rennen sie, dann geht es wieder in eiligem Schritttempo weiter. Am Ende der Wolfsschlucht in Höhe der Sparkasse zieht Waltraud ihn in einen Hauseingang, sie kommen auf einen Hinterhof, queren den nächsten und stehen irgendwann hinter dem Blumenhaus, Hermann sieht die kleinen Gewächshäuser und staunt, als er den kleinen Kartoffelanbau sieht. Sie gehen in die Hocke, eher instinktiv denn überlegt, warten mit schnellem Atem. „Du musst ins Haus, da bist Du in Sicherheit", stößt Hermann hervor. Waltraud nickt, nimmt ihn an der Hand und sie gehen durch eine breite hölzerne Tür ins Innere. Durch ein Treppenhaus in einen Raum, in dem offenbar alle handwerklichen Arbeiten des Ladens verrichtet werden. Er sieht Blumenabschnitt auf dem Boden, Messer, Scheren. Dann geht Waltraud voran in den Laden. „Mutti", sagt sie, eine dunkelhaarige Frau, die an der Kasse steht, dreht sich um und schaut Hermann erstaunt an. „Das ist Hermann, er hat mir schon ein paar Mal Nachhilfe in Mathe gegeben."

Bevor die Mutter etwas sagen kann fährt Waltraud fort: „Wir haben ihn wieder gesehen. Der Mann. Er ist uns gefolgt. Vielleicht taucht er gleich hier auf. Hermann weiß übrigens Bescheid."

Die Mutter ist überrumpelt, reißt sich aber zusammen, zum Glück ist kein Kunde im Laden. „Dann hoch in die Wohnung, Du verlässt das Haus nicht, Vater ist gleich zurück, er liefert etwas aus. Dann komme ich auch hoch."

Waltraud sieht Hermann an: „Du musst nach Hause, ich bin in Sicherheit. Denk dran, dass wir morgen noch üben wollen. Wie heute." Sie dreht sich um und verschwindet durch die Tür, durch die sie gekommen sind.

Hermann steht da, unsicher. „Entschuldigung", sagt er unbeholfen.

„Schon gut", sagt die Mutter, „Danke, dass Du Waltraud nach Hause gebracht hast. Wo wohnst Du denn?"

„Moltkestraße", antwortet der Junge. „Dann mal los, ich kümmere mich gleich um Waltraud."

Hermann verabschiedet sich höflich und tritt auf die Straße, hinter ihm schließt Waltrauds Mutter das Geschäft. Hermann schaut sich um, kann den Mann aber nirgendwo entdecken. Er beschließt, über den Ständeplatz nach Hause zu gehen. Immer wieder bleibt er stehen, blickt sich verstohlen um, doch niemand folgt ihm. Zuhause warten die Eltern bereits. „Du wolltest um kurz nach sechs Uhr zuhause sein", sagt der Vater mit strengem Ton. „Es ist fast halb sieben. Zur Strafe bleibst Du morgen Nachmittag zuhause. Ich gehe wieder an die Arbeit, Mutter wird aber da sein. Halte Dich gefälligst an die Abmachungen!"

Das Abendessen ist versaut, er muss morgen nach der Schule versuchen, Mutter die Situation zu erklären. Die wird ihn nicht aus dem Haus lassen, aber vielleicht kann er Martens einen Zettel mitgeben und Waltraud könnte in die Moltkestraße kommen... Apropos Zettel: In der gesamten Aufregung hat er vergessen, Waltraud seinen kleinen Brief zu geben. Ihm ist nicht gut bei all den Aussichten und er will früh ins Bett.

Um 20.20 Uhr werden die Nerven der Menschen in der Stadt wieder strapaziert. Der nächste Alarm. Es ist eine kurze Episode. Um 20.44 Uhr kommt die Entwarnung. Und wie bei jedem Alarm, gerade abends und in der Nacht, hallt das furchtbare Geräusch der Sirenen loch lange in den Köpfen nach.

Walter Donigk hat die beiden nicht bis zum Schluss verfolgt. Er will nach wie vor nicht auffallen in der Stadt. Er weiß ja, wohin vor allem das Mädchen hin will, der Junge interessiert ihn erst einmal nicht. Er würde auch nicht als Zeuge taugen – jemand, der sagen kann, dass er derjenige ist, den seine Freundin angeblich gesehen hat... Da lacht jeder Richter, denkt er sich. Vor allem dann, wenn das Mädchen nicht mehr existiert. Denn das genau ist sein Plan. Er muss hier klare Verhältnisse schaffen, am Samstag ist er weg, weder das Mädchen noch seine Familie kennen seinen Namen. Aber die Zeit drängt.

Als der Alarm ertönt, ist er, diesmal in Zivil, wieder unterwegs in der Nachbarschaft des Blumenhauses. Die Menschen beeilen sich, in Luftschutzräume zu gelangen, er versteckt sich in einer Einfahrt, horcht Richtung Himmel. Da ist nichts zu hören, der Himmel ist voller Wolken, nach menschlichem Ermessen dürfte nichts passieren. Er quert die Wolfsschlucht, geht mit leisen Schritten auf der gegenüberliegenden Seite Richtung Hinterhöfe. Schaut zu den Fenstern hoch, die alle verdunkelt sind. Kein Licht brennt. Er pirscht sich langsam Richtung Wilhelmsstraße vor und landet auf einem Hof mit ein paar Gewächshäusern. Das muss der Blumenladen sein vor ihm. Am Rand steht ein Käfig, offenbar für Hasen, die Tür ist auf, der Käfig ist leer.

Als er kürzlich das Haus observiert hat, da hat er das Mädchen nicht zu Gesicht bekommen. Er vermutet, dass sie damals schon den Hintereingang benutzt hat. Sie wird es wieder tun – und er wird bereit sein. Zufrieden geht er nach Hause, kaum ist er wieder auf der Straße, hört er den Entwarnungston.

Waltraud Wittwer verlässt den Keller, Napoleon auf dem Arm. Er bekommt noch einen Kuss aufs Fell und muss dann wieder in den Käfig. Sie schaut sich im Dunkeln um – aber da ist niemand. Außerdem ist ihr Vater in einem der Gewächshäuser. Noch nie hat sie auf dem Innenhof ein so unheimliches Gefühl gehabt.

Freitag, 22. Oktober 1943

Am frühen Morgen hängt Nebel über der Stadt. Das ist meist ein Zeichen für gutes Wetter, irgendwann in den nächsten Stunden wird die Sonne das Nebelgrau verdrängen. Als Hermann aufwacht, ist der Vater schon zur Arbeit. Er öffnet die Verdunkelungsvorhänge, draußen scheint die Sonne, er schaut nach oben – es ist ein wolkenloser Himmel. Sofie hat ihr erstes Geburtstagsgeschenk, denkt er, das schöne Wetter. Er hofft, sie heute zu sehen und gratulieren zu können. Er erinnert sich an seinen kleinen Hausarrest am Nachmittag und beschließt, noch beim Frühstück mit seiner Mutter zu reden.

Er löffelt sich den Zucker über seinen Muckefuck mit den Brotstücken, verrührt das Ganze. Mutter merkt, dass irgendetwas los ist. Und wartet ab. „Du hast ja neulich Waltraud kennengelernt", fängt er an. Mutter schmunzelt innerlich. „Es ist so, also, sie hat mir gestern gesagt, dass sie mit ihrer Mutter am Samstag evakuiert werden, also, ihr Vater hat beschlossen, dass sie bei seinem Bruder sicherer aufgehoben sind. Der hat einen Hof in oder bei Eschwege." Er schaut Mutter an. Reicht das schon an Informationen? Dem Gesichtsausdruck der Mutter nach reicht es nicht. „Also, ich sehe sie dann lange nicht, ich meine, sie reisen morgen ab! Verstehst Du? Wir hatten uns für heute zur Nachhilfe verabredet – und nun darf ich ja nicht aus dem Haus." Er lässt den Kopf hängen. „Vielleicht, vielleicht kann sie ja zu uns kommen..." schiebt er nach.

Mutter denkt kurz nach. „Ich habe Deinem Vater von dem Mädchen erzählt," fängt sie an. „Ich kann mir nicht vorstellen, dass er angesichts dieser neuen Situation etwas dagegen hätte, wenn Du heute Besuch bekämst."

Hermann fällt ein Stein vom Herzen. „Danke", sagt er, schiebt den letzten Löffel mit Brot und Zucker in den Mund, stellt die Tasse an der Spüle ab, nimmt seine Schultasche und verschwindet. In der ersten Pause muss er unbedingt den Brief an Waltraud schreiben. Und Martens muss als Briefträger funktionieren. Hoffentlich ist der heute nicht krank. Als er auf die Weserstraße einbiegt, sieht er das breite Kreuz des Klassenkameraden von hinten. Die erste Hürde wäre also geschafft.

Man weiß ja nie, denkt sich Artur Drachsel, als er sich am Morgen seinen besten Anzug anzieht und sich auch seine beste Krawatte umbindet. Als er Charlotte kennenlernte, konnte er keinen Krawattenknoten binden. Wenn er sie zum Tanzen abholte, dann musste sie ihm immer die Krawatte richten. Sie hat es ihm dann beigebracht. Wie so manches im Leben. Nicht nur deshalb ist sie seine Traumfrau, beinahe jeden Tag ist er glücklich, dass er sie hat.

Bevor er geht, stellt er sich ihrem prüfenden Blick. „Gut sieht er aus, der Kommissar", sagt sie, legt die Arme um ihn und verabschiedet sich mit einem Kuss auf den Mund. Drachsel fährt kurz ins Büro und bricht dann zur Stadthalle auf, wo er dem Vortrag von Max Planck lauschen will. Der Saal ist zum Bersten voll, Drachsel findet einen Platz in einer hinteren Reihe – was ihn nicht stört, so kann er im Zweifel schneller raus.

Im Luftschutz-Warnkommando ist man unruhig an diesem Morgen. Der wolkenlose blaue Himmel ist der Grund für die Sorgen, die Wetterprognosen sagen, dass sich die Wetterlage auch in der Nacht nicht ändern wird. Das, weiß von Wahmbeck wie auch alle anderen hier tief unter der Erde, ist das ideale Wetter für einen Bombenangriff. Aber diese Wetterlage gibt es auch andernorts im Reich. Es muss nicht sein, dass Kassel das Ziel sein wird. Aber dass es ein Ziel in der Nacht geben wird, da sind sich alle einig. Wenn es einen Angriff gibt, dann kann man nur hoffen, dass die deutschen Jäger rechtzeitig da sind um den Angriff entscheidend zu stören. Aber gelungen ist das denen seit Monaten nicht mehr.

In der ersten Pause setzt sich Hermann in eine Ecke des Schulhofs und schreibt ein paar Zeilen an Waltraud, erklärt die Situation und bittet sie, zur vereinbarten Zeit zu ihm zu kommen. Martens wird er den Zettel erst nach der Schule geben, sonst steckt der Dicke das Blatt in seine Schultasche und vergisst es.

In der Wilhelmsstraße haben Lieselotte und Wolfgang Wittwer, nachdem Waltraud zur Schule gegangen war, alles besprochen. So schnell wie möglich, so haben sie es beschlossen, sollen Mutter und Tochter aus Kassel abreisen, gleich morgen früh will der Vater sie mit dem Auto, das sie wegen des Geschäfts haben, nach Eschwege bringen. Renate, die am Abend noch kurz zu Besuch war, hat sich bereit erklärt, den Laden morgen zu übernehmen. Außerdem hilft ihr ja Fräulein Orth, das Lehrmädchen. Von der Polizei erhoffen sie sich keine Hilfe; eine erneute Aussage Waltrauds würde keinen Sinn machen. Der vermeintliche Mörder ist ja bereits gehängt worden. Sie weiß keinen Namen, keine Adresse – wo soll man da mit der Suche nach dem Mann anfangen?

Lieselotte Wittwer fängt am Vormittag an zu packen. Den Hasen nehmen sie auch mit, auf dem Bauernhof hat er es sicher besser als hier auf dem Hinterhof. Am liebsten würden sie heute schon fahren, aber Renate muss noch arbeiten und am Nachmittag muss noch ein Kranz für eine Beerdigung ausgeliefert werden. Sie packt alles ein, was sie an Garderobe, Bettwäsche, persönlichen Utensilien haben. Der Aufenthalt kann dauern, vielleicht sogar bis Kriegsende.

Walter Donigk streicht am Vormittag rund um die Wolfsschlucht durch die Straßen und schaut in manchen Hinterhof. Das Mädchen ist vormittags in der Schule, wenn sie danach nach Hause kommt, kriegt er seine erste Chance. Er hat in der Nacht noch einmal seine Optionen erwogen: Er reist zwar morgen ab – aber er muss verhindern, dass die Kleine womöglich noch einmal zur Polizei geht. Jetzt kann sie ihn besser beschreiben, mit Uniform, Dienstgrad. Man wird das alles eingrenzen und überprüfen können und dann kommt man ihm schnell auf die Schliche. Und wird ihn im Zweifel auch bei seiner Einheit festnehmen. Ein Mord an einem Fabrikantensohn – so ein Subjekt wird man in der SS nicht dulden, nein, das wird er nicht überleben. Er muss handeln. Und das kann er nur noch heute.

In der Stadthalle ist es mucksmäuschenstill, als der alte Herr, der Nobelpreisträger, seine Rede hält. Zwischen den Zeilen, denkt sich Drachsel, wird er manche Botschaft los, die den anwesenden Parteioberen möglicherweise nicht gefällt. Wenn sie denn verstehen, was Max Planck sagt. Drachsel notiert sich einige Passagen: „In der drangvollen Gegenwart, die tagtäglich von ungezählten Menschenkindern schwerste Opfer von Gut und Blut fordert, bleibt dem einzelnen nichts übrig, als ein tapferes Ausharren im Lebenskampf und eine stille Ergebung in den Willen der höheren Macht, die über ihm waltet. Denn ein rechtlicher Anspruch auf Glück, Erfolg und Wohlergehen im Leben ist niemandem von uns in die Wiege gelegt worden. Darum müssen wir eine jede freundliche Fügung des Schicksals, eine jede frohe verlebte Stunde als ein unverdientes, ja als ein verpflichtendes Geschenk entgegennehmen." Der 85-Jährige ist wirklich ein kluger Mann und Drachsel ist froh, den Vortrag gehört zu haben.

Nach dem Vortrag scharen sich die Menschen um den Nobelpreisträger. Drachsel gesellt sich dazu, bekommt Teile der Unterhaltung mit. Planck, so stellt sich heraus, ist zu Gast bei Verwandten, dort wird er auch die kommende Nacht mit seiner Frau verbringen. Drachsel bewundert die Geduld des Mannes im Umgang mit den vielen Menschen um ihn herum, kurze Zeit später kehrt er geradezu beschwingt zurück ins Büro.

Als Waltraud Wittwer von der Schule nach Hause kommt, trifft sie in der Wilhelmsstraße Juliane Köhler, die im Nebenhaus wohnt. Die beiden verstehen sich gut, besuchen aber unterschiedliche Schulen. Gemeinsam gehen sie, laut erzählend, nach Hause, das gute Wetter färbt ab, vor dem Blumenladen schnuddeln sie noch eine Weile, manche Passanten wundern sich über die beiden, die so herzhaft miteinander lachen. Als Waltrauds Mutter aus dem Laden heftige Zeichen macht, verabschieden sie sich.

Walter Donigk flucht innerlich. Seine erste Chance ist dahin.

Als es an der Wohnungstür klopft, ist Waltraud sehr vorsichtig. „Wer ist da?" ruft sie aus dem Flur.

„Ich bin's, Karl!" antwortet die bekannte Stimme aus dem Treppenhaus. Sie öffnet die Tür und der dicke Martens reicht ihr einen Zettel. „Von Hermann!" sagt er mit bedeutungsvollem Blick. Sie nimmt das Blatt, dankt ihm und geht in ihr Zimmer. Liest die Zeilen und aufgeregt rennt sie in den Laden, bespricht alles mit ihrer Mutter.

„Kind, ich lasse Dich ungern allein durch die Stadt laufen. Das klingt jetzt blöd für Dich, aber ich bringe Dich hin!" Waltraud versteht die Sorge der Mutter – und sie hat ja erstens keine Wahl und zweitens ist das Ganze nach gestern eine mulmige Situation. Klar, in der Stadt sind immer viele Menschen unterwegs, was soll da passieren? Aber diskutieren bringt jetzt nichts, sie beschließen, kurz vor vier loszugehen.

Im Keller, tief unter dem Landesmuseum, hat Ludolf von Wahmbeck am Vormittag eine Mütze Schlaf genommen. Gegen elf hat man ihn geweckt, es gibt keinerlei Anzeichen, dass sich am Himmel über der Nordsee etwas zusammenbraut. Zumindest die nächsten Stunden wird man Ruhe haben, jede kleine Veränderung bei Flugbewegungen wird sofort registriert und analysiert. Von Wahmbeck hat ein ungutes Gefühl. Eines, das er in dieser Art noch nicht gehabt hat in den vergangenen Monaten, selbst am 3. Oktober nicht, als hunderte von Flugzeuge den Angriff auf Kassel vorhatten.

Als Waltraud und ihre Mutter am Nachmittag das Haus verlassen, gehen sie direkt zur Königsstraße runter, die Mutter will noch einmal einen kleinen Schaufensterbummel machen, bevor sie morgen in die Ruhe auf dem Land flüchten. Da gibt es keine Schaufenster, keine Straßenbahnen, keine Flut von Passanten. Das Geräusch der Stadt, sie will es noch einmal ausgiebig hören. Sie ist ein Stadtkind, hat nie etwas anderes gesehen als Kassel – ein wenig Respekt vor den nächsten Monaten in ungewohnter Umgebung hat sie schon. Und auch vor der ungewohnten Arbeit auf dem Bauernhof. Doch der Schaufensterbummel ist nichts anderes als eine ständige Konfrontation mit dem Mangel. Die Schaufenster der Geschäfte sind ziemlich leer, die wenigen Waren großzügig als Auslage drapiert, die Lage der Bevölkerung spiegelt sich hier wider. Die beiden verlieren kein Wort darüber, kaufen wollen sie ohnehin nichts, auf dem Land würde man nichts mit neuen Schuhen anfangen können. Lieselotte Wittwer liefert ihre Tochter in der Moltkestraße ab, wartet noch, bis Waltraud im Hauseingang verschwunden ist. In einer Stunde will sie sie wieder abholen, die Zeit drängt, sie kann die Enttäuschung des Mädchens verstehen, aber die Umstände sind nun einmal so, dass man sich nach ihnen richten muss und nicht umgekehrt.

Waltraud hat Hermanns Mutter ein lila Stiefmütterchen in einem kleinen, braunen Tontopf mitgebracht. Gerda Siebert freut sich sehr darüber, hat nun gar nicht damit gerechnet, dass Hermanns Freundin so höflich und aufmerksam ist. Obwohl, er will ja nicht, dass sie das Mädchen so bezeichnet. Hermann steht verlegen im Flur rum, murmelt „tut mir Leid, dass ich Dir solche Umstände mache." Das mit dem Stubenarrest ist ihm peinlich, er ist ja schließlich keine acht Jahre mehr. Sie gehen in sein Zimmer, lassen aber die Tür auf. Und haben nur ein Thema: Was wird sein, wenn Waltraud in Eschwege ist. „Eigentlich ist es ja nicht in Eschwege, sondern der Hof ist in Langenhain, das ist ein kleines Dorf in der Nähe."

„Warst Du denn schon mal da?" Hermann fragt ihr ein Loch in den Bauch, er will alles wissen, wenn er an Waltraud denkt in den nächsten Tagen, Wochen, Monaten, dann will er ein Bild im Kopf haben, will sich vorstellen können, wie sie lebt.

Ja, Waltraud war schon häufig dort. Sie haben ja wegen des Blumenladens ein Auto, und da ist man dann schon in zwei Stunden dort. Sie mag ihren Onkel und ihre Tante, sie mag den Hof mit den Tieren – weiß aber auch, dass es etwas anderes ist, wenn man ständig dort lebt und täglich anpacken muss.

„In einem Jahr bis Du eine Bäuerin", lacht Hermann.

„Und habe Schwielen an den Händen, die wirst Du dann nicht mehr anfassen wollen", sagt das Mädchen mit einem ernsten Blick.

Hermann ergreift ihre linke Hand. „So ein Unsinn..."

„Wie willst Du mich denn besuchen?" fragt sie.

„Mit dem Fahrrad?" fragt Hermann zurück. „In drei Stunden kann man das bestimmt schaffen." Er hat kein Fahrrad, muss sich also eins besorgen. „Ich müsste halt nebenher arbeiten, damit ich mir eins kaufen kann."

Waltraud nickt. „Vielleicht kannst Du ja meinem Vater im Blumenladen helfen", sagt sie plötzlich.

„Aber ich kann doch ein Gänseblümchen kaum von einer Rose unterscheiden", meint er.

„Du sollst da ja auch anpacken und keine Blumensträuße binden", lacht Waltraud.

Es ist eine ungewöhnliche, komische Stimmung. Beschwingt einerseits, bedrückt und bedroht vom nahen Abschied andererseits. Die Stunde verfliegt, Waltraud muss los, die Mutter wartet nicht gern. Hermann holt den Zettel hervor. „Hier, den habe ich Dir neulich geschrieben..." Sie nimmt ihn und verstaut ihn in einer Tasche ihres Rocks.

In Hermanns Zimmer halten sie sich an den Händen, nehmen sich in den Arm, Hermann schaut in ihre blauen Augen, schaut sich kurz um, ob jemand guckt, doch die Mutter ist in der Küche. Küsst sie sanft auf den Mund. Beide haben glasige Augen. „Hier," sagt Waltraud, unbemerkt hat sie ein Foto hervorgeholt. „Denk an mich." Er ist bestürzt, er hat kein Foto von sich. „Macht nichts, dann schickst Du es mir nach oder bringst es mir", sagt sie. Dann geht es zur Wohnungstür. „Leb wohl, Hermann", sagt sie, winkt Gerda Siebert in der Küche zu, der Rock wippt, als sie die Treppe hinunterspringt.

Hermann geht in sein Zimmer, holt Zettel und Bleistift. Er muss ihr jetzt noch, in diesen Minuten, einen Brief schreiben.

Lieselotte und Waltraud Wittwer gehen wieder die Königsstraße entlang. Es sind viele Menschen unterwegs an diesem sonnigen Herbsttag. Das Residenzcafé füllt sich, im Schaufenster hängt ein Plakat: Gleich wird eine Damenkapelle spielen, mit Musik die Alltagsgedanken in den Kriegswochen vertreiben. Der Vater hat das Blumengeschäft schon geschlossen, es ist 18.30 Uhr, Zeit zum Abendessen. Waltraud geht in ihr Zimmer, packt den Zettel von Hermann in den Koffer, es ist das einzige, was sie von ihm hat. Lesen will sie ihn, wenn sie auf dem Bauernhof ist.

Jan Rosen sitzt seit Stunden am Bett seiner Frau. Sie will nicht mehr, kann nicht mehr, hat sie ihm immer wieder versichert. Er hat im Lauf des Tages einen Platz in einer Privatklinik für psychisch kranke Patienten besorgt, sie muss kontinuierlich betreut werden, zuhause ist das nicht zu leisten. Natürlich wehrt sie sich dagegen, argumentieren geht nicht, sie ist für keinen Gedanken zugänglich. Dr. Wolfgang Geldner wird gleich kommen, sie mit einer Spritze ruhigstellen, zu ihm hat sie Vertrauen. Und dann, wenn die Spritze wirkt, bringt Geldner sie in die Klinik Neue Mühle, in der er eine ganze Abteilung mit seinen Patienten belegt. In der Umgangssprache steht Neue Mühle für Irrenhaus – doch Geldners Patienten sind in der Regel gut betucht und werden medizinisch anders und aufwändiger betreut als nebenan, wo es jede Menge hoffnungsloser Fälle, auch in einem geschlossenen Bereich gibt. Als es klingelt und Heiderose Grimm öffnet, atmet Rosen auf. Die Betreuung seiner Frau, die ständige Angst um sie, wenn er unterwegs ist, ist eine starke Belastung für ihn. Als Erna Rosen Geldner sieht, lächelt sie – zum ersten Mal an diesem Tag. „Na, wie geht es Dir?" fragt er und sogleich verfinstert sich ihre Miene. Sie reden noch eine Weile, Jan Rosen hält sich im Hintergrund, überlässt dem Fachmann komplett das Feld. Die beiden Männer haben alles am Telefon abgesprochen, Geldner muss es jetzt noch schaffen, die Spritze zu verabreichen. Erstaunlicherweise lässt Erna Rosen das widerstandslos mit sich geschehen. Und schläft kurze Zeit später ein. Geldner hat zwei Pfleger dabei, die von Heiderose Grimm benachrichtigt werden, als ihr Einsatz gefragt ist. Als Rosens Frau auf einer Trage im Auto liegt, kommt Geldner noch einmal auf ihn zu. „Ja, ich weiß, dass das nicht einfach für Dich ist. Aber es ist besser so. Für sie und für Dich. Sie braucht Zeit und eine fachliche Betreuung, beides kriegt sie, das verspreche ich Dir."

„Wann kann ich sie besuchen?"

„In den ersten Tagen besser nicht, ich sage Dir Bescheid." Rosen nickt. Und schaut dem Wagen dann nach, der den Siebertweg hinunterfährt und langsam einbiegt in Richtung Wilhelmshöher Allee. Im Haus gibt er Heiderose Grimm für den Rest des Tages und das Wochenende frei, setzt sich in den Salon und gönnt sich einen Cognac. Es ist viel kaputt gegangen in seinem Leben in den vergangenen Wochen. Manches mit Sicherheit irreparabel, wie der Tod Philips verdeutlicht. Wie es weitergehen wird, ist ihm nicht klar. Aber dass es weitergehen wird und muss, das weiß er.

Artur Drachsel ist pünktlich zum Abendessen zuhause. Nach dem Abendbrot tobt er mit den Kindern durch die Wohnung, nur die Küche ist tabu, Charlotte will hier klar Schiff machen. Und freut sich darüber, dass die Kinder ihren Vater mal so ausgelassen und gut gelaunt nur für sich haben.

In vielen Haushalten, so auch bei Wittwers, Sieberts, Drachsels und auch bei Jan Rosen läuft der Volksempfänger. Die Menschen haben Übung im Umgang mit den Luftwarnmeldungen, die übers Radio verbreitet werden. Niemand regt sich heute auf über das, was gesagt wird. Doch um 19.40 Uhr schweigt plötzlich das Radio. Ausfall bei den Sendern.

Gerhard Jäckel hofft mit den Kameraden in seiner Flakbatterie mal auf eine ruhige Nacht.

Im Keller unter dem Landesmuseum ist Krisenstimmung. Ludolf von Wahmbeck verfolgt mit seinen Mitarbeitern die Flugroute eines gewaltigen Bomberverbandes, der sich über der Nordsee zusammengeschlossen hat und nun Richtung Süden zieht. „Sieht aus, als wollten die nach Frankfurt", meint einer.

„Abwarten und Tee trinken", sagt von Wahmbeck. Der Verband, man schätzt ihn auf 500 Flugzeuge, hat den Luftraum über Koblenz erreicht. In Frankfurt wird Alarm ausgelöst, die geballte Macht der deutschen Nachtjäger wird nach Südhessen dirigiert. Von Wahmbeck passt das alles nicht. Natürlich muss man Alarm in Frankfurt auslösen, aber es ist alles andere als sicher, dass die Bomber auch nach Süden fliegen. Die Meldungen überschlagen sich. Der Verband hat sich offensichtlich geteilt.

„Ein paar Dutzend fliegen nach Süden", ruft ein Melder.

„Und der Rest?" Von Wahmbeck brüllt es heraus.

„Hat Richtung Osten abgedreht."

„Osten?" Niemand kann sich einen Reim drauf machen. Von Koblenz nach Osten? Wo soll da ein Angriffsziel sein?

„Flak in Alarmbereitschaft versetzen!" ruft von Wahmbeck und schaut auf die Uhr. Es ist 19.50 Uhr. Heute kann ihm der Gauleiter nicht in die Suppe spucken, wenn er den Befehl zum Fliegeralarm erteilt, denn Karl Weinrich ist, so erzählt man sich, zu einem Kameradschaftsabend nach Bad Wildungen gefahren. Minuten später gibt es eine erneute Veränderung der Flugroute des Bomberverbandes. Die Maschinen drehen ab nach Norden. Der Angriff auf Frankfurt – es war nur eine Finte. Das neue Ziel kann nur einen Namen haben. Kassel.

Gebannt beobachtet die Besatzung des Kommandos den Weg der Bomber, immer wieder kommen neue Meldungen der Luftaufklärung. Das Bild verdichtet sich, erinnert an den 3. Oktober, als erstmals ein ähnlich großer Verband im Anflug auf Kassel war. Aber heute ist vieles anders. Heute gibt es auch am Abend einen wolkenlosen Himmel. Die Stadt liegt da wie auf dem Präsentierteller. Das Gefühl, das sie hier unten im sicheren Bunker haben, ist mit dem Wort mulmig nicht zu beschreiben. Ihnen ist schlecht, weil jeder ahnt, was möglicherweise bald passiert. Sie sehen vor dem geistigen Auge die hunderte von mit Bomben voll beladenen Maschinen, die im Anflug sind. Die Nachtjäger sind mittlerweile umgeleitet, sind auf dem Weg nach Nordhessen. Doch den Vorsprung der Briten werden sie nicht mehr einholen. Es ist zwar strengstens verboten, doch so mancher im Luftschutz-Warnkommando versucht, seine Angehörigen zu erreichen und ihnen zu sagen, einen möglichst sicheren Schutzraum aufzusuchen. Von Wahmbeck kriegt das mit, schreitet nicht ein, denn dass nach den paar Anrufen eine öffentliche Panik entsteht, dazu bleibt jetzt viel zu wenig Zeit. Er muss eine Entscheidung treffen, nach all den Fehlalarmen und mit Blick auf die kurze Distanz zwischen den Bombergeschwadern und dem Zielort Kassel bleibt nur eins: Man wird keinen Fliegeralarm auslösen, sondern sofort Vollalarm. Das wird die Menschen antreiben, sofort und so schnell wie möglich die Keller aufzusuchen. „Vollalarm" brüllt er in den Raum.

Die Mitarbeiter schauen ihn an. „Wie bitte?"

„Vollalarm, habe ich gesagt. Führen Sie den Befehl aus und zwar so schnell wie möglich!"

Vater ist heute später von der Arbeit gekommen, mal wieder hat jemand Geburtstag, hat Kuchen spendiert und er hat ein großes Stück davon mit nach Hause gebracht. Pflaumenkuchen, zum Frühstück wird es mal was anderes geben als Muckefuck mit Brot und Zucker. Mutter und Hermann haben den Abwasch erledigt, als der Volksempfänger ausfällt, denkt Vater zunächst an einen Defekt des Gerätes. Aber man hört ein Rauschen, Brummen, manchmal Wortfetzen – es muss also am Sender liegen. „Komisch", sagt er, „das hatten wir noch nie." Gut, dann muss der Abend also ohne Radio verbracht werden. Mutter will ein paar Strümpfe stopfen, Hermann soll die Schuhe putzen. Das macht er stets im Treppenhaus. Bürste, Schuhwichse, ein alter Lappen voller Farbflecken, der wird es noch einmal tun. Sofie hat er noch gar nicht gesehen heute, das Geburtstagskind. Jetzt wird sie schon im Bett sein und sich auf die morgige Feier freuen. Irgendetwas muss er ihr morgen besorgen als Geburtstagsgeschenk. Mal sehen, was ihm einfällt.

In der Wohnung der Wittwers packt Waltraud ihre Schulsachen, die Koffer für die Abreise stehen schon im Flur. Sie gehen immer früh zu Bett, die Eltern müssen wegen des Geschäfts immer um fünf Uhr aufstehen, fast immer wird Waltraud dadurch wach. Sie hat schon ihre Schlafsachen an und kämmt sich noch einmal die Haare.

Der Vollalarm mit seinen zwei unterschiedlich langen Heultönen weckt die Stadt schlagartig. Nichts ist von Routine zu spüren, jeder hat das Gefühl, dass es ein bedrohlicher Moment ist. Man packt seine Tasche oder den Koffer, weckt die Kinder, die meist im Schlafanzug in die Keller getrieben werden.

Sieberts hören schon das Getrampel im Treppenhaus, man hört die kleine Sofie schreien, bei Wittwers versammeln sich in wenigen Minuten Hausbewohner und Nachbarn im Keller. Jan Rosen ist ein wenig beschwipst, geht seelenruhig in seinen Bunker, Drachsels in der Parkstraße hocken, wie die anderen aus dem Haus, mucksmäuschenstill auf ihren Plätzen. In vielen Häusern sind die Zugänge noch geöffnet, man schaut nach oben, horcht.

Im Luftschutz-Warnkommando hat man den Zeitpunkt des Alarms festgehalten. 20.18 Uhr. Seitdem sind etwa 15 Minuten vergangen. Mittlerweile müsste jeder in der Stadt einen Schutzraum aufgesucht haben, den Keller im Haus oder einen der Hochbunker oder einen anderen öffentlichen Bunker, wie im Weinberg oder am Hauptbahnhof. Von Wahmbeck ist auf den Turm des Landesmuseums gestiegen und schaut Richtung Südwesten. Längst kann man ein leises Brummen hören, das stetig stärker wird. Er schaut hinunter auf die Innenstadt, sieht die Türme der Martinskirche im fahlen Licht des wolkenlosen Nachthimmels glänzen. Wie eine Zielmarkierung sehen sie aus. „Gnade uns Gott!" stößt er heraus.

Das Brummen hört man jetzt auch in den Kellern, es wird langsam lauter. Noch sind die Bomber nicht da, aber wieviel Zeit bleibt? „Diesmal wird es ernst", ruft der alte Wille.

„Halt den Mund!" herrscht ihn sein Nachbar an. „Das wissen wir selbst!"

Waltraud Wittwer wird plötzlich hektisch. „Was ist?" will der Vater wissen.

„Napoleon!" ruft sie. „ich habe ihn vergessen."

„Kind, lass den Hasen. Wir müssen jetzt an uns denken." Waltraud bleibt noch einen Moment sitzen. Dort, wo die Zugänge noch geöffnet sind, sieht man plötzlich, dass die Nacht zum Tage wird. „Christbäume!" schallt ein Ruf unisono durch tausende von Kellern, aus tausenden von Mündern. Die Briten haben Zielmarkierungen gesetzt, jetzt ist die Stadt hell erleuchtet, die Flieger müssen jetzt nur noch ihre Bombenladungen irgendwo zwischen diesen Zielmarkierungen abwerfen.

Die Flakstellung auf den Waldauer Wiesen schießt, versucht die Flieger, die die Christbäume abgesetzt haben, zu erwischen. Doch die fliegen sehr hoch, als es hell wird durch die Lichtmarkierungen, sind sie schon auf dem Heimweg.

„Hoffentlich sind Renate und Adelheid in Sicherheit." Lieselotte Wittwer klingt beinahe weinerlich, doch jeder in jedem Keller dieser Stadt hat nicht nur Sorge um sich, sondern auch um Familienmitglieder und Freunde, die irgendwo anders Sicherheit suchen. Plötzlich springt Waltraud auf und rennt hinaus. „Kind! Bleib hier." Die Mutter schreit die Worte heraus. Sie können nicht hinterher, die Eltern können sich nicht bewegen, es ist zu eng hier unten im Keller. Waltraud ist in Panik. Napoleon ist ihr Glücksbringer, sie will ihn bei sich haben und ihn nicht alleine lassen. Auf dem Hof muss sie sich nicht orientieren, aber da hört sie auch schon in der Ferne ein Pfeifen und Sausen, die ersten Bomben werden abgeladen. Noch klingt es nicht so, als sei die direkte Nachbarschaft bedroht. Sie rennt zum Hasenstall, öffnet ihn, das Tier sitzt zitternd in der hintersten Ecke.

Walter Donigk ist an diesem Tag fast durchgedreht. Keine Chance, das Mädchen abzufangen und die Zeugin, die sein Leben verpfuschen könnte, zu beseitigen. Der Gedanke, dass er hier keine Spuren hinterlassen darf, dass er das Mädchen beseitigen muss, treibt ihn mittlerweile krankhaft an. Deshalb ist er geblieben, hat sich in den Torbögen herumgedrückt, immer auf die eine Chance gehofft. Als der Alarm kam, war es eh zu spät, nach Hause zu laufen. Die Familie würde sich schon in Sicherheit bringen und so schlimm würde es ja sicher auch nicht werden. Wenn es mit den Bomben richtig los ging – gegenüber ist ein Luftschutzkeller der Sparkasse, da würde er Schutz finden. Das Gebäude ist stabil, hält sicher einiges aus. Und es sind nur zehn, zwanzig Meter. Er will schon seinen Posten unter dem Torbogen verlassen, da sieht er das Mädchen aus dem Haus kommen und zum Hasenstall rennen. Das einsetzende Pfeifen und Donnern überhört er, sieht nur diese Chance, die er jetzt nutzen muss.

Waltraud redet auf den Hasen ein, doch der Lärm wird immer stärker, sie muss zurück in den Keller. Da! Jetzt hat sie das Tier am Fell und will ihn aus dem Stall ziehen. Sie hört die Schritte hinter ihr nicht, wie auch, es pfeift und donnert in einem fort. Die Hände, die sich kraftvoll um ihren Hals schließen, versetzen sie in Schockstarre. Sie lässt Napoleon los, will sich wehren, greift nach hinten – wer ist das? Ist das der Mann? Schon nach Sekunden wird ihr der Sauerstoff knapp, sie schlägt panisch um sich, doch die Hände drücken immer fester zu. Sieht sie denn niemand? Alle sind im Keller, fällt ihr noch ein, und hier in der Ecke mit dem Hasenstall ist es auch stockdunkel. Sie merkt die Kräfte schwinden, will schreien, aber es kommt noch nicht mal ein Krächzen heraus. Dann wird es schwarz vor den Augen, dann setzen die Gedanken aus.

Als er den Körper schlaff in seinen Armen fühlt, zieht Donigk die Leiche aus der Ecke und legt sie in ein Gewächshaus. Dann rennt er durch den Torbogen, hämmert an die Tür vom Luftschutzkeller – die Tür geht auf und man lässt ihn hinein. „Mann, sind Sie wahnsinnig, was machen Sie denn noch auf den Straßen?“ herrscht ihn jemand an. Donigk orientiert sich, es sind vielleicht vierzig Leute, die ihn jetzt anstarren. Er setzt sich wortlos hin und atmet ein paarmal tief durch.

Im Keller der Blumenhandlung dreht Lieselotte Siebert fast durch. „Wo bleibt Waltraud? Wolfgang, Du musst raus, hol sie! Mein Kind…“ Wolfgang Siebert schiebt sich durch die Menschen, die ihm mit viel Mühe versuchen, Platz zu machen. Das Drama um Waltraud, es lenkt sie vom Lärm draußen ab. Endlich ist er an der Tür zum Hof. Dann hört man ein Pfeifen, so laut wie nie zuvor. Panisch schauen die Menschen nach oben, an die Kellerdecke. Dann rüttelt eine gewaltige Explosion an dem Haus, man hört das Bersten der Mauern. Die Menschen schreien, Wolfgang Wittwer bleibt wie angewurzelt stehen. Manche haben sich geduckt, Gesteinsbrocken fallen von der Kellerdecke, gepaart mit Staub. Es muss eine Luftmine gewesen sein, die in unmittelbarer Nachbarschaft hochgegangen ist. Sie hat die Mauern des Hauses weggeblasen, Decken sind eingestürzt. Und da das nächste Pfeifen. Die schwere Bombe, die direkt das Haus trifft, erledigt den Rest. Die Kellerdecke bricht durch die Explosion zusammen, hunderte Zentner Stein-, Geröll- und Schuttmassen füllen den Keller und begraben die Menschen unter sich. Sie haben keine Chance. Wer nicht erdrückt wird, wer irgendwo noch ein bisschen Luft zum Atmen hat, erstickt. Das Blumenhaus Wittwer wird zu einem Massengrab.

Draußen auf dem Hof hat der Druck durch die Bomben das Glas der Gewächshäuser zerfetzt. Unter den Scherben liegt, unnatürlich verdreht, die Leiche von Waltraud Wittwer. Neben ihr hockt der panisch schnüffelnde Napoleon.

In der Moltkestraße 12 sind das ständige Pfeifen, das Donnern der Explosionen, die Erschütterungen, die durch die Häuser gehen, das ständige Rieseln von Staub aus allen Fugen kaum noch zu ertragen. Selbst der alte Wille schreit gelegentlich, wenn die Einschläge ganz nah sind. Die kleine Sofie weint nicht mehr, hat sich aber auf dem Schoss der Mutter fest an deren Körper gepresst. Hermann ist unfähig zu denken, er schaut auf seinen Vater, der seine Mutter im Arm hält. Die hat Hermanns Hand ganz fest gepackt. Und er ist froh darüber. Der Donnerschlag, der plötzlich das Haus trifft, erzeugt ein kollektives Gebrüll. Noch hält der Keller. Hermann schaut schon lange nicht mehr auf seine Uhr, ahnt aber, dass die Sekunden kriechen. Seine andere Hand liegt auf seiner Jackentasche. Waltrauds Foto und seinen Brief an sie hat er oben noch schnell hineingesteckt.

Plötzlich gibt es einen Lichtschein auf der Kellertreppe, der langsam nach unten kriecht. „Das ist Phosphor", brüllt der Vater, „wir müssen hier raus, sonst gehen wir alle drauf!"

„Richtung Lutherplatz!" ruft Wille und zeigt auf den Mauerdurchbruch zum Nebenhaus. „Auf dem Lutherplatz sind wir sicherer als hier und haben Luft zum Atmen."

Doch Vater will in die andere Richtung. „Solange die Bomben fallen, brauchen wir Schutz!" ruft er und zieht seine Familie in die andere Richtung. Diese Mauerdurchbrüche führen Richtung Königsstraße. Hermann zweifelt, dass das der richtige Weg ist, aber Mutter, die von Vater gezogen wird, lässt seine Hand nicht los. Er geht mit.

„Ihr lauft in den Tod!" brüllt Wille hinter ihnen her. Hermann sieht sich noch einmal um, als er sich bückt und durch den Durchbruch kriechen will. Sofie und ihre Mutter gehen in die andere Richtung.

Im Nebenhaus erleben sie eine Überraschung: Der Keller ist vollkommen leer. Aber es ist irrsinnig heiß hier unten. Als sie durch den Keller gehen, sehen sie auch die Ursache für die Hitze in einem Nebenraum. Da brennt ein Kohlehaufen, hat sich bei den hohen Temperaturen wahrscheinlich selbst entzündet. Die Luft ist kaum zu atmen, so hat das Kohlenmonoxid bereits alles durchdrungen. „Weiter, weiter, schnell, sonst ersticken wir!“ Vater drängt weiter, runter auf die Knie, durch den nächsten Mauerdurchbruch. Im nächsten Haus treffen sie auf ein paar Menschen, die kraftlos da sitzen. „Ihr müsst weiter!“ ruft ihnen Vater zu. Die Gestalten rappeln sich auf, schließen sich ihnen an. Der nächste Durchbruch, die Luft wird besser. Kurz innehalten, durchatmen, die Lungen mit Sauerstoff füllen. Sie sind jetzt acht, neun Personen, die sich der Führung Kurt Sieberts anvertrauen. Dessen Augenklappe ist mittlerweile grau, wegen des Staubs, der unaufhörlich überall von den Decken rieselt. Sie hören draußen weiter den infernalischen Lärm, die ganze Stadt scheint weggebombt zu werden. ‚Wie will man hier überleben?‘ fragt sich Hermann und Todesangst kriecht durch seine Glieder.

„Los, weiter!“, schreit der Vater. Zusammen mit Hermann räumt er den nächsten Durchbruch frei. Daneben steht ein Wasserfass, einer hält die Hand ins Wasser und verbrüht sich beinahe. Sie kriechen ins nächste Haus. In der Ecke sitzt ein Mensch, der mit offenem Mund nach oben schaut. Doch die Augen sind starr, es ist das erste Todesopfer der Bombennacht, das Hermann zu sehen bekommt. Auch hier fließt ganz langsam Phosphor in den Keller, wird gleich alles, was im Keller brennbar ist, entzünden. Wieder weiter also, der nächste Durchbruch, und dann noch einer. Dann geht es nicht mehr weiter. Es ist das Eckhaus zur Königsstraße, in dem Keller drängen sich bestimmt 30 Menschen. Ein kleiner dicker Mann steht da, es ist der Luftschutzwart. Die Männer beraten, was man tun kann. Bleibt man hier, wird die Luft knapp. Draußen tobt das Feuer durch die Straßen. Noch immer fallen Bomben, man hört das Einstürzen von Hausmauern, Schreie der Menschen, das Prasseln des Feuers, und ein heftiger Wind fegt durch die Straßen und Gassen der Stadt. Es ist Höllenlärm.

„Ich würde raten hierzubleiben. Aber wenn ihr raus wollt, dann müsst Ihr durchs Feuer. Hier, macht Euch die Decken nass“, sagt der Luftschutzwart. Gerda, Kurt und Hermann Siebert hängen sich die nassen Decken um.

„Ihr zuerst, wenn ich als Letzter gehe, kann ich Euch besser helfen.“ Vaters Ton lässt keinen Widerspruch zu. Sie haben den Ausgang geöffnet, alles, was sie sehen, ist in Rot getüncht, das Feuer ist überall, frisst sich von Haus zu Haus, wird immer neu angefacht durch neue Bombeneinschläge. Da, wo eine Phosphorbombe einschlägt, gibt es eine meterhohe Stichflamme. Hermann hat keine Vorstellung, wie man in diesem Inferno eine Straße überqueren soll.

Alle anderen wollen bleiben, trauen sich nicht, den Keller zu verlassen. „Los!" sagt Vater. „Da drüben, das Haus gegenüber, in den Eingang geht ihr." Das Haus ist beschädigt, steht aber noch, und vor allem: Es sind keine Flammen zu sehen. Mutter hängt sich die Decke um und rennt los. „Junge, hinterher!" Vater schiebt ihn regelrecht aus dem Kellereingang. Hermann hat die nasse Decke umgehängt und rennt der Mutter hinterher. Nur nicht umschauen, nicht nach rechts und links gucken, einfach in das Haus. Die Moltkestraße ist vielleicht 15 Meter breit, sie kommen ihm wie 200 Meter vor, immer wieder muss er über Gesteinsbrocken hüpfen, kurz vor dem Ziel liegt ein brennender Balken, den er umkurvt. Er erreicht den Hauseingang, den Flur, sieht seine Mutter am Boden hocken, sie kann nicht mehr. Das Gesicht ist rußgeschwärzt, so wird er auch aussehen, denkt er.

„Mutti, was ist?"

„Gleich", sagt sie.

„Wo ist Vater?"

Stimmt, der müsste jeden Augenblick kommen. Sie brüllen sich an, das Getöse übertönt sonst jeden Laut. Die Sekunden verrinnen, die beiden werden unruhig. Hermann geht aus dem Flur zurück und schaut über die Straße zu dem Haus, aus dem sie gekommen sind. Das ist nur noch ein Trümmerhaufen, ist völlig in sich zusammengebrochen, da, wo sie eben noch im Ausgang standen, ist ein Haufen zusammengebrochener Mauerreste. Die Bombe muss vor Sekunden eingeschlagen haben. Entlang der Front zur Moltkestraße haben zudem Phosphorbomben alles in Flammen gesetzt.

„Vati, Vati, Vati!" Hermanns Stimme überschlägt sich. Wo ist er bloß? Er muss doch direkt hinter ihm aus dem Haus gelaufen sein. Was ist da passiert? Plötzlich steht die Mutter neben ihm, sieht, was passiert ist, weiß, dass der Vater nicht mehr kommen wird. Stumme Tränen laufen ihr übers Gesicht, ziehen weiße Bahnen durch die Rußschicht. „Komm, Hermann!" sagt sie.

„Und Vati?" Hermanns Stimme ist schrill.

„Wir können nichts tun, komm Junge." Er hört die Verzweiflung seiner Mutter in der Stimme. Er ist traurig und sauer auf die Mutter, man muss doch jetzt da drüben helfen. Wieso macht sie nichts? Er schaut noch einmal zu dem Haus, das jetzt ein einziges Flammenmeer ist. Alles, was brennen kann, steht in Flammen, die Möbel aus den Wohnungen, Teppiche, Kleidung, die Hitze des Feuers ist selbst hier drüben zu spüren. Sein Vater und alle anderen, die dort drüben in diesem verschütteten Keller sind, werden das nicht überleben, sind vielleicht schon tot. Dabei hat er den Vater eben noch gesehen. Auch Hermann ist verzweifelt. Sie schauen noch einmal die Moltkestraße hinauf, suchen mit ihren Blicken ihr Haus. Nichts ist zu sehen, Rauch, Staub, Feuer, Dunst, Aschenregen. Der Rauch steigt ihnen in die Augen, immer wieder müssen sie reiben. Jetzt weg hier, sonst sterben wir auch, denkt Hermann. Und dann hört er durch das Tosen diese Schreie. Ein Mann kommt aus irgendeinem Haus. Er brennt lichterloh. Er macht noch ein paar Schritte, bricht dann zusammen, die Schreie verstummen kurz darauf, der Mann brennt weiter. Hermann muss würgen, aber er kann sich nicht übergeben. Ist es Vati genauso gegangen? Er will es nicht weiterdenken, aber der Gedanke setzt sich in seinem Kopf fest.

Gerda Siebert kann in diesem Moment ihre Gedanken nicht mehr ordnen, sie hat nur noch den Jungen neben ihr im Sinn, der muss diese Nacht überleben und alles, was kommt. Sie konzentriert sich nur auf dieses Ziel, das gibt ihr neue Kraft. Sie schiebt Hermann an.

Die beiden gehen in den Keller des Hauses. Die Tür lässt sich nicht öffnen, als sie beide mit aller Kraft daran ziehen und den Schutt am Boden weggeräumt haben, geht sie auf. Sie spüren einen heftigen Luftzug. Im Keller sitzen fünf Menschen um einen Tisch, als wollten sie Karten spielen. Keiner regt sich, sie sitzen starr da, als seien sie eingefroren. „Alle tot“, sagt Mutter, „sie sind erstickt.“ Hermann denkt sich, dass dies eine gespenstische Szene ist, wie kann man am Tisch sitzen bleiben und ersticken? Sie verlassen den Keller, alle anderen Ausgänge sind nicht passierbar. Mittlerweile hört man kein Pfeifen mehr, der Angriff ist vorüber. Immer wieder aber detonieren noch Bomben. Blindgänger oder Zeitzünder. Sie schauen noch einmal aus dem Hauseingang in die Moltkestraße, spüren den heißen Luftzug, den der Feuersturm in der Stadt erzeugt. Dann zurück, der Hintereingang ist geschlossen, lässt sich aber öffnen. Sie schauen auf einen Innenhof, der völlig unbeschädigt ist. In der Mitte steht ein Auto, über und über mit Schutt bedeckt. Aber im Innenhof ist es kühler als vorn, die Luft lässt sich gut atmen. Einen Moment schnaufen sie durch. Aber wie geht es weiter? Sollen sie hier bleiben? Auch dieses Haus kann noch zum Opfer der Flammen werden. Auf der rechten Seite des Hofes ist ein steinerner Torbogen, der zu einem weiteren Hof führt. Die Häuser links und rechts sind zerstört, brennen aber nicht. Die Fassaden sind eingestürzt, beide Bauwerke sind nur noch ein Schutthaufen. Was tun? Mutter setzt sich in den Eingang, sie kann nicht mehr. Auch Hermann hockt sich hin. So warten sie, unfähig, klar zu denken. Mutter laufen wieder Tränen übers Gesicht. Wieviel Zeit vergeht, Hermann weiß es nicht, trotz seiner Armbanduhr. Als er später drauf schaut, ist sie stehengeblieben. Kurz nach zehn zeigt sie an.

Wie durch ein Wunder bleibt dieser Innenhof weiter von allem Schlimmen verschont. Wo wohl die anderen Bewohner des Hauses abgeblieben sind? Was wohl aus den Mitbewohnern der Moltkestraße 12 geworden ist, die Richtung Lutherplatz aufgebrochen sind? Aus Sofie und ihrer Mutter, dem alten Wille? Und Vati...

Walter Donigk ist mittlerweile mit anderen Männern durch die Etagen der Sparkasse gegangen, in zwei Büros haben sie aufkommende Brände gelöscht. Die Fensterscheiben sind alle herausgeflogen, die Vorhänge wehen nach draußen und fangen Feuer. Das Nachbarhaus, das Rosenbauer'sche Haus, brennt lichterloh, auch die Gebäude gegenüber stehen in Flammen. Sie reißen die Vorhänge in jedem Zimmer ab und werfen sie auf die Straße, da können sie brennen. Auf dem Dach muss ein Übergreifen des Feuers von nebenan verhindert werden, die Männer schuften wie die Ackergäule, schleppen Wassereimer, stellen sich den Flammen und verhindern in Stunden, dass das Sparkassengebäude brennt. Dann zurück in den Schutzraum, hier wird die Luft knapp. „Alle raus! Lauft Richtung Friedrichsplatz!" lautet die Ansage des Luftschutzwarts. Donigk führt eine kleine Gruppe an. Sie schauen mehr nach oben als auf den Weg, immer in Angst, von Fassadenbrocken erschlagen zu werden. Die Hitze brutzelt auf der Haut, die Kehlen sind trocken, die Augen brennen. Sie kämpfen sich in der Mitte der Opernstraße nach unten Richtung Friedrichsplatz, finden im Kaufhof Schutz. Hier sind Dutzende von Menschen, die kurz Luft holen auf der Flucht aus der Feuerhölle. Donigk redet mit einigen, manche sind aus der Altstadt gekommen, dort ist kein Durchkommen mehr, alles ist vernichtet. Was die Bomben nicht erledigt haben, das erledigt jetzt dieser riesige Feuersturm. Donigk denkt an seine Familie – die ist auf der anderen Fuldaseite, hoffentlich sieht es dort besser aus. „Wollen wir weiter?" fragt er die Gruppe, die mit ihm gegangen ist. Ein Teil bleibt, zu sechst machen sie sich auf den Weg. Raus auf die Königsstraße. Der Wind fegt Asche durch die Luft, überall sieht man die Menschen umherirren, auf dem Friedrichsplatz hocken sie in kleinen Gruppen zusammen, in der Hoffnung, hier einen Moment Schutz zu finden. Manche haben Taschen oder Köfferchen dabei, Donigk hat nichts, aber die anderen aus der Sparkasse haben das Nötigste bei sich. Die Brände in den hunderten von Häusern machen einen infernalischen Lärm, immer wieder hört man Balken brechen, Mauern einstürzen. Die ganze Stadt fällt in sich zusammen.

Niemand weiß, wieviel Zeit vergangen ist, es muss mitten in der Nacht sein. Auf dem Turm des Landesmuseums steht wieder einmal Ludolf von Wahmbeck. Er blickt auf die Stadt, über der ein riesiger Feuerschein so hoch in den Himmel reicht, dass man meint, der Mond könne Feuer fangen. Von Wahmbeck ist fassungslos. Wohin man blickt, sieht man Zerstörung und Feuer. Das Landesmuseum hat nichts abbekommen, am schlimmsten scheint es die Altstadt mit den leicht brennbaren Fachwerkbauten erwischt zu haben. Die Telefonleitungen sind zusammengebrochen, die Feuerwehren versuchen, sich gegenseitig mit Kradmeldern auf dem Laufenden zu halten. Doch was soll man hier an Einsätzen koordinieren? Es brennt einfach alles, dieses Feuer ist nicht zu löschen. Von Wahmbeck sieht Menschen aus der Stadt in Richtung Wilhelmshöher Allee laufen. Sie wollen raus – aber da, wo sie hinwollen, brennt es auch. Auch über dem Königstor und weiter westlich ist der Himmel rot, auch hier haben die Briten ihre Bombenlast abgeladen. Aber nirgendwo ist es so furchtbar wie in der Altstadt.

In der Parkstraße haben die Drachsels im Keller viele Einschläge gehört, allesamt in der Nachbarschaft. Als der Angriff vorbei ist, gehen sie nach draußen, sehen den rot erleuchteten Himmel und ahnen, was da gerade passiert ist und was sich in den nächsten Stunden noch ereignen wird. „Ihr müsst hier schnellstens weg, Du und die Kinder", flüstert er seiner Frau zu. Charlotte steht neben ihm, die Hände vors Gesicht geschlagen, sie nickt. „Das besprechen wir morgen, aber Ihr müsst hier ganz schnell raus!"

Samstag, 23. Oktober 1943

Das beschädigte Eckhaus, in dem Gerda und Hermann Siebert Zuflucht gesucht haben, hält offensichtlich allem stand in dieser Nacht. Zumindest denken die beiden das. Es wird nicht hell an diesem Tag, es ist der 23. Oktober. Heute würde Sofie ihren Geburtstag nachfeiern, Hermann denkt an die Kleine und hofft inständig, dass sie es mit ihrer Mutter geschafft hat. Und Waltraud beschäftigt ihn – genauso wie sein Vater, die Ungewissheit frisst sich durch Leib und Seele. Der Durst ist quälend, die Augen haben sie mit ihren Jacken versucht zu schützen. Aber viel hilft es nicht. Der Lärm des Feuers lässt in den Morgenstunden nach.

„Was machen wir jetzt?" fragt Hermann seine Mutter, die schreckt hoch, sie ist vor lauter Erschöpfung ein paar Minuten eingenickt. Wie hat sie bloß ihre Augen schließen können? Die Augen sind so trocken, dass Hermann seine Lider nicht mehr bewegen kann. Gerda Siebert hat

Panik in den Augen, als sie nach dem Aufwachen an alles erinnert wird. Eins nach dem anderen fällt ihr ein, jede Erinnerung steigert die Last in ihrem Herzen. Plötzlich hören sie Stimmen von gegenüber. Zwei Männer tasten sich langsam durch den Torbogen in den Innenhof vor.

„Hier! Hier sind wir!" ruft Hermann und winkt.

„Hallo? Ist da jemand?" ruft einer.

„Ja! Hier, hallo?" Die Männer schauen in ihre Richtung nehmen die beiden Gestalten wahr.

„Um Gottes Willen, macht, dass Ihr da raus kommt, schnell, lauft über den Hof zu uns, sofort!" Hermann und die Mutter schauen sich kurz an und zögern nicht lange. Erst rennt die Mutter, dann Hermann hinterher. In der Aufregung haben sie ihre kleinen Koffer vergessen. Unter dem Torbogen werden sie von den Männern, die zu einem Rettungstrupp gehören, in Empfang genommen, Mutter fällt einem in die Arme, sie ist tatsächlich mit den Kräften am Ende. Hermann schaut sich noch einmal um und sieht, wie plötzlich die Fassade des Hauses, in dem sie eben noch standen, ab dem ersten Stock einfach nach außen kippt und in den Innenhof fällt. Das Blech des Autos knirscht, als es unter den Tonnen Gesteins zermalmt wird. „Glück gehabt", sagt der Mann, der seine Mutter stützt.

Auf Anweisung der Männer gehen sie zum Friedrichsplatz, dort können sie jetzt ihre Augen behandeln lassen. Die Königsstraße ist ein Bild des Schreckens, die meisten Feuer sind entweder gelöscht oder ausgegangen. Ein beißender Qualm hängt über der Stadt. Auf der Straße liegen Leichen, die Rettungsmannschaften können bisher nur oberflächlich bergen, der Gang in die Keller ist zu gefährlich.

Eine Rotkreuzschwester träufelt ihnen etwas in die Augen, es brennt intensiv, aber verbunden mit dem Gefühl, dass diese Tropfen heilende Wirkung haben. Sie kriegen ein paar Schluck Wasser und setzen sich, wie Hunderte andere, auf den Friedrichsplatz. Man muss abwarten. Hermann blickt sich um. Alle hier sind mit dem Leben davon gekommen. Doch keiner scheint darüber froh zu sein. Er ist es ja auch nicht, denkt er sich. Und wieder lähmt die Ungewissheit, er muss herausfinden, was mit Waltraud und ihrer Familie ist. Und er will Gewissheit haben, was seinen Vater betrifft.

Langsam brechen manche auf, um nach ihren Häusern und Wohnungen zu schauen. Hermann sagt: „Komm, lass uns auch nachsehen, aber ich will auch in der Wilhelmsstraße gucken." Die Mutter ist zu fertig, um zu widersprechen. Sie gehen die Opernstraße hinauf, durch das Qualmgrau des Tages, die Wilhelmsstraße liegt voll mit Trümmern, über die sie steigen, wie so viele andere. Hermann sieht es schon von weitem: Das Haus der Wittwers steht nicht mehr. Sein Herz krampft, sein Hals ist zugeschnürt. Er sieht Bergungstrupps, die den Kellereingang freigeschaufelt haben und die Toten herausholen, sein Schritt beschleunigt sich, die Mutter kümmert ihn gerade nicht mehr. Als er ankommt, fragt er einen der Männer: „Hat in dem Keller jemand überlebt?“

Der Mann schüttelt den Kopf. „Unmöglich. Alles eingestürzt. Wir können nur die bergen, die am Eingang lagen. Der Rest ist komplett verschüttet.“

„Wer ist das?“ fragt Hermann und zeigt auf eine männliche Leiche.

„Das ist der Wittwer vom Blumenhaus, ich kenne ihn. Und hinterm Haus liegt seine Tochter, da, die bringen sie gerade.“ Zwei Männer tragen die Leiche von Waltraud Wittwer über einen Schuttberg. Der blonde Pferdeschwanz hängt nach unten, die Beine sind merkwürdig angewinkelt. Hermann kann nicht anders, er muss weinen. Mittlerweile ist Mutter bei ihm, auch ihr laufen wieder Tränen übers Gesicht. Die Männer legen Waltraud neben ihren Vater. Einer sagt: „Das ist schon komisch. Warum war die nicht im Keller? Und schau mal, das sieht aus, als sei die erwürgt worden.“ Hermann hört es wie durch eine Wand, schaut dann aber hin. Es stimmt, die Würgemale sind unübersehbar. Es kümmert ihn gerade nicht. Er schaut das Gesicht an, die blauen Augen kann er nicht sehen, sie sind geschlossen. Alles in ihm will platzen, hier und gleich, nichts will weiterleben, am liebsten würde er sich dazu legen. Er nimmt eine Hand, sie ist kalt, er küsst sie. Ein Mann tritt hinter ihn und beugt sich runter. „Bist Du mit ihr verwandt oder bist Du ein Freund?“

„Freund“, sagt Hermann mit Mühe, dann kommen wieder die Tränen. „Sie war kürzlich noch bei mir und hat mir von dem Mord an Philip Rosen berichtet“, sagt die Stimme hinter ihm. Artur Drachsel weiß gar nicht, warum er das erzählt. Trösten wird es den Jungen nicht.

„Dann sind Sie etwa Kommissar Drachsel?“ fragt der Junge ungläubig, er presst die Worte in seinem Weinkrampf hervor, „Sie hat mir von den Gesprächen mit Ihnen erzählt.“

„Dann müsst Ihr sehr enge Freunde gewesen sein“, Artur Drachsel versteht jetzt noch besser die Verzweiflung des Jungen, Waltraud Wittwer hatte ja berichtet, dass ein Junge bei ihr gewesen war, als sie den Mann getroffen hatte.

„Sie wollte heute mit ihrer Mutter nach Eschwege und dort bleiben“, wieder muss Hermann weinen. „Haben Sie das gesehen, Herr Kommissar?“ Schluchzend zeigt Hermann auf die Würgemale. Drachsel nickt. Aber was soll er machen? Hier liegen tausende von Toten, vielleicht ist sogar der Täter darunter – aber die Stadt hat jetzt dringendere Probleme, als diesen einen Mörder zu fassen.

„Ich kümmere mich drum, irgendwann, ich verspreche es!“ Hermann nickt. Dann wendet er sich Waltrauds Leiche zu. Ihr Leben ist beendet, warum er jetzt weiterleben muss mit all dem Schmerz, den er nicht aushalten kann – er findet es ungerecht.

„Leb wohl. Ich werde Dich nie vergessen!“ Unter Tränen beugt er sich hinunter und küsst sie auf die kalten Lippen. Dann steht er auf, Drachsel ist immer noch da, die Szene rührt ihn sehr. Hermann nimmt seine Mutter in den Arm gemeinsam gehen sie Richtung Wolfsschlucht. Hermann dreht sich nicht mehr um. Die Bilder von Waltraud, die er sein Leben lang behalten möchte, hat er im Kopf.

Es ist ein Weg durch die totale Zerstörung. Hunderte von Feuerwehrleute müssen mittlerweile in der Stadt sein, sie sind teils von weit her gekommen, räumen, löschen, suchen. Die beiden Sieberts müssen immer wieder Umwege gehen, Balken brennen, Qualm aus Ruinen macht Wege unpassierbar, immer wieder tote Menschen, manche liegen friedlich da, das sind die, die einfach in den Kellern eingeschlafen sind. Sauerstoffmangel, Kohlenmonoxid. Manche liegen da, haben sich die Hälse aufgekratzt, aufgerissen, wollten die Luftnot bekämpfen und haben sich die Hälse verstümmelt. Manche haben geblutet, haben Wunden, sind entstellt, voller Staub – waren begraben unter Mauern und Schutt. Und manche sind schwarze Bündel, klein, bis zur Unkenntlichkeit verbrannt.

Dabei ist erst ein Teil der Toten geborgen. Hermann weiß nicht, wie spät es an diesem 23. Oktober ist. Als sie die Moltkestraße erreichen, erblicken sie ein einziges Trümmerfeld. Alle Häuser sind in sich zusammengebrochen, hier steht kein Stein mehr auf dem anderen. Das Haus, in dem sie mal gewohnt haben, ist eine Steinwüste, ein Trümmerhaufen, selbst das Erdgeschoss ist zerstört. Sie wollen ans andere Ende, die Straße ist unpassierbar.

„Ich kann nicht mehr“, flüstert die Mutter.

„Wir müssen!“ Hermann stößt es hervor, energisch. Das alles ist auch für ihn zu viel, aber er will zu dem Haus, in dem Vater zurückgeblieben ist. Sie nehmen den Umweg, die Hohentorstraße ist genauso unpassierbar, also zum Königsplatz. Hier stehen noch Häuser, zumindest einiges ist trotz Beschädigungen stehengeblieben. Dann die Königsstraße hinunter, als sie an der Moltkestraße sind, kommen die Erinnerungen. In diesem Eckhaus dort haben sie wahrscheinlich Stunden verbracht. Und gegenüber, in diesem qualmenden Haufen Schutt, haben sie Vater zurückgelassen. Hermanns Herz drückt quälend. Vor dem Haus stehen

Feuerwehrleute, Mutter schleppt sich nur noch vorwärts, sie kann nichts sagen. Hermann fragt: „Hat da im Keller jemand überlebt?" Er sagt es schluchzend.

Ein Feuerwehrmann, grau im Gesicht vor Rauch, Asche und Erschöpfung, schüttelt den Kopf. „Da unten schwelt immer noch ein Feuer, das müssen wir ausglühen lassen, wir kommen nicht hin. Das hat keiner überlebt. Aus dem Nebenhaus wurden ein paar Tote geborgen," er zeigt auf das nächste Haus in der Königsstraße. Hermann sieht, wie Feuerwehrmänner dort gerade einen Leichnam auf die Straße legen. Manche sind verkohlt, andere angesengt. Auch dort hat ein Feuer gewütet, aber nicht so intensiv wie hier. Schläuche liegen auf der Straße, hier hat man löschen können. Hermann läuft die paar Meter, geht die Reihe der vielleicht zwölf, fünfzehn Toten ab. Und sieht einen Leichnam, der beinahe unversehrt ist, mit einer Augenklappe. Auch Mutter sieht es, sie schluchzt auf. Jetzt haben sie Gewissheit. Vater ist tot, hoffentlich ist er erstickt, denkt Hermann, der wünscht, dass sein Vater einen halbwegs gnädigen Tod hatte.

Was ist zu tun? Sie stehen ein paar Minuten, weinend, schluchzend. Die Mutter bückt sich, nimmt Vater die Armbanduhr ab, die Feuerwehrleute lassen es zu, überall in der Stadt gibt es solche Szenen. Fragen nach dem Namen des Toten, schreiben ihn auf ein Stück Pappe und binden es an Vaters Bein. Wo er begraben werden wird, kann ihnen niemand sagen. Aber da der Name bekannt ist, wird man das Grab später finden.

Sie wenden sich ab. Hilflosigkeit treibt sie an. Was will man noch hier in dieser Stadt? Unter freiem Himmel schlafen? Sie haben in nur ein paar Stunden alles verloren, haben nur noch sich selbst. Zwei geliebte Menschen, die Wohnung, alles, was sie je besessen haben. Kein Foto mehr von Otto, keine Bücher. Hermann hat das Foto von Waltraud. Das zumindest bleibt.

Sie gehen zum Friedrichsplatz, da gibt es etwas zu trinken, etwas zu essen. Zu wenig, um zu Kräften zu kommen, genug, um den nächsten Schritt zu gehen. Raus aus der Stadt. Sie schaffen es. Irgendein ferner Antrieb schiebt sie die Wilhelmshöher Allee entlang, Kilometer für Kilometer. Bis sie am Bahnhof Wilhelmshöhe sind. Den Zug besteigen, der nach Süden fährt und auch in Treysa halten soll. Und dann weiter zu Onkel Paul und Tante Minna. Was immer auch vor ihnen liegt, ein Großteil ihres Lebens ist beendet. Für Hermann mit 15 Jahren.

Elf Jahre später

Freitag, 25. Juni 1954

Hermann Siebert eilt die Treppe des furchteinflößenden Gebäudes am Rudolfsplatz in Marburg hinunter. Wieder mal so ein Tag des Abschieds. Sein Diplom hat er längst in der Tasche, aber an diesem Freitag wollte er noch einmal eine Vorlesung besuchen in dem Gebäude, in dem er vor fünf Jahren mit dem Studium begonnen hat. Eine romantische Eingebung heute Morgen, mehr nicht. Er hat auch nicht zugehört, es ging um Integralrechnung, doch er hat in Erinnerungen an die Studienzeit hier geschweift.

Seine Sachen hat er im Verbindungshaus längst gepackt, die nächsten drei Wochen wird er bei Mutter in Kassel verbringen. Und dann noch einmal nach Marburg zurückkehren. Ein Blick zur Uhr zeigt ihm: Er muss sich beeilen, zum Bahnhof ist es zum Glück nicht so weit. Sein abgewetzter brauner Koffer ist nicht schwer, das Wetter ist mild, so kommt er mit schnellem Schritt am Bahnhof an, erwischt den Zug nach Kassel. Er mag die Zugfahrt nicht, zumindest den Teil von Treysa nach Hause, immer wieder muss er dann an die Fahrt denken, die Mutter und ihn am 23. Oktober 1943 bis nach Treysa gebracht hat. Er löst einen Fahrschein, findet einen Sitzplatz im Zug, kurze Zeit später verlässt dieser den Bahnhof in der Stadt an der Lahn.

Es ist Platz im Waggon, Hermann zieht seine Schuhe aus und legt seine Beine, die in dunkelgrünen Knickerbockerhosen stecken, auf den Sitzplatz gegenüber. Mutter weiß noch nichts davon, dass er nun diplomierter Betriebswirt ist, er will sie überraschen. Onkel Paul und Tante Minna hat er es natürlich gesagt und sie zur Verschwiegenheit verpflichtet, hofft, dass die Tante sich nicht am Telefon verplappert hat. Ein Lebensabschnitt ist abgeschlossen, ein neuer wird beginnen – und er hat die Wahl. Einerseits könnte er den großen Hof des Onkels übernehmen, die Ehe ist kinderlos geblieben und er weiß, dass die Hoffnungen der beiden auf ihm ruhen. Sie haben ihn nie gedrängt und er ist den beiden nicht nur in tiefer Dankbarkeit, sondern auch in ebensolcher Zuneigung verbunden.

Es dauert noch bis Treysa und er erinnert sich an den Tag, als sie traumatisiert von den Ereignissen, mit nichts als dem Leben und ein paar Sachen im Gepäck den Bahnhof am oberen Ende der Altstadt des Schwälmer Städtchens betreten hatten. Wieder läuft der Film dieses Tages in seinem Kopf ab.

Sie trafen einen Bauern aus Dittershausen, der sie mit seinem Fuhrwerk mitnahm und auf dem Hof von Onkel Paul und Tante Minna ablud. Er sieht die entsetzten Gesichter der beiden, die nicht gefragt haben, sondern sogleich zupackten. Für Fragen war später Zeit – und die gab es reichlich, in vielen Stunden an den Abenden, wenn die Arbeit getan war und man beim Abendbrot und danach zusammensaß. Hermann hat die Schule wieder besucht, der Onkel und die Tante haben ihn gefördert, wo es nur ging. Beide sind tiefgläubige Christen, die in den letzten Kriegswochen noch andere Städter bei sich aufgenommen haben. Als Hermann nach dem Krieg sein Abitur gemacht hatte, riet ihm der Onkel, ein Studium zu beginnen. Er würde ihn finanziell unterstützen – mit der Bitte, ihm am Wochenende und in den Semesterferien auf dem Hof zu helfen. Das hat Hermann getan, es ist ein richtiger Bauer aus ihm geworden. Gewachsen ist er noch, ist ein großer, kräftiger Bursche geworden, Mutter sagt immer, er werde seinem gefallenen Bruder Otto von der Statur her immer ähnlicher.

Drei Jahre vergingen, bis die Mutter nach dem Krieg wieder nach Kassel fuhr. Hermann wollte nicht mit, die Wunden waren noch nicht ansatzweise verheilt. In Kassel hat Mutter den Arzt wieder getroffen, bei dem sie in der Praxis montags immer geputzt hat. Die Praxis ist zusammen mit dem Haus in der Königsstraße völlig zerstört worden, auch bei diesem Angriff am 22. Oktober. Der Arzt, Dr. Hans-Wilhelm Frick, hat in im Keller seines Mietshauses in der Frankfurter Straße den Bombenangriff unbeschadet überstanden.

Getroffen haben sie sich auf dem Markt, der Arzt hat Mutter gleich gefragt, ob sie wieder für ihn arbeiten wolle – das Ganze war jetzt ein paar Jahre her und Mutter und Frick sind mittlerweile verheiratet. Eine Zweckehe mit viel Gefühl, so hat es Onkel Paul immer beschrieben, aber Mutter geht es gut dabei, mit dem Arzt versteht sich Hermann auch – wobei ihm das Wohl der Mutter wichtiger ist. Frick ist über 20 Jahre älter als seine Frau, hat seine Praxis jetzt in der Frankfurter Straße und kommt gut über die Runden. Hermann erinnert sich noch, als Mutter ihn eines Tages beiseite nahm, erst herumdruckste und ihn dann fragte, ob er gegen eine Hochzeit etwas einzuwenden hätte. Wie hätte er? Mutter war noch eine junge, agile Frau, die nach den traurigen Jahren noch etwas aus ihrem Leben machen konnte. Aber er war sehr stolz und berührt gewesen, dass sie ihn gefragt hatte.

Vater hat seine letzte Ruhe auf dem Hauptfriedhof gefunden, dort, wo tausende von Opfern der Bombennacht liegen. Auch Waltraud Wittwer – beide Gräber wird er in den nächsten Tagen besuchen. Waltrauds Foto hat immer auf dem Nachttisch in seinem Zimmer im Verbindungsheim der Landsmannschaft Hasso-Borussia in Marburg gestanden. Dort ist er gelandet, weil der beste Freund Onkel Pauls, ein Jurist, sich als alter Herr für ihn stark gemacht hat. Er hat das nie bereut, die Kameradschaft hat ihm geholfen, die grausamen Erinnerungen zu verarbeiten, Lebensfreude wieder zu entdecken. Das ist ihm gelungen, nur in einem Punkt nicht. Für die Damenwelt war er bisher nie ansprechbar. Auch nach elf Jahren trauert er um eine Liebe, die keine Chance bekam, eine zu werden. Aber er hat Freunde gefunden, Hermann Siebert, der Einzelgänger, ist ein geselliger Mensch geworden.

Das Studium hat er problemlos absolviert – und nun kann er sich bewerben, oder aber den Hof übernehmen. Ein Betriebswirt als Bauer in Dittershausen – auf einem großen Hof mit allen Entwicklungsmöglichkeiten. Er denkt seit Wochen mehr als ernsthaft darüber nach. Langsam nähert sich der Bahnhof Treysa, der Zug ist noch leerer geworden, aber hier werden Menschen zusteigen, die nach Kassel wollen. Hermann wundert sich ein wenig, noch hat er keinen Schaffner gesehen, dreht die Fahrkarte in der Hand hin und her.

Er schaut vom Bahnhof hinunter in die Altstadt. Hier hat er die höhere Schule besucht, ihm war die Kinderlandverschickung, die so viele Kasseler Kinder erfasst hatte, erspart geblieben. Hier hat er ab 1944 wieder in der HJ mitgemacht, ohne Ehrgeiz und ohne groß aufzufallen. Wie oft war er mit seinen Klassenkameraden nach der Schule durch die Altstadt gestromert, er war für die Jungen nie das Kind aus der Großstadt, sondern ein Schwälmer Junge, der bei allen landwirtschaftlichen Themen mitreden und der vor allem auch anpacken konnte.

Der Zug fährt ruckelnd wieder los, die neuen Fahrgäste verteilen sich, jeder sucht ein Plätzchen, wo er möglichst Ruhe hat. Dann hört Hermann hinter sich eine Stimme: „Noch jemand zugestiegen? Die Fahrausweise bitte!“ Er hört das Knipsen der Zange, mit der die Fahrscheine entwertet werden. Hermann nimmt die Füße vom Sitz gegenüber, manche Schaffner mögen das nicht. Dann steht der Mann bei ihm, Hermann streckt ihm die Hand mit dem Fahrschein entgegen. Dann schaut er den Mann an. Der Schreck fährt ihm durch alle Glieder, dieses Gesicht, diesen Blick, den wird er im Leben nicht vergessen. Er sieht sofort den Moment, als er mit Waltraud genau diesem Gesicht begegnet ist. Vor ihm steht der Mörder von Philip Rosen und, das vermutet Hermann, der Mörder von Waltraud Wittwer. Er reißt sich zusammen, der Mann entwertet den Fahrschein, wünscht „Gute Fahrt!“ und geht weiter.

Hermann sitzt da und merkt, dass er schwitzt, der Schweiß auf den Armen und auf der Stirn ist kalt, er ist unfähig, etwas zu tun und noch unfähiger, klar zu denken. Was kann er tun? Er selbst wird ihn nicht zur Rede stellen können, aber er muss der Polizei in Kassel einen Hinweis geben. Mord verjährt nicht und der Mann, der hier so freundlich durch den Zug schlendert in seiner Uniform der Deutschen Bundesbahn, ist ein Mörder. Die einzige Zeugin hat er vermutlich selbst aus dem Weg geschafft, und die Polizei muss doch zumindest versuchen, diesen Mord aufzuklären.

Er schaut immer wieder auf die Uhr, die vielen Halte des Zuges machen ihn nervös und aggressiv. In Kassel-Wilhelmshöhe kann er endlich aussteigen; er wartet auf dem Bahnsteig noch einmal, ob er den Mann erneut sieht. Da! Er ist ausgestiegen, kontrolliert, ob die Türen frei sind, bläst in seine Pfeife, gibt dem Lokführer ein Zeichen und steigt wieder ein. Hermann hat erneut sein Gesicht gesehen. Es gibt keinen Zweifel. Er ist es.

Hermann geht zu Fuß, das Fahren mit der Straßenbahn ist ihm zu umständlich und er will das Geld sparen. Er nimmt den Weg durch den Park Schönfeld, kommt am Kinderkrankenhaus raus und wendet sich nach links. Rechts sieht er den ganzen Stolz der Kasseler Fußballfans, das Auestadion, vor einem Jahr eingeweiht. Noch ein paar hundert Meter, dann ist er da. Die Praxis hat heute, am Freitagnachmittag, längst geschlossen, er steigt die vier Etagen hoch, oben hat Frick zwei Wohnungen zu einer gemacht, dort wohnt er mit Mutter. Hermann klingelt und Mutter öffnet, strahlt ihn an und schließt ihn in die Arme. „Mein Junge, es ist so schön, dass Du da bist!"

„Ich habe Dir was mitgebracht," sagt Hermann.

„Aber das sollst Du doch nicht, ich habe doch alles."

„Nein, Mutter, das hast Du nicht!" Er holt die Urkunde aus seiner Tasche und reicht sie ihr. Sie liest den Text, schlägt die Hand vor den Mund, ihre Augen füllen sich mit Tränen.

„Du hast es geschafft? Oh Gott, bin ich stolz auf Dich!" Sie schließt ihn erneut in die Arme. Für eine Sekunde geht es Hermann durch den Kopf, dass diese Form der Nähe früher nie möglich gewesen war. Die neue Beziehung hat Mutter verändert und das gefällt ihm.

Hans-Wilhelm Frick steht in einem Türrahmen, Hermann bemerkt ihn erst jetzt. „Das kann ja nur heißen, dass Du Dein Diplom hast, oder?" Hermann nickt, er kann sich kaum bewegen, so heftig drückt ihn die Mutter. „Dann gratuliere ich Dir, toll gemacht!" Frick meint das ehrlich, das weiß Hermann.

Er bringt seine Sachen ins Gästezimmer am Ende des langen Flurs, hier hat er auch sein eigenes Bad. Es ist Zeit zum Abendessen, Hermann muss aus Marburg erzählen und natürlich wollen die beiden wissen, wie es jetzt weitergeht. „Eigentlich tendiere ich dazu, den Hof von Paul und Minna zu übernehmen, Landwirtschaft hat Zukunft und BWL-Kenntnisse können für ein solches Anwesen nur von Vorteil sein. Und, ehrlich gesagt: Als Büromensch, als Zahlenjongleur, kann ich mir ein Berufsleben nicht vorstellen."

„Siehst Du, das habe ich Dir doch gesagt!" ruft Frick. „Deine Mutter sieht Dich bei einer Bank oder Versicherung, aber ist es das denn wirklich für Dich? Nein! Folge Deinen Neigungen, Hermann, dann machst Du nichts falsch."

Mutter lächelt. „Naja, aber Du hast doch jetzt studiert. Und dann Kühe melken..." Die beiden Männer reden an diesem Abend lange auf sie ein.

Bis sie irgendwann sagt: „Ihr müsst mich nicht katholisch machen, mir ist das alles schon klar. Aber man wird für das einzige Kind ja mal Träume haben dürfen, oder?" Hermann nimmt ihre Hand, er weiß genau, dass sie bei diesen Worten an Otto denkt. Wo der begraben liegt, das wissen sie bis heute nicht und der Krieg ist nun schon seit neun Jahren vorbei.

Später erzählt Hermann von der Begegnung im Zug. Frick kennt die Geschichte natürlich aus Dutzenden von Erzählungen, weiß, wie sehr dieses Trauma Hermann belastet. „Du musst zur Polizei!" sagt er. Hermann ist ihm dankbar, er hat sich also nicht verrannt.

„Ihr habt ja keinen großen Draht zur Polizei, oder?" fragt er. Frick meldet sich, wie in der Schule.

„Doch. Der Polizeipräsident ist Logenbruder von mir." Der Arzt ist Freimaurer, die Johannisloge Goethe zur Bruderliebe ist beinahe 200 Jahre alt, im Dritten Reich verboten wurde sie 1946 wiedergegründet und Frick ist Wiedergründungsmitglied.

„Ist es jetzt sehr verwegen, wenn ich Dich bitte, ihn mal zu fragen, ob es diesen Kommissar Drachsel noch gibt? Vom Alter her müsste der noch im Dienst sein."

Frick nickt. „Kannst Du ihn heute Abend anrufen?" Hermann weiß, dass er sehr drängelt, aber der Arzt ahnt, was den Jungen so intensiv bewegt. Er geht in sein Arbeitszimmer, Mutter und er hören ihn reden.

„Du hast Glück, er ist heute Abend zuhause, hat ein paar Gäste," sagt Frick als er zurückkommt, sich an den Tisch setzt und sich mit der Serviette den Mund abtupft, bevor er einen Schluck Wein trinkt.

„Und? Drachsel?" Hermann ist ungeduldig.

„Gerald sagt, dass Drachsel sein bester Kommissar ist, er will ihn am Wochenende anrufen. Vielleicht meldet er sich dann hier – wenn nicht, dann musst Du am Montag ins Königstor." Königstor. Wieder werden Erinnerungen geweckt. Er sieht Waltraud und Renate aus dem Haus kommen und in Richtung Polizei aufbrechen. Er schließt die Augen und verdrängt die Bilder. Renate und Adelheid sind, wie er nach dem Krieg herausgefunden hat, ebenfalls in der Nacht gestorben. Die Altstadt war ein einziges Massengrab. Die Zahl der Toten steht bis heute nicht fest, manche sprechen von 10.000.

Samstag, 26. Juni 1954

Am Samstag geht Hermann in die Stadt. Der Wiederaufbau hat längst begonnen, aber die Folgen des Krieges sind überall sichtbar. Dort, wo das Haus der Familie Wittwer stand, gibt es jetzt eine neue Straße, die man „Neue Fahrt" nennt. Hermann findet nicht weit davon entfernt einen Blumenladen und kauft einen Strauß weiße Nelken. Dann fährt er mit der Straßenbahn bis zum Hauptfriedhof. Vor etwa einem Jahr wurde das Feld für die Bombenopfer eingeweiht, jedes der Gräber, in denen manchmal zehn und mehr Tote ihre letzte Ruhe fanden, hat einen Grabstein.

Er geht durch den Haupteingang, folgt dem Kieselweg immer geradeaus, bis er das Ehrenmal sieht. Davor erstreckt sich das Gräberfeld der Bombenopfer. Hermann geht zuerst zu Vaters Grab. Er ist nicht sehr religiös, aber er steht jedes Mal da, erzählt seinem Vater flüsternd, wie es seinem Sohn so ergangen ist und spricht zuletzt ein Vaterunser. In der Hand hat er den Strauß Nelken. Dann geht er zu Waltrauds Grab. Er kniet; auch jetzt, nach elf Jahren, schnürt es ihm die Kehle zu. Er kauft immer Nelken; Rosen, findet er, wären zu aufdringlich und wären dieser gerade aufkeimenden Liebe nicht gerecht geworden. Auch Waltraud erzählt er, noch länger als vorher, spricht auch hier ein Vaterunser und legt die Blumen hin. 26 Jahre wäre sie jetzt, wie er. Mitten in der blühendsten Phase des Lebens. Und was aus ihnen beiden geworden wäre? „Bis bald", sagt er zum Abschied und weiß, wie widersinnig das ist. Aber er wird wiederkommen.

Am Nachmittag trifft er sich mit Ernst Pötter, sie waren vor Jahren beide auf der Suche nach Klassenkameraden, Ernst hat dann Mutter ausfindig gemacht, nachdem die wieder nach Kassel gezogen war, der Kontakt entstand, seitdem halten sie per Brief Kontakt und sehen sich gelegentlich. In der Klasse haben viele die Bombennacht nicht überlebt. Der dicke Martens ist tot, Lothar Nieft, die Unke, ebenfalls. Walter Herbst hat überlebt, ist mit seiner Familie aber nach Korbach gezogen, der Kontakt ist abgerissen. Lateinlehrer Dr. Steffens ist pensioniert, Mathelehrer Dr. Heilig wurde noch eingezogen und ist gefallen.

Sie treffen sich im Café Däche, Ernst ist ein hoch aufgeschossener Schlaks, hat nach dem Abitur bei der Sparkasse angefangen, weil er keine Lust auf ein Studium hatte – und auch keine Ahnung, wie er es hätte finanzieren sollen. Jeder bestellt ein Kännchen Kaffee, normalerweise leistet sich Hermann so etwas nicht, aber die Mutter hat ihm ein paar Mark zugesteckt. Ernst Pötter ist ein redseliger Bursche, er erzählt, dass ihre Schule, die nach dem Krieg Realgymnasium Wesertor genannt wurde, nun schon wieder einen anderen Namen bekommen soll.

„Die wollen unsere Penne Goethegymnasium nennen, was hältst Du davon?"

„Egal ob Realgymnasium, Hermann-Göring-Schule, Goetheschule oder was auch immer: Das bleibt immer der Eimer." Eimer – das war seit Jahrzehnten der Name, den der Volksmund der Schule gegeben hatte. Wurde zurückgeführt auf die Anfänge der Schule, als sie Anfang des Jahrhunderts Oberrealschule im Entstehen (i.E.) genannt wurde. Das „i.E." wurde mit „im Eimer" übersetzt.

„Das stimmt", lacht Ernst. Der hatte tatsächlich auf der Schule sein Abi gebaut, war also Eimer-Absolvent. Hermann berichtet von seinen Plänen, den Hof des Onkels zu übernehmen.

„Das wär nix für mich", sagt Ernst Pötter. „Unregelmäßige Arbeitszeiten, im Winter musst Du raus, wenn's kalt ist, jedes Wochenende Arbeit, ne, da lobe ich mir meinen Bürojob und die regelmäßige Bezahlung."

Irgendwann kommen sie auf den Sport zu sprechen, Hermann hat mit den Kommilitonen natürlich die Fußball WM in der Schweiz verfolgt. Deutschland ist im Viertelfinale. „Sag mal Hermann, Du bist doch jetzt ein paar Wochen hier. Morgen ist das Spiel gegen Jugoslawien. Wollen wir uns das ansehen? Mein Chef hat nen Fernseher und die Abteilung eingeladen, wir können auch Freunde mitbringen. Nur das Bier muss jeder selbst besorgen." Hermann ist sofort dabei. Jetzt noch Bier kaufen wird aber schwierig, die Geschäfte haben zu. Ernst hat die rettende Idee: Die Kneipe um die Ecke in der Holländischen Straße, wo er wohnt, verkauft Flaschenbier. Er hat ohnehin ein Auge auf die Wirtstochter geworfen und schaut da heute Abend noch mal rein. Die Sache ist geritzt, man trifft sich am nächsten Tag um 16 Uhr bei Ernst, dann laufen sie zum Warteberg, wo der Chef wohnt.

Zuhause wird er schon erwartet. „Der Drachsel hat angerufen", sagt die Mutter. „Er kann sich an Dich erinnern. Du sollst Dich morgen früh bei ihm melden, heute ist er nicht mehr zu erreichen." Eine Nachricht, die Hermann froh stimmt. Nach dem Abendessen zieht er sich zurück, er will ein bisschen lesen – und immer, wenn er am Grab war, schreibt er noch einen Brief an Waltraud. Mittlerweile sind es bestimmt 15 Stück, die er aufbewahrt.

Sonntag, 27. Juni 1954

Zum Frühstück hat Frick Brötchen geholt, Hermann weiß gar nicht mehr, wann er zuletzt sonntags Brötchen gegessen hat, er weiß gar nicht mehr, wann er überhaupt zuletzt Brötchen gehabt hat. Frick kennt einen Bäcker in Wilhelmshöhe, der backt auch am Sonntag gegen Vorbestellung. Da ist er hingefahren. „Zur Feier des Wochenendes und Deines Diploms. Du hast Deine Mutter sehr glücklich gemacht. Und mich, wenn ich das mal sagen darf, im Übrigen auch." Frick hat einen Sohn, Ralf, aus erster Ehe, seine erste Frau ist kurz vor Kriegsbeginn bei einem Autounfall ums Leben gekommen. Ralf ist allerdings schon über vierzig und hat kaum Kontakt mit seinem Vater. Und Hermann hat ihn erst einmal gesehen.

Nach dem Frühstück ruft er Drachsel an. Der hört sich die Geschichte an. „Sind Sie sich absolut sicher?" fragt er danach.

„Absolut!" sagt Hermann. „Wissen Sie, diese Szenen haben sich bis ins Detail in meiner Erinnerung festgebrannt. Und da hat auch die lange Zeit nichts verwischt oder verklärt."

„Ich habe tatsächlich meine Aufzeichnungen von den Gesprächen mit Fräulein Wittwer noch, sogar zuhause, da ich sie im Büro nicht archivieren kann. Wenn Sie wollen, können wir uns heute treffen und sie beschreiben mir den Mann – ich gleiche das dann ab."

„Können wir machen, ich könnte so gegen 14 Uhr, bin nachmittags mit einem Freund wegen des Länderspiels verabredet."

„Naja, das will ich mir auch anhören, ist doch klar!" Drachsel hat also keinen Fernseher, denkt sich Hermann. Wie die meisten. Da ist er heute ein Glückspilz.

„Eine Frage noch." Hermann kann sich das jetzt nicht verkneifen. „Warum haben Sie so ein Interesse an dem Fall? Ich meine, Sie haben doch heute wahrscheinlich frei, oder?"

„Ja, ich habe frei. Aber der Fall Philip Rosen hat mich all die Jahre beschäftigt, weil ich mir, gerade nach dem Mord an Fräulein Wittwer, immer sicherer wurde, dass wir den falschen Mann gehängt haben. Ich erkläre Ihnen das gern später."

Er steht um 14 Uhr vor dem Haus in der Parkstraße, in dem Drachsel immer noch wohnt. Die Wohnung ist gemütlich eingerichtet, Charlotte Drachsel bringt eine Kanne mit Kaffee, die einen putzigen Schaumstoffschwamm an der Gießöffnung hat, der die Tropfen auffangen soll. Drachsels Haare sind von leichten grauen Strähnen durchzogen, er scheint ein wenig zugelegt zu haben, hat aber noch dieselben wachen Augen, an die sich Hermann aus der Begegnung in der Wilhelmsstraße erinnert. Drachsels Kinder sind bei Freunden, die Älteste hat gerade Abitur gemacht und ist mit ihrem Freund spazieren. „Wir haben also Ruhe", sagt Drachsel schmunzelnd und nimmt einen vergilbten dünnen Ordner vom Tisch. „Dann schießen Sie mal los, wie sah der Kerl denn aus?"

Hermann beschreibt den Mann, Drachsel überfliegt seine Aufzeichnungen und sagt dann: „Könnte stimmen. Jetzt brauchen wir noch einen Namen."

„Damit kann ich leider nicht dienen," sagt Hermann. „Kein größeres Problem," meint Drachsel, „wird ja rauszukriegen sein, wer vorgestern in dem Zug von Marburg nach Kassel die Karten abgeknipst hat." Sie erzählen dann ein wenig, wie es ihnen ergangen ist nach dem Krieg, Charlotte setzt sich zu ihnen. Drachsel hat ihr die Geschichte von Waltraud Wittwer schon damals erzählt, was sie nun anrührt ist die Tatsache, dass dieser junge Mann hier, ein gut aussehender, stattlicher Bursche, die Liebe von einst nicht vergessen hat.

„Wie alt waren Sie damals?" fragte sie. „15", antwortet Hermann und lächelt.

„Als ich meinen Mann kennengelernt habe, war ich 17. Und die Liebe hat bis heute gehalten", sagt sie, ohne zu ahnen, wie sehr das Hermann schmerzt. Ja, was wäre aus Waltraud und ihm wohl geworden...

Als Charlotte Drachsel in die Küche geht, erzählt ihr Mann plötzlich von den Tagen nach dem Mord an Philip Rosen. „Wir hatten einen unglaublichen Druck. Rosen war ein wichtiger Lieferant für die Wehrmacht – und er hatte beste Verbindungen nach oben. Er war mit Ribbentrop befreundet – also brauchten wir schnellstmöglich eine Verhaftung. Erich Esser war dann die arme Sau, die es getroffen hat. Die Gestapo hat ihn verhört – und natürlich hat er irgendwann alles gestanden. Die haben ihm die Hand zerquetscht, im Gericht hatte er einen Verband, war mit Schmerzmitteln vollgepumpt, hat keinen Ton gesagt." Drachsel nimmt einen Schluck Kaffee. „Nun hatten wir also das Geständnis. Und dann kam Fräulein Wittwer mit ihren Beobachtungen, die aber leider so vage waren, dass wir noch nicht mal eine konkrete Täterbeschreibung hatten. Das Einzige war: Sie hat ausgesagt, er hätte das linke Bein nachgezogen. Das traf auf Esser nicht zu. Aber als sie ihn dann Tage später wieder getroffen hat, da soll er völlig normal gelaufen sein. Damit konnten wir unter dem Zeitdruck nichts anfangen."

„Ich war ja damals dabei", sagt Hermann tonlos. Drachsel schaut ihn an. „Ich weiß, das hat sie erzählt. Und? Hat er das Bein nachgezogen, war da etwas auffällig?"

„Kann ich nicht sagen, ich habe den ja erst gar nicht beachtet. Beim zweiten Mal dann…"

„Welches zweite Mal?"

„Am Tag vor dem Angriff. Da hatten wir uns wieder am Marmorbad getroffen und da kam er uns entgegen, in SS-Uniform. Aber er hinkte nicht, da war nichts auffällig."

„Ja, und dann?"

„Er hat wohl gemerkt, dass Waltraud ihn völlig entsetzt angeschaut hat und ist uns gefolgt. In der Wolfsschlucht war es dann so, dass Waltraud mit mir über die Hinterhöfe ist, da kannte sie sich natürlich bestens aus. So habe ich dann auch erstmals den Laden von innen gesehen und die Mutter kennengelernt. Komische Situation."

Drachsel nickt. „Wissen Sie, Herr Siebert, als Esser dann hingerichtet wurde, beschlich mich mehr und mehr das Gefühl, dass da der falsche Mann sein Leben lassen musste. Das Gefühl hat mich nicht losgelassen, erst recht nicht, nachdem ich Ihre Freundin da erwürgt auf der Straße habe liegen sehen. Ich weiß aber wirklich nicht, was wir hätten machen sollen. Alle wurden eingesetzt für die Rettungstrupps, eine normale Untersuchung wäre da niemals drin gewesen. Naja, vielleicht haben wir jetzt Glück."

„Was ist eigentlich aus dem Richter geworden?" Hermann hat den Prozess vor knapp elf Jahren nicht verfolgt, aber die Frage schießt ihm durch den Kopf. „Knierim? Dreimal dürfen Sie raten. Der ist wieder im Justizdienst. Der hat Dutzende von Menschen in den Tod geschickt, ist wundersamerweise problemlos durch die Entnazifizierung gekommen und jetzt vertritt er mit derselben Vehemenz die neue Rechtsordnung. Erstaunlich, wie sich die Menschen wandeln können. Aber das trifft ja auf die ganze Stadt zu. Im Dritten Reich haben die alle die Nazis gewählt – und seit Kriegsende sind die jetzt alle plötzlich Sozialdemokraten. Man wundert sich über gar nix mehr."

Sie vereinbaren, dass sich Hermann jeweils um 16 Uhr bei Drachsel mal telefonisch meldet, um den Stand der Dinge abzufragen. Dann macht er sich auf den Weg in die Holländische Straße, wo Ernst Pötter eine kleine Wohnung hat, die Hermann aber nicht zu Gesicht bekommt. Er steht schon vor dem Haus, hat eine große Tasche in der linken Hand. „Herkules-Bier", ruft er von weitem. Einen Schluck könnten beide jetzt schon vertragen, aber das gehört sich nicht in der Öffentlichkeit. Sie gehen die Holländische Straße entlang, biegen dann rechts Richtung Warteberg ab. Holger Herbst heißt der Chef von Erwin, hat ein kleines Häuschen in der Straße Am Sandkopf. Er ist ein gemütlicher Mittfünfziger, der mit seiner

Frau dort oben wohnt und sich über jeden Besuch freut. Vielleicht, weil er dann bei solchen Anlässen auch mal ein paar Bier mehr trinken kann.

Der Bundestrainer hat die Aufstellung verändert, die schlechteste Nachricht ist jedoch, dass es keine TV-Übertragung geben wird. „Angeblich zeigen die das im Fernsehen erst zum Halbfinale, war irgendeine Scheißhausparole", sagt Herbst und stellt das Radio auf laut. Es gibt Diskussionen über die Aufstellung, Bauer und Klodt sind raus, Kohlmeyer und Rahn sind neu im Team. „Der Rahn ist viel zu eigensinnig", ruft Herbst in die zehnköpfige Männerrunde. „Ach Quatsch, endlich ist der in der Mannschaft, der ‚Boss' macht heute ein Tor", entgegnet einer, dessen Namen Hermann nicht weiß. Bevor es losgeht, stoßen sie alle an auf einen deutschen Sieg.

Nach wenigen Minuten steht es 1:0 durch ein Eigentor der Jugoslawen und dann macht der ‚Boss', wie Helmut Rahn gerufen wird, tatsächlich sein Tor. Es bleibt beim 2:0 und Herbst spendiert nach dem Schlusspfiff für jedes Tor einen Schnaps. „Auf jedes Tor nen Schwinnekopp", sagt er – und meint einen Hardenberger Korn, auf dessen Etikett der Kopf eines Keilers prangt.

Hermann ist Trinken durch seine Jahre im Verbindungsheim gewöhnt, dennoch merkt er die Schnäpse auf dem Heimweg. Es ist zehn Uhr, als er endlich in der Frankfurter Straße ankommt. Mutter und Frick sind schon schlafen gegangen, er bewegt sich leise in der Wohnung und schläft schnell ein.

Montag, 28. Juni 1954

Am Montag hat er nichts vor, geht zu Fuß zum Bahnhof Wilhelmshöhe, studiert die Fahrpläne und sieht, dass um 11.13 Uhr ein Zug nach Marburg fährt und um 12.24 einer aus Marburg eintrifft. Er wartet und löst dann eine Bahnsteigkarte, kurz bevor der Zug vom Hauptbahnhof kommend eintrifft. Der Schaffner steigt aus, ein blonder Mann Anfang 40. Das war dann wohl nichts, sagt sich Hermann. Er weiß gar nicht, was er machen oder sagen soll, wenn er den Mörder wieder trifft. Er kann auf dem Bahnsteig bleiben, denn der aus Marburg kommende Zug fährt auf dem Nebengleis ein. Der Zug hat ein paar Minuten Verspätung, dann kommt er zischend zum Stehen und der Schaffner steigt aus. Hermanns Puls beschleunigt sich, er schaut in das Gesicht und weiß, der Mann steht vor ihm, er ist es. „Kann ich Ihnen helfen?" fragte der Schaffner höflich.

„Nein, danke, ich wollte eigentlich jemanden abholen, aber mein Freund scheint nicht im Zug zu sein. Jetzt mache ich mir einfach nur Gedanken."

„Vielleicht hat er den Zug verpasst und nimmt den nächsten", erwidert der Mann freundlich und kümmert sich dann um die Weiterfahrt des Zuges.

Hermann geht später nachdenklich nach Hause. Hofft, dass Drachsel bei seinen Ermittlungen weitergekommen ist.

Punkt 16 Uhr ruft er ihn an. „Na, pünktlich wie die Maurer", begrüßt ihn der Kommissar. Und fährt fort. „Das wird eine spannende Angelegenheit. Der Mann heißt Christian Stürmer, geboren am 1.3.1921 in Wolfhagen. Zumindest steht es so in den Personalunterlagen der Bahn. Ist 1948 aus der Kriegsgefangenschaft entlassen worden, war bei der SS, angeblich bei den Gebirgsjägern. So hat er es ausgesagt, als er nach dem Krieg irgendwo im Hunsrück oder so in Gefangenschaft geriet. Seine Blutgruppentätowierung hatte er sich wegmachen lassen. Und jetzt kommt's." Drachsel blättert hörbar, dann holt er tief Luft. „Bei den Gebirgsjägern ist niemand registriert, der diesen Namen trägt. Ich habe auch keine Ahnung, wo der Kerl dann seine Papiere her hat. Aber heute Abend noch werden wir ihn mal besuchen und befragen. Er wohnt in Wehlheiden, Straße sage ich Ihnen nicht, sonst sind Sie noch vor uns da. Rufen Sie mich bitte morgen früh wieder an, dann weiß ich mehr."

„Wahrscheinlich haben Sie Recht, ich war heute schon auf dem Bahnhof und habe geschaut, ob er in einem der Züge nach oder von Marburg Dienst hat."

„Und? Haben Sie ihn gesehen?"

„Ja. Ich sage Ihnen, Herr Kommissar, das ist der Mann."

Hermann wäre abends gern dabei gewesen, wenn die Polizei in Wehlheiden aufkreuzte. Aber er kennt ja die Adresse nicht und hat seit dem Gespräch in der Parkstraße Vertrauen in den Kommissar.

Der steht mit einem Kollegen am Abend in der Gräfestraße vor einem Hinterhaus. Hier nebenan hat es bei den Bombenangriffen die ersten Toten gegeben – und man sieht die Wunden noch, die die Bomben in die Häuserfront gerissen haben. Es wird noch Jahre dauern, bis man die Kriegsspuren nicht mehr sehen wird in dieser Stadt, denkt Drachsel.

Die Wohnung Stürmers ist im Erdgeschoss. Drachsel hat die Zeit seit dem Telefonat mit weiteren Recherchen verbracht. Bernd Bosser, der Kollege, klingelt, nach Sekunden wird geöffnet. Sie betreten das Haus, in der Tür steht ein Mann, es muss Stürmer sein. Die beiden weisen sich aus und Drachsel sagt: „Wir haben ein paar Fragen an Sie."

„Fragen wozu?“ antwortet Stürmer misstrauisch. „Fragen zu Ihrer SS-Vergangenheit“, sagt Drachsel lauter als notwendig, weil er sicher ist, dass einige der Bewohner jetzt gerade an den Türen lauschen. „Kommen Sie rein“, sagt Stürmer. Sie gehen durch in ein kleines Wohnzimmer. Keine Fotos, nichts, was auf eine Familie oder eine militärische Vergangenheit hindeuten könnte. Sie nehmen in zwei leicht abgewetzten hellgrünen Sesseln Platz, Stürmer setzt sich aufs Sofa. „Um es gleich zu sagen, Herr Stürmer – oder wie soll ich Sie nennen?“ Drachsel macht eine Pause, schaut dem Mann in die Augen. Dessen Blick irrlichtert umher. „Was ich damit sagen möchte: Sie sind mit einer gefälschten Identität unterwegs. Ihre Angaben im Personalbogen der Bahn sind gefälscht, demzufolge gehe ich davon aus, dass auch Ihre Papiere nicht echt sind. Und bevor Sie sich jetzt künstlich echauffieren“, sagt Drachsel mit stetig ansteigender Stimme, um Stürmers Gegenwehr im Keim zu ersticken, „mache ich Ihnen ein Angebot: Sie kooperieren mit uns, denn dann können Sie das Strafmaß positiv beeinflussen. Denn eine Strafe wird es geben. Sie sind nicht der, für den Sie sich ausgeben. Wer also sind Sie wirklich?“

Stürmer – oder wie immer auch heißen mochte – sitzt da mit durchgedrücktem Kreuz. „Beweisen Sie mir das!“

„Ich kann zumindest beweisen, dass Sie erstens nicht bei den SS-Gebirgsjägern gedient haben, zumindest nicht mit diesem Namen. Zweitens steht fest, dass am 1.3.1921 kein Christian Stürmer in Wolfhagen geboren wurde. Das aber steht wahrscheinlich in Ihrem Pass. Darf ich den mal Ihren Personalausweis sehen?“ Stürmer ging in Begleitung Bossers in den Flur, das Ausweisdokument steckt in seiner Jackentasche. Drachsel blättert darin. „Hier steht’s – und ist nach weislich nicht richtig. Die Vergehen addieren sich allmählich. Sollen wir mal überprüfen, ob die Stelle, die hier als ausweisausstellende Behörde angegeben ist, diesen Ausweis bearbeitet hat? Stadt Kassel – aha. Der müssen Sie ja eine Geburtsurkunde besitzen. Die würde ich auch gern mal sehen.“

„Muss ich das alles machen? Ich meine, was passiert, wenn ich mich weigere?“

„Dann nehmen wir Sie mit, verhören Sie auf dem Revier und besorgen uns einen Hausdurchsuchungsbefehl. Also: Verstecken können Sie eh nichts. Ich hatte Ihnen ja gesagt, dass Kooperation hilfreich sein könnte.“

„Die Geburtsurkunde ist im Krieg verloren gegangen, ich musste mir eine neue besorgen.“

„Aha. Wo und wie ist sie denn verloren gegangen?“

„Wir wurden ausgebombt.“

„In Wolfhagen? Da ist meines Wissens nichts sehr viel an Bomben heruntergekommen, nur durch die Sprengung des Munitionsdepots gab es Schäden. Und wer ist denn wir?“

Stürmer wird langsam aber sicher in die Enge getrieben. „Wir – das sind meine Eltern, meine Geschwister und ich. Wir wohnten da in Kassel.“ Der Mann wirkt auf Drachsel äußerst unbedarft, irgendwie verlief das alles hier viel zu glatt. Was war der Haken an der Sache?

„Und wo haben Sie gewohnt?“

„In der Mühlengasse.“ Drachsel überlegt, stimmt, die Mühlengasse war beim Angriff am 22. Oktober 1943 komplett zerstört worden. Der Mann sitzt mittlerweile vor ihm wie ein Häufchen Elend.

„Und Ihre Familie? Was ist mit der in der Bombennacht passiert?“ Der Mann sitzt vor ihm wie ein Häufchen Elend.

„Alle tot“, presst er heraus. „Vater, Mutter, meine Geschwister.“

„Und wie haben Sie überlebt? Waren Sie im Feld?“ Der Mann schüttelt mit dem Kopf. Drachsel überlegt, ob es Sinn macht, ihn hier weiter zu bearbeiten. „Haben Sie denn jemanden, der Sie juristisch beraten kann?“ fragt er in einem beinahe vertraulichen Ton. Wieder Kopfschütteln. „Haben Sie jemanden im Bekannten- oder Freundeskreis, der Ihnen da weiterhelfen kann?“

„Ich habe nur einen ehemaligen Kameraden bei der Waffen-SS, der Kontakte zur HIAG unterhält, vielleicht können die ja helfen.“ Die HIAG? Die Hilfsgemeinschaft auf Gegenseitigkeit der Angehörigen der ehemaligen Waffen-SS – das war eine nicht zu unterschätzende Organisation mit Beziehungen in die höchsten Bereiche der Politik, der Wirtschaft, der Verwaltung und der Justiz. „Haben Sie denn mit Ihrer Vergangenheit bei der Waffen-SS diese Unterstützung nötig?“ Der Mann nickt.

Zehn Minuten später sitzen die drei im Auto und fahren ins Kommissariat im Königstor. Drachsel hat schon so manchen ehemaligen Soldaten erlebt, der sich wegen Kriegsverbrechen verantworten soll. Und je niedriger der Dienstgrad war, umso brüchiger waren die Persönlichkeiten, so manchen hat man nutzen können als Kronzeugen gegen die Befehlsgeber, aber Verfahren wegen Kriegsverbrechen waren auch neun Jahre nach dem Krieg immer noch schwierig. Was unter anderem auch daran lag, dass die NS-Justiz in Form von Richtern und Staatsanwälten in der heutigen Gerichtsbarkeit stark vertreten war. Dieser Mann, der seit Jahren als Christian Stürmer unterwegs war, das schien so einer zu sein, dessen Weltbild mit der Niederlage im Krieg und dem Ende des Hitler-Regimes zusammengebrochen war, dem plötzlich klar wurde, dass die Herrenmenschen in SS-Uniform nun als Verbrecher verfolgt wurden.

Hier hatte er jemanden, der seine Familie verloren hatte und sich im Nachkriegsdeutschland im Verborgenen über Wasser hielt. Warum er, den ja wahrscheinlich mancher kannte, ausgerechnet in Kassel seine neue Identität lebte – das Geheimnis würde sich hoffentlich noch lösen lassen.

Im Kommissariat ließen sie ihn ein wenig schmoren allein in diesem kalten Verhörraum. Es war mittlerweile halb neun, der Mann hatte einen langen Tag hinter sich, Drachsel musste sehen, wie weit er kam.

Um neun Uhr stand die Identität des Mannes fest: Er hieß Walter Donigk, war tatsächlich am 1.3.1921 geboren worden – allerdings in Kassel, in diesem Haus in der Mühlengasse 11. Er war Angehöriger der Leibstandarte Adolf Hitler gewesen, zuletzt als Hauptscharführer, was in etwa dem Oberfeldwebel entsprach. Eine vergleichsweise kleine Nummer also, aber die waren diejenigen, die häufig Belastendes gegen ihre Vorgesetzten sagen konnten.

Um elf Uhr in der Nacht hatte er seine Beteiligung an der Erschießung von amerikanischen Kriegsgefangenen im Dezember 1944 gestanden. Allerdings berief er sich darauf, Befehle ausgeführt zu haben – natürlich, und aus Sicht von Drachsel auch verständlich. Und er war bereit, die Abläufe zu schildern und Namen zu nennen. Allerdings erst am nächsten Tag, der Mann war kräftemäßig am Ende.

Donigk blieb in Gewahrsam, Drachsel bereitet noch die Hausdurchsuchung am nächsten Tag vor. Er geht angespannt nach Hause, mit einem solchen Durchbruch hat er gar nicht gerechnet. Aber wer konnte schon genau sagen, was es aus einem Menschen macht, der seinen Glauben verloren hat an das was er tat, den sein gewissen Jahre plagt und der eventuell ein Geständnis, ungeachtet der Konsequenzen, als Erlösung und Befreiung betrachtet.

Dienstag, 29. Juni 1954

Am nächsten Morgen um sieben Uhr beginnt die Hausdurchsuchung. Um acht Uhr wird Donigk zum erneuten Verhör vorgeführt. Drachsel ist müde, aber er ist auf der Jagd, das Adrenalin pumpt ihn wach und leistungsfähig. Er wird das Verhör weiterführen – aber ohne großen Druck, er will die Ergebnisse der Hausdurchsuchung abwarten, die Wohnung ist klein, die ersten Resultate müssten bald da sein.

„Wie geht es Ihnen?“ fragt er Donigk, dem er eine Tasse Kaffee anbietet, was der dankend annimmt.

„Bin müde, aber sonst geht es."

„Sie haben gestern viel aus Ihrem Soldatenleben erzählt. Das alles wirkte auf mich, als müssten sie es mal loswerden." Donigk nickt. „So ähnlich ist das auch. Als Angehörige der Waffen-SS kamen wir uns groß und mächtig vor, wir wussten, dass wir für eine gute Sache kämpften, ein Kampf, der alle Mittel erlaubte. So ist es uns auch immer wieder eingetrichtert worden. Ja eigentlich schon in der HJ. Aber dann, nach dem Krieg… Ging ja schon damit los, dass wir uns die Tätowierung hier am linken Arm wegmachen mussten. Jeder, der so ein Ding hatte, galt ja als Verbrecher. Dann kommt man aus der Kriegsgefangenschaft und muss neu anfangen. Ich hatte keine Berufsausbildung, nichts. Habe mich durchgeschlagen mit verschiedenen Arbeiten, bin irgendwann als Hilfsarbeiter bei der Bahn gelandet und hab mich dann hochgearbeitet zum Schaffner. Ich mag den Beruf sehr."

„Fahren Sie immer in diesem Zug von Kassel über Marburg?"

„Meistens."

„Und warum sind Sie ausgerechnet zurück nach Kassel – ich meine, hier ist die Gefahr, erkannt zu werden, doch am größten."

„Das stimmt natürlich. Aber es ist relativ leicht, sich einfach zu verstecken. Die Nachbarn sind alle tot, aus der Schule bin ich vor fast 15 Jahren, die meisten leben ja auch nicht mehr. Einen Beruf hatte ich zwar, aber der Betrieb ist zerstört, der Inhaber tot. Und aus der Unterneustadt bin ich ja damals kaum rausgekommen. Und außerdem… Ich habe ihnen gestern eines verschwiegen. Einer meiner Brüder hat die Bombennacht überlebt. Er ist schwer verletzt geborgen worden, und er hat auch die unzureichende medizinische Versorgung überlebt. Alles ist ein großes Wunder. Aber er ist behindert, körperlich wie geistig. Er lebt in einem Pflegeheim hier in der Stadt. Aber Kurt ist alles, was ich habe. Darum bin ich hier."

Drachsel wehrt sich dagegen, dass ihm der Mensch anfängt, leid zu tun. Die lockere Verhörmethode, in der der Kommissar geradezu verständnisvoll wirkt, zahlt sich aus. Donigk wirkt entspannter als gestern, er plaudert mehr, mal sehen, wohin das führt, denkt Drachsel. Um elf Uhr ruft Bosser an. „Du musst mal kommen, wir haben hier was von der Hausdurchsuchung." Er unterbricht das Verhör, Donigk wird in seine Zelle gebracht, Drachsel geht zu Bosser, dessen Büro ist auf dem gleichen Flur. „Wir haben jetzt nichts groß Aufregendes gefunden, aber das hier, das solltest Du dir mal anschauen." In einer Mappe, die Bosser ihm reicht, finden sich Zeitungsausschnitte aus der Zeit vor dem 22. Oktober 1943. Der Mord an Philip Rosen, die Festnahme Essers, die Gerichtsverhandlung mit Urteil, die Hinrichtung. Drachsel setzt sich.

„Das ist kein Beweis, aber das muss er erst einmal erklären, gute Arbeit, Kollegen!“

Um kurz vor 12 erscheint Donigk wieder im Verhörraum. „Herr Donigk, wir haben heute Morgen ihre Wohnung durchsucht.“ Donigk zuckt zusammen. „Wir haben da nur etwas gefunden, was Fragen aufwirft.“ Drachsel legt die Zeitungsausschnitte vor Donigk auf den Tisch.

„Hat mich damals interessiert“, sagt er knapp.

„Wissen Sie eigentlich, dass es damals eine Augenzeugin der Tat gegeben hat?“ Donigk stiert vor sich hin. „Wenn Sie die Zeitungsausschnitte haben – dann waren Sie also in den Tagen auch in Kassel?“ Donigk nickt. „Fronturlaub?“ Wieder Nicken. „Wir kriegen morgen oder übermorgen übrigens das, was an Informationen über Sie aus der Zeit bei der Leibstandarte noch vorhanden ist. Vielleicht steht da auch was über diesen Urlaub drin.“ Schweigen. „War es ein normaler Heimaturlaub, oder waren Sie verletzt und mussten das auskurieren?“

Wieder Schweigen. Dann murmelt er: „Autounfall.“

„Sie hatten einen Autounfall? Wo denn?“

„Italien.“

„Und? Was für eine Verletzung hatten Sie?“

„Bein gebrochen.“

„Lagen Sie im Lazarett?“

„Sechs Wochen.“

„Und dann?“

„Konnte nicht mehr richtig laufen, das linke Bein, ich habe es nachgezogen, ging dann aber immer besser.“

„Dann lese ich Ihnen jetzt einmal vor, was die Zeugin damals im Gespräch geäußert hat – der Gesprächspartner war übrigens meine Wenigkeit. Zufälle gibt's…“

Drachsel trägt die Zusammenfassung der Aussagen Waltraud Wittwers vor, liest die Personenbeschreibung aus dem zweiten Gespräch ebenfalls vor. „Das passt ziemlich genau auf Sie, finden Sie nicht?“

Donigk stiert an die Decke, entweder schaltet er jetzt auf stur, denkt Drachsel, oder er bricht zusammen. Er lässt ihm Zeit. Eine kleine Ewigkeit vergeht.

„Ich war besoffen“, sagt er dann unvermittelt. Und schildert das, an was er sich erinnern kann. Seine brennende Angst, dass er mit heftigen Sanktionen bei der SS hätte rechnen müssen, falls dieses „Missgeschick“, wie er es nennt, aufgeflogen wäre.

„Ich wollte ihn ja nicht umbringen, nur erschrecken.“ Er sagt es und weiß selbst, dass es keine Entschuldigung für den Tod des jungen Menschen ist. „Man wird Ihnen das abnehmen müssen, dass Sie wegen des Alkoholkonsums beeinträchtigt waren, dann ist es kein Mord. Gibt es denn Zeugen für Ihren Rausch?"

„Ich hab da so mit einem SS-Kameraden im Resi getrunken, den Namen hab ich vergessen, keine Ahnung." Das Resi gab es seit der Nacht des 22. Oktober nicht mehr, Zeugen würde man mit Sicherheit nicht mehr finden.

Drachsel muss das Thema Waltraud Wittwer ansprechen. „Was wäre, wenn wir eine Gegenüberstellung mit der Zeugin machen würden?" schlägt er in leutseligem Ton vor. Donigk zuckt zusammen, schaut ihn fassungslos an. „Aber, die, das geht doch nicht.."

„Warum geht das nicht?"

„Das war doch wohl dieses blonde Mädchen aus dem Blumenladen in der Wilhelmsstraße, aber die, ich meine..."

„Was meinen Sie?"

„War die das etwa nicht?" Donigks Stimme klingt beinahe panisch.

„Was wäre denn, wenn sie es nicht war?"

„Das glaube ich nicht, dann, ich habe doch, klar war die's, die und keine andere. Oder?" Donigks Stimme klingt wie ein Hilfeschrei. „Meinen Sie, dieses blonde Mädchen, sie hatte doch einen Pferdeschwanz, oder?"

Donigk nickt. „Sehr hübsch war sie. War es nun die Augenzeugin?"

„Sie haben das Mädchen verfolgt, am 21. Oktober war das. Auch dafür gibt es einen Augenzeugen."

Donigk kann kaum noch die Fassung wahren. Der Junge! Hat der Junge etwa ausgesagt?

„Warum haben Sie sie verfolgt?"

„Weil..."

„Ja?"

„Sie hätte ja alles kaputt machen können."

„Und dieses Mal waren Sie nicht betrunken, oder? Nur in Panik. Sie mussten diese Gefahr für Sie bannen. Was haben Sie dann gemacht?"

Donigk zuckt mit den Schultern. „Erst nichts. Sie hatte diesen Hasen auf dem Arm. Ich habe sie in diesem Moment gehasst, weil sie alles in der SS mit dieser Aussage kaputt machen konnte. Da hat mich wieder diese Panik gepackt. Ich war völlig außer mir. Die ersten Bomben fielen, da bin ich auf dem Hof hin und habe zugedrückt. Fest, lange, bis sie schlaff in meinen Armen hing. Dann kamen die Einschläge und ich bin in den Keller der Sparkasse." Er legt die Arme auf den Tisch, bettet seinen Kopf hinein und weint lautlos. Donigk hat kein Mitleid. Er sieht in diesem Moment die Leiche Waltraud Wittwers, die Trauer des jungen Hermann Siebert, die bis heute anhält. Er hat jetzt Geständnisse. Und wird bis morgen warten, bis er dem jungen Mann davon erzählt. Der hat pünktlich um 16 Uhr angerufen. Er wird sich gedulden müssen. Sie beenden das Verhör. Donigk wird in seine Zelle getragen, er ist so fertig, dass er nicht mehr laufen kann.

Drachsel geht nach Hause, er braucht frische Luft. Elf Jahre danach kann es doch noch Gerechtigkeit geben. Zufrieden ist er nicht. Aber vielleicht findet der junge Siebert jetzt endlich Ruhe im Leben. Allein dafür hätte sich alles gelohnt.

Von zuhause ruft er Jan Rosen an, mit dem er in all den Jahren in Kontakt geblieben ist. Rosens Frau ist im Winter 1946/47 gestorben. Sie hat bei bitterer Kälte von der Neuen Mühle aus einen Spaziergang unternommen, hat sich am Fuldaufer ausgezogen, ist in den Fluss gegangen und unter die Eisschicht getaucht. Jan Rosen hat darunter gelitten wie unter dem Tod seines Sohnes. Vor drei Jahren hat er Heiderose Grimm geheiratet, die beiden haben ein Kind bekommen, ein Mädchen, sie haben es Rebecca getauft.

Rosen ist wieder in der Spur, freut sich über den Anruf, Drachsel merkt, dass Rosen weint, als er ihm vom Geständnis erzählt. „Ich bin Ihnen zu tiefstem Dank verpflichtet, Herr Kommissar", sagt er und legt plötzlich auf. Drachsel weiß, er wird sich wieder melden. Aber heute Abend braucht der Mann Zeit.

Mittwoch, 30. Juni 1954

Hermann vertrödelt die Zeit. Er spürt eine doppelte Ungeduld. Zum einen will er wissen, was sich mit dem Bahnschaffner in den Verhören ergeben hat. Zum anderen hält ihn in Kassel nichts mehr. Er möchte jetzt dem Onkel und der Tante seine Entscheidung mitteilen, von Marburg nach Dittershausen zu ziehen und einzusteigen in die tägliche Arbeit, will sich um die Bücher kümmern. Er hat den Ehrgeiz, den großen Hof noch größer und profitabler zu machen. Außer Ernst Pötter hat er keine Bekannten mehr in Kassel, er geht viel spazieren, auch im Bergpark Wilhelmshöhe, den er als Kind praktisch nie kennengelernt hat. Um 18 Uhr ist das Halbfinale, Deutschland gegen Österreich. Frick hat seit Montag einen Fernseher, Hermann hat Mutter und ihm versprochen, dass sie zusammen schauen. Lieber hätte er mit ein paar Bier gemeinsam mit Pötter die Zeit verbracht, aber die Mutter will auch etwas von ihrem Sohn haben, Hermann versteht das.

Mutter hat ein rustikales Mittagessen zubereitet, Bratkartoffeln und Spiegelei, niemand macht so perfekte Bratkartoffeln wie seine Mutter. Es ist Mittwoch, die Praxis bleibt nachmittags geschlossen, aber Frick arbeitet oft bis in den späten Nachmittag an den Abrechnungen. So auch heute. Eigentlich hilft ihm Mutter dabei, die ohnehin die ganze Praxis organisiert. Aber Hermann ist ja da, an dem Bemühen, sich um ihn zu kümmern, spürt Hermann, wieviel er seiner Mutter bedeutet. Nie in diesen Tagen haben sie über Vater oder über Otto gesprochen. Mutter hat ein kleines Arbeitszimmer, in dem sie Handarbeiten macht. Da ist ein Foto von Vaters Grab – und nichts von Otto. Die Bomben haben alle Erinnerungen, alle Fotos, alle Bücher genommen. Otto existiert als Bild nur noch in den Gedanken – und Hermann merkt, wie diese Bilder bei ihm langsam verblassen.

Das Telefon klingelt, Hermann hofft, dass es Drachsel ist. Mutter geht in Fricks Arbeitszimmer, ein paar Sekunden später ruft sie ihn. „Junge, es ist für Dich. Der Herr Kommissar Drachsel."

Hermann isst in Eile die letzten Happen von seinem Teller. „Am besten, Sie kommen zu mir, damit ich Ihnen alles erzählen kann", hat Drachsel nur gesagt. Mutter schaut ein wenig traurig, sie hat sich auf eine Tasse Kaffee mit ihrem Sohn nach dem Essen gefreut. Aber natürlich versteht sie auch, was Hermann antreibt.

Der sprintet beinahe durch den leichten Nieselregen, der Regenschirm ist hinderlich. Den Weinberg hoch, die Friedrichsstraße entlang, Königstor – und dann sind es nur noch ein paar hundert Meter. Außer Atem betritt er Drachsels Büro.

„Junger Mann, setzen Sie sich erst einmal. Aber den nassen Schirm lassen wir im Flur, sonst schwimmt mein Büro bald." Er nimmt Hermann den Schirm ab, bringt ihn in den Flur.

„Sie werden es nicht glauben", sagt er, als er die Tür schließt, „aber dieser Kerl hat in den vergangenen beiden Tagen alles gestanden. Dass er im besoffenen Kopp Philip Rosen getötet hat, den Mord an Waltraud Wittwer – und noch Kriegsverbrechen. Er heißt übrigens Walter Donigk, wohnte in der Mühlengasse 11. Seine Familie ist bis auf einen Bruder in der Bombennacht umgekommen; der Bruder lebt schwerstbehindert in einem Pflegeheim.

Drachsel erzählt die gesamte Geschichte, von der Nacht, in der Philip Rosen starb, bis hin zu der Bombennacht, in der Donigk Waltraud Wittwer ermordete. Hermann sitzt da, hört zu, unfähig, etwas zu sagen. Irgendwann laufen ihm ein paar stille Tränen die Wangen herunter, er schämt sich ihrer nicht. Wie viele Tränen es sind, das merkt er erst später, als er in die Hosentasche greift und ein komplett nasses Taschentuch fühlt.

„Ich hoffe sehr, junger Mann, dass dieses Geständnis, dass die Tatsache, dass wir den Mörder hinter Schloss und Riegeln haben, Ihnen hilft, mit der Vergangenheit besser umgehen zu können." Der Satz von Drachsel, den er ihm bei der Verabschiedung sagt, geht Hermann auf dem Heimweg nicht aus dem Kopf. Er geht einen anderen Weg, sieht die geöffneten Türen einer Kneipe, zählt sein Geld und geht hinein. Sein Entschluss steht nach drei, vier Bieren fest: Er fährt morgen zu Onkel und Tante, jetzt will er sein Leben richtig starten. Dass er jetzt weiß, wer Waltraud getötet hat und dass dieser Mensch sein Leben lang im Gefängnis sein wird – er hat nicht gedacht, dass es ihn so erleichtern wird.

Als er nach Hause kommt, hat das Spiel schon angefangen. „Wo bleibst Du denn, es steht schon 1:0 für uns, Hans Schäfer hat getroffen", sagt die Mutter vorwurfsvoll. Er setzt sich hin, kann dem Spiel nicht so richtig folgen. In der Halbzeitpause berichtet er in Kurzform alle Neuigkeiten. Die Mutter kommt, nimmt ihn in den Arm, erneut fließen Tränen. Frick steht auf und holt eine Flasche Cognac, gießt allen dreien einen Schluck ein.

Deutschland gewinnt 6:1, steht im Finale, nach dem Spiel reden sie aber nicht über Fußball. Hermann sagt, dass er morgen abreisen wird. Die Mutter nickt, traurig. Aber Hermanns Plan ist irgendwie logisch und richtig.

Donnerstag, 1. Juli 1954

Früh am nächsten Morgen fährt Hermann zum Hauptfriedhof. Kauft einen Strauß Blumen und geht zu Waltrauds Grab. Er erzählt ihr alles, zum Schluss legt er den Strauß hin. Diesmal sind es weiße Rosen.

Mutter bringt ihn zum Bahnhof. Er wird sich häufig melden, Onkel und Tante haben ein Telefon, da kann man abends einfach mal reden. Der Zug verlässt den Bahnhof Richtung Süden, er winkt der Mutter so lange, wie er sie sehen kann, den Kopf aus dem geöffneten Fenster gestreckt. Und fängt dann an, sich auf die Zeit auf dem Hof zu freuen.

Als er ein paar Tage später am Morgen seine Sachen nimmt und das Verbindungshaus in Marburg verlässt, hat er einen schweren Kopf. Die Abschiedssause mit den Korpsbrüdern am Abend vorher war heftig. Auf der Fahrt nach Treysa fällt ihm ein, dass er gar nicht Waltrauds Geburtstag weiß. Den muss er rausfinden, und dann wird er zweimal im Jahr zum Grab nach Kassel fahren.

Auf dem Hof räumt er in seinem Zimmer die Sachen ein. Er hat eine eigene Etage in einem Nebenhaus, hier hat er mit Mutter damals gewohnt. Der Blick aus dem Fenster reicht weit über die Ebene hinaus, durch die die Schwalm sich schlängelt. Das ist Deine Heimat, sagt eine innere Stimme.

Dienstag, 6. Juli 1955

Am Abend klingelt das Telefon im Wohnzimmer des Bauernhofes. Hermann geht dran und ist überrascht, dass sich Arthur Drachsel am anderen Ende meldet. „Ich wollte Ihnen nur sagen, dass heute Nachmittag das Urteil gesprochen wurde. Donigk hat lebenslang bekommen. Er wird nie mehr die Freiheit sehen."

Später am Abend ist Hermann in seinem Schlafzimmer. Er nimmt das Foto von Waltraud von seinem Nachttisch und bindet einen schwarzen Trauerflor drumherum. Stellt das Foto dann auf das Bücherregal. Fast zwölf Jahre nach den schrecklichen Ereignissen fühlt es sich so an, als könne er jetzt erstmals mit allem leben. Aber vergessen? Nein, vergessen wird er das alles nie. Erst recht nicht diesen blonden, so fröhlich hin und her wippenden blonden Pferdeschwanz. Er sieht ihn in Gedanken vor sich und es ist, als wolle der ihm sagen: Nun mach schon, nun komm schon, mach was mit Deinem Leben.

Genau das hat Hermann Siebert vor.

Impressum

Bibliografische Information der Deutschen Bibliothek:
Die Deutsche Bibliothek verzeichnet diese Publikation in der Deutschen Nationalbibliografie; detaillierte Daten sind im Internet über http://dnb.ddb.de abrufbar.

Titelbild: https://pixabay.com
Bild S. 4: © privat
Gestaltung: euregioverlag, Kassel
Druck: Grafische Werkstatt von 1980 GmbH
Gesamtherstellung: euregioverlag, Kassel

D-34127 Kassel, Naumburger Str. 40
www.euregioverlag.de
ISBN 978-3-933617-73-6